la naïve aventurière

J'AI LU

Barbara Cartland est une romancière anglaise dont la réputation n'est plus à faire.

Plus de trois cents romans variés et passionnants mêlent aventures et amour.

Les Éditions J'ai Lu *en ont déjà publié plus de quatre-vingts que vous retrouverez dans le catalogue gratuit disponible chez tous les libraires.*

Les Éditions J'ai Lu *publient également* Les romans préférés de Barbara Cartland, *un choix des livres qui ont enchanté sa jeunesse.*

Barbara Cartland

la naïve aventurière

traduit de l'anglais par Arlette Rosenblum

Éditions J'ai Lu

Ce roman a paru sous le titre original :

AUDACIOUS ADVENTURESS

1

La porte s'ouvrit, un homme se glissa précipitamment dans la pièce, referma le battant et fit jouer la clef dans la serrure.

En se retournant, il vit une femme assise à une table près de la fenêtre se lever sans le quitter des yeux, blême, l'air terrorisée.

— N'ayez pas peur, dit-il d'un ton rassurant. Je me réfugie juste une minute ici.

Tout en parlant, il constata avec surprise que son expression voisine de l'effroi se changeait en soulagement.

Comme il s'approchait, il eut le sentiment, à quelque chose dans son sourire et son regard, qu'elle le reconnaissait; puis elle se rassit à la table et reprit son ouvrage.

Un souvenir confus s'éveilla dans l'esprit de l'arrivant.

— J'ai l'impression que vous ne m'êtes pas inconnue! s'exclama-t-il. Nous serions-nous déjà rencontrés?

Cela paraissait impossible. Le jeune homme, de haute taille, large carrure et extrêmement belle mine, était vêtu à la dernière mode : son costume de soirée en satin bleu lui allait comme un gant, les pointes de son col se dressaient haut contre sa mâchoire carrée et une patience infinie avait dû être nécessaire pour atteindre à l'élégance de sa cravate neigeuse.

La femme qu'il avait en face de lui — une jeune

fille plutôt — était d'une insignifiance qui confinait à la médiocrité. Ses cheveux tirés en arrière étaient tressés et rassemblés en chignon serré sur la nuque. Sa robe, laide et démodée, était d'une étoffe sombre bon marché et, quand elle s'était dressée subitement à cette entrée inopinée, elle avait saisi une paire de lunettes placée à côté d'elle sur la table.

Il devint évident qu'elle n'en avait pas besoin, car elle les reposa avant de prendre son aiguille et de se remettre à broder avec adresse et vivacité une robe en crêpe rose pâle.

— Comment se ferait-il que je vous connaisse? questionna le jeune homme d'un ton rêveur comme elle ne répondait pas.

Elle leva de nouveau sur lui des yeux où brillait une petite étincelle de malice — des yeux étonnamment grands et paraissant presque verts à la lumière des bougies qui éclairaient son ouvrage.

— Mais voyons! s'exclama le jeune homme. C'est toi, Druscilla! Bonté divine! Tu es la dernière personne que je m'attendais à voir ici.

— Je suis honorée que tu me reconnaisses, cousin Valdo, répliqua-t-elle modestement.

Le marquis de Lynche tira une chaise près de la table et s'assit.

— Druscilla, par ma foi! dit-il, je me suis souvent demandé ce que tu étais devenue.

— Papa a quitté Lynche après la mort de ta mère, répondit Druscilla. Il s'était querellé avec la nouvelle marquise.

— Qui ne s'est pas disputé avec elle? s'exclama le marquis. Mais où êtes-vous allés?

— A Ovington, précisément, dans le domaine du duc, dit Druscilla. Jusqu'à ce que papa meure, lui aussi.

— Mes condoléances, dit machinalement le marquis. Mais pourquoi es-tu ici?

— Je suis la gouvernante de la petite fille de la duchesse, expliqua Druscilla.

— Gouvernante! s'écria le marquis. Ne peux-tu rien faire de mieux?

Elle eut un petit sourire un peu cynique.

— Et selon toi que peut faire une orpheline sans argent et sans appuis? demanda-t-elle.

— La famille t'aurait aidée, rétorqua-t-il.

— Papa avait rompu avec la famille de maman. Il sentait bien qu'elle le méprisait et s'offusquait qu'il ait épousé quelqu'un appartenant à la noblesse. Je n'ai donc eu aucune relation avec mes parents haut placés.

— C'est absurde! s'indigna le marquis. Que ton père ait choisi de se tenir à l'écart, soit, mais toi c'est différent... tu es ma cousine.

— La parenté n'est pas très proche, rétorqua froidement Druscilla. Ma grand-mère était la sœur de la tienne! Nous sommes cousins au second degré, si tu veux... mais nous ne sommes pas du même sang.

— N'empêche que nous sommes parents, affirma sévèrement le marquis. Il faut faire quelque chose pour améliorer ta situation.

— Ton intervention n'est pas nécessaire, protesta Druscilla. Et, je t'en prie, ne dis à personne que je suis ici. Pour le moment, tout se passe bien.

— « Pour le moment »... qu'entends-tu par là? demanda le marquis.

Druscilla hésita, puis elle expliqua à voix basse :

— Les choses n'ont pas été très faciles et cela n'arrangera rien si quelqu'un te trouve dans la salle d'étude. Pour l'amour du ciel, Valdo, maintenant que tu m'as vue, va-t'en et n'y pense plus.

— Pourquoi donc? s'enquit-il. D'ailleurs, j'ai une raison pour être venu ici.

— Laquelle? riposta sèchement Druscilla — et il aperçut sur son visage un reflet de la peur qui y était si marquée quand il était entré.

Comme en réponse à sa question, un vacarme infernal retentit soudain dans le couloir. Aux accents d'une trompe de chasse se mêlaient des rires masculins et des clameurs de « *Taïaut!* » et « *Débucher!* », des voix féminines qui criaient avec animation et le martèlement de pieds qui passaient en courant devant la porte.

Le marquis remarqua que Druscilla s'était figée dans une immobilité de pierre; mais une de ses petites mains se crispait sur sa poitrine comme pour étouffer son agitation intérieure. Le bruit devint assourdissant.

Tout à coup, la poignée de la porte tourna avec violence et le battant trembla comme si quelqu'un tentait de l'ouvrir de force.

Une voix aiguë de femme cria :

— C'est fermé, il n'est sûrement pas là!

La trompe de chasse retentit à nouveau et les cris de « *Débucher!* » s'affaiblirent graduellement à mesure que la troupe de fêtards s'éloignait dans le couloir.

— Tu comprends pourquoi je me suis terré, dit le marquis en souriant.

— Ils te donnent la chasse? questionna Druscilla.

— Deux d'entre nous ont été choisis, répliqua-t-il. L'un et l'autre célibataires et beaux partis. Mon Dieu, Druscilla, je t'assure qu'à présent les renards ont toute ma sympathie.

— Pourquoi as-tu accepté?

— Pouvais-je refuser? Pas sans me rendre ridicule. Et j'ai appris qu'en pareille circonstance, Druscilla, mieux vaut acquiescer à ce que les gens veulent vous imposer quitte à faire ensuite le contraire.

Elle eut un petit rire.

— Tu as toujours agi à ta fantaisie, Valdo, sans jamais te soucier si d'autres ne risquaient pas d'en souffrir.

— Que veux-tu insinuer?

— Simplement que lors de mes dernières vacances à Lynche... j'ai été punie après ton retour à Eton parce que c'est ma balle que tu avais lancée à travers les vitres de la serre.

— Pauvre Druscilla! dit-il d'un ton apitoyé, et je parie que tu ne m'as pas dénoncé.

— Non, justement, répliqua-t-elle, ce qui était idiot de ma part. L'héritier de la maison aurait été pardonné pour son crime quel qu'il fût, alors que moi je n'étais que la fille du pasteur du pays, une gamine turbulente.

— Qu'est-ce qui t'est arrivé? questionna le marquis.

— Oh! une bonne fessée et du pain avec de l'eau pour dîner... rien d'original, dit-elle d'un ton léger.

— Il faut que tu acceptes mes excuses pour mes fautes d'autrefois.

— La seule chose que j'apprécierais, c'est que tu quittes cette pièce. Va-t'en... et va-t'en vite.

— Pourquoi es-tu si désireuse de te débarrasser de moi? questionna-t-il.

— Parce que quelqu'un pourrait te trouver ici, dit-elle. Imagines-tu ce qu'on dirait? D'ailleurs, la duchesse m'a engagée seulement à condition que...

Elle s'interrompit subitement.

— Tu ne veux pas finir cette phrase? incita le marquis.

— Très bien, je la finirai, dit-elle, une flamme de colère dans les yeux. Sa Grâce m'a engagée à condition que je ne me livre à aucun flirt tant que je serai sous son toit.

— Flirt!

— Si tu crois que j'ai envie de flirter avec un gentilhomme de ton acabit, tu te trompes! s'exclama-t-elle d'un ton rageur. Les hommes sont des animaux, tous autant qu'ils sont. Moins j'en vois, mieux je me porte!

Les lèvres de Druscilla se rejoignirent en une ligne mince et, avec quelque chose qui ressemblait étrangement à un sanglot, elle reprit son ouvrage abandonné.

— Va-t'en, Valdo, dit-elle d'un ton plus calme, et oublie que tu m'as vue.

— Un homme s'est mal conduit envers toi, insista-t-il. Qui a pu te traiter de cette façon? Qui?

Elle eut un rire sans gaieté.

— Pas un seul homme, mon cher cousin, mais le père, le fils, l'oncle, l'ami distingué qu'on ne veut pas offenser... tous! Tous pires les uns que les autres, tous en quête d'un peu d'amusement dans les coins, sachant que la malheureuse qu'ils ont insultée n'osera pas se plaindre; et si la chose se découvre, c'est leur parole qui prévaut contre la sienne.

— Incroyable! s'écria le marquis.

— Tu ne me crois pas? répliqua-t-elle. T'imagines-tu que ce soit agréable d'être obligée d'abandonner six situations en trois ans? Six! Puis de devoir me traîner à genoux pour qu'on me prenne ici, pour être engagée par pure condescendance... par charité!

Elle s'interrompit et le regarda.

— Comprends-tu, maintenant? Vas-tu maintenant t'en aller pour ne pas ruiner ma dernière chance de mener une vie décente sans être importunée?

Le marquis se leva. Son visage était soucieux.

— Je pars, Druscilla, puisque tu me le demandes, mais je n'oublierai pas. Je parlerai à la famille. On ne peut pas te laisser dans une situation pareille.

— Ne t'occupe pas de moi, répliqua-t-elle sèchement. Je ne veux pas plus la charité de mes parents que celle de qui que ce soit d'autre. Ils ont traité maman avec dédain parce qu'elle avait épousé un pasteur et ils ne se montreront pas plus aimables pour moi. Ne pense plus à moi, Valdo. Tu ne t'es pas rappelé mon existence pendant ces neuf dernières années. Il n'y a aucune raison pour que tu t'en soucies à présent.

— Neuf ans! Bonté divine! Tant que ça? s'exclama le marquis. Mais ce n'est pas juste, Druscilla, que tu...

Sa voix mourut, car un coup retentissait à la porte. Druscilla se dressa d'un bond et il lui vit de nouveau cette expression de terreur. Il posa un doigt sur ses lèvres et traversa la pièce sur la pointe des pieds, ouvrit la porte qui était à l'autre bout. Il pensait qu'elle donnait dans une chambre et sa supposition se révéla exacte.

A la clarté vacillante de la veilleuse, il aperçut un enfant endormi dans un petit lit étroit. A côté se trouvait un autre lit qui était visiblement celui de Druscilla.

Le marquis repoussa le battant derrière lui, laissant seulement une mince fente pour voir et entendre ce qui se passait dans la salle d'étude. Druscilla se dirireait lentement vers la porte.

Comme elle l'atteignait, on frappa de nouveau.

— Qui est-ce? demanda-t-elle, et il discerna un léger tremblement dans sa voix.

— C'est moi, miss Morley, répondit une voix de femme.

— Oh, miss Deane!

Il perçut le soulagement dans le ton de Druscilla tandis qu'elle tournait la clef dans la serrure et ouvrait la porte. Par la fente qu'il s'était ménagée, le marquis entrevit une femme corpulente d'un certain âge, une coiffe sur la tête — manifestement une vieille femme de chambre —, qui traversa la pièce avec un plateau et le déposa sur la table.

— Je vous ai apporté votre dîner, miss Morley.

— Comme vous êtes gentille! s'écria Druscilla.

— J'ai pris le plateau à Ellen, expliqua la femme de chambre. Cette petite était à demi morte de fatigue, aussi l'ai-je envoyée se coucher. J'aurai un mot à dire à la cuisine demain. On n'a pas le droit de la retenir si longtemps ni de tant tarder à vous donner vos repas.

— Je suppose qu'il y a beaucoup à faire, dit Druscilla. Je n'ai d'ailleurs pas faim.

— Si vous n'avez pas faim, c'est un tort, dit sévèrement miss Deane. Vous avez travaillé à cette robe toute la journée. Et ça m'a l'air qu'il vous en reste encore pas mal à finir.

— J'en ai bien encore pour trois heures, répliqua Druscilla avec un petit soupir. Sa Grâce veut la mettre demain.

— Pour plaire à son nouvel amoureux, je parie, commenta miss Deane en riant. Eh bien, je la comprends. Je n'ai jamais vu de gentilhomme plus beau et plus élégant que le marquis. Mon vieux cœur palpite rien qu'à le regarder. Et Sa Seigneurie, je peux le dire, est un grand progrès sur la dernière toquade de la duchesse.

— Vraiment?

La voix de Druscilla était froide et le marquis se rendit compte qu'elle était gênée. La femme de chambre ne parut pas s'en apercevoir.

— Oui, ma foi! Sir Andrew Blackett... c'était un vrai démon. Je ne pouvais laisser aucune de mes jeunes bonnes approcher de sa chambre. J'ai compris à qui j'avais affaire dès que je l'ai vu. Et quand la petite Gladys est venue me trouver, les yeux perdus à force de pleurer, j'ai eu bonne envie de dire à ce monsieur ma façon de penser, je vous assure.

— Je ne vous blâme pas, murmura Druscilla.

— Et, naturellement, c'est à cause de lui que la pauvre miss Lovelace a été renvoyée sans certificat.

— Voilà pourquoi elle est partie? s'exclama Druscilla.

— Mais oui. La duchesse l'a trouvé, ici, qui parlait à miss Lovelace. Juste avant le dîner c'était. Bien sûr, il a dit qu'il était venu dire bonsoir à la petite demoiselle, mais Sa Grâce a vu que miss Lovelace était toute rose de plaisir qu'on fasse attention à elle. Alors, dès que la réception a été finie, hop! on l'a mise dehors.

— N'est-ce pas injuste? dit Druscilla, un accent de colère dans la voix.

— Les patronnes ne se soucient pas de justice envers ceux qui sont à leur service, rétorqua miss Deane. S'il se passe quelque chose de mal, le tort n'en est jamais à ces messieurs, vous pouvez en être sûre! Je vois que vous êtes sage, miss Morley, puisque vous fermez votre porte à clef. Eh bien, gardez-la fermée jour et nuit tant qu'il y aura ce genre de réception dans la maison.

— Vous pensez que je devrais me protéger du marquis? questionna Druscilla, avec une note de malice que celui qui écoutait dans la chambre discerna très nettement.

— Ma foi, on ne sait jamais, hein? répondit miss Deane. Mais ce n'est pas le marquis dont je me méfierais ce soir, puisque le duc est absent! Il y a d'autres invités qui n'ont pas ses préoccupations. N'empêche que le marquis a la réputation d'être un fameux luron auprès des femmes.

— Vraiment? dit Druscilla avec curiosité.

— Un des valets nous a fait tordre de rire ce soir au dîner, en bas, expliqua miss Deane. Il nous racontait que le marquis, en voulant échapper à un mari jaloux, était descendu un jour le long d'une gouttière pour tomber finalement dans le tonneau qui recueille l'eau de pluie.

— Son ardeur a dû s'en trouver calmée, commenta Druscilla gaiement.

— Et une autre fois, poursuivit avec délectation miss Deane, il n'a évité d'être découvert qu'en sortant en catimini par la porte de service, un bonnet de cuisinier sur la tête. Oh, c'est un hardi compagnon, pas d'erreur! Naturellement, le valet du marquis est resté assis là sans rien dire, les lèvres pincées, mais j'ai bien compris à l'éclair de malice qu'il avait dans les yeux que ces histoires n'étaient pas tellement exagérées.

— Vous croyez vraiment que je n'ai rien à craindre de ce Don Juan impénitent?

— Ma foi, je ne sais pas ce que vous entendez par là, répliqua miss Deane, mais on raconte qu'il s'est engoué de la duchesse et que c'est réciproque. D'après ce qu'on disait à l'office, elle lui tenait la main sous la table en lui dédiant des regards si languissants qu'il était difficile de passer les plats tant leurs têtes étaient rapprochées.

— Eh bien, c'est une bonne chose que le duc ne soit pas là, commenta Druscilla.

— Vous l'avez dit, acquiesça miss Deane. Nous savons tous comment est le duc quand la colère le prend. Un des cochers déclarait justement l'autre jour que Sa Grâce devient dangereuse quand elle pique une de ses rages... et qu'il n'aimerait pas rencontrer le duc à minuit au coin d'un bois.

Druscilla gloussa de rire.

— Oh! miss Deane, comme vous êtes drôle.

— Allons, il ne faut pas que je reste à bavarder avec vous, conclut miss Deane. Il y a mille choses à faire encore et je manque de personnel maintenant qu'Ellen est allée se coucher. Bonne nuit, miss Morley, et gardez votre porte fermée à clef.

— Je n'y manquerai pas. Merci encore d'avoir apporté mon dîner.

Druscilla tourna la clef dans la serrure quand la femme de chambre eut quitté la pièce. Comme le marquis sortait de la chambre, elle l'accueillit avec un sourire pétillant de malice.

— Druscilla, petit démon! dit-il à voix basse d'un ton accusateur. Tu l'as poussée exprès à parler pour me mettre mal à l'aise! Est-ce que les domestiques bavardent toujours comme ça?

— Bien sûr, répliqua Druscilla. Il n'y a pas grand-chose qui leur échappe, même quand on se tient la main par-dessous la table.

— Flûte! s'exclama le marquis. Je me sens affreusement ridicule.

— Rapelle-toi que ce ne sont que des domestiques et que tu n'as pas à en tenir compte, dit Druscilla. Et maintenant, au nom du ciel, va-t'en pour que personne ne te trouve ici. Tu as entendu ce qui est arrivé à miss Lovelace.

— J'ai cru comprendre qu'elle était la précédente gouvernante.

— C'est moi qui l'ai remplacée, dit Druscilla soudain grave. La pauvre! Je me demande ce qu'il adviendra d'elle. Sans références, c'est presque impossible de trouver un emploi.

Le marquis s'approcha de la porte et tourna la clef avec précaution.

— Bonne nuit, Druscilla. Tu m'as donné à réfléchir. Et tu me reverras.

— J'en serai navrée, dit-elle sèchement. Tu ne peux rien pour moi, mon cher cousin, sauf me laisser en paix.

Il lui sourit et elle fut forcée de reconnaître intérieurement que c'était un jeune homme séduisant et qu'il n'y avait rien d'étonnant à ce que tant d'écervelées risquent leur réputation pour lui. Elle écouta le bruit de ses pas qui s'éloignaient dans le couloir. Puis, ayant refermé la porte à clef, elle se réinstalla à sa table avec son ouvrage. Elle jeta un coup d'œil au plateau que miss Deane lui avait apporté et vit une cuisse de poulet peu appétissante, un morceau de fromage et un bout de pain coupé à la diable. D'ordinaire, la nourriture n'était pas servie aussi chichement ni si mal mais, quand on donnait une grande réception, le personnel était sur les dents pour arriver à faire face au surcroît de travail que cela imposait.

Cela ne tenait pas seulement au nombre des invités. Ils devaient être environ vingt-cinq d'après ce qu'elle avait entendu dire par miss Deane au cours de la journée. Mais comme chaque visiteur amenait sa camériste ou son valet de chambre, son cocher, ses valets de pied et parfois même d'autres domestiques, cela impliquait que les femmes de service étaient obligées de travailler de l'aube jusque fort avant dans la nuit sans personne en supplément pour les seconder.

Ce n'est pourtant pas aux difficultés domestiques ni à son repas peu appétissant que songeait Druscilla quand elle posa de nouveau sa broderie et resta le regard perdu dans le vague.

Elle pensait au marquis, au changement intervenu en lui depuis la dernière fois qu'elle l'avait vu, adolescent dégingandé.

On était maintenant en 1802, calcula-t-elle, il avait donc dix-sept ans lors du dernier été qu'elle avait passé à Lynche, tandis qu'elle-même atteignait tout juste ses dix ans.

Il s'ennuyait parce que sa mère était malade et qu'il n'y avait pas de réceptions au manoir. Il trouvait donc très amusant d'avoir la compagnie d'une petite fille qui le suivait partout avec adoration, dévouée à ses ordres ou, comme il disait, à lui servir de « bizuth ».

Il la taquinait perpétuellement, elle s'en souvenait, parce qu'elle était rousse. « Viens donc, Carotte », « où es-tu, Poil de Carotte? » était sa manière habituelle de l'appeler.

Et elle était ravie. Elle était heureuse de le suivre dans les bois quand il allait à la chasse au pigeon, fière d'être autorisée à rapporter son gibier à la maison.

Il l'avait emmenée canoter sur le lac et avait fait chavirer la barque par mégarde, si bien qu'elle était rentrée à la maison avec l'air d'un rat noyé.

Ils avaient volé les plus belles pêches des serres pendant que le chef-jardinier avait le dos tourné et ils s'étaient assis au soleil pour les manger avec un délicieux sentiment de culpabilité.

Il l'avait mise au défi de marcher sur le sommet des hautes murailles de brique et, bien qu'elle tremblât de peur de tomber et de se rompre le cou, elle s'était bien gardée de lui laisser voir qu'elle avait peur. A cheval, elle avait sauté à sa suite des obstacles qu'elle n'aurait jamais osé affronter si elle n'avait craint qu'il la prenne pour une froussarde et se moque d'elle. Et quand le père de Druscilla avait abandonné la cure de Lynche, elle se rappelait son désespoir à la pensée qu'elle ne reverrait plus son cousin Valdo.

« Et maintenant, se dit-elle, il est devenu comme tous les autres hommes que j'ai rencontrés depuis que je suis partie de chez moi — d'une élégance outrageuse, bellâtres, fats, ne s'intéressant qu'à courir les jupons et à rendre la vie impossible à leurs inférieurs. »

— Je le déteste! s'exclama-t-elle à haute voix. Sa fureur était d'autant plus grande qu'il l'avait troublée, détruisant le sentiment de paix et de sécurité qu'elle avait trouvé dans la salle d'étude et ne réveillant que trop bien les terreurs dont elle était la proie depuis deux ans et demi que son père était mort.

C'est parce qu'elle avait grandi dans le calme et la tranquillité d'une cure, pensait-elle, que le monde où elle avait été projetée lui paraissait si horrifiant. Son innocence lui avait fait juger non seulement déplaisantes mais aussi criminelles les attentions de ceux qui voulaient s'imposer à elle.

Elle avait été affolée non pas une mais bien dix fois, au point d'estimer l'existence trop effrayante pour souhaiter continuer à vivre.

Puis peu à peu son mépris pour ceux qui l'insultaient lui avait donné une force neuve et un ressort nouveau pour les combattre.

Néanmoins, c'est un genre de peur bien différent qui l'avait conduite au château pour implorer la duchesse de lui donner un emploi dans sa maison.

Comme elle n'avait pas de références, il ne restait plus un bureau de placement qui acceptât de l'inscrire sur ses listes et elle avait dû se résoudre à admettre qu'elle serait peut-être bientôt obligée de céder à l'un de ceux qui l'importunaient continuellement.

« J'aimerais mieux mourir », avait-elle répété en son for intérieur non pas une mais cent fois tant et si bien que c'était devenu la vérité.

Puis elle eut l'idée de risquer le tout pour le tout et de s'en remettre à la miséricorde de la duchesse. Cela impliquait de dépenser jusqu'à son dernier sou vaillant pour payer une place dans la diligence qui passait devant les grilles du château.

C'est par pur hasard qu'elle se présenta au moment même où miss Lovelace venait d'être renvoyée et que la duchesse n'eût personne d'autre en vue. Elle avait exposé avec franchise les difficultés auxquelles elle s'était heurtée dans ses postes précédents.

La duchesse s'était montrée d'une franchise égale.

— Je veux bien vous employer à la stricte condition, miss Morley, qu'il n'y aura pas de flirt dans cette maison. Ni le duc ni moi-même ne sommes disposés à le tolérer.

— Il n'y aura rien de ce genre, Votre Grâce, avait dit Druscilla d'un ton ferme.

Tout en parlant, elle songeait avec désespoir à ce qui s'était produit dans ses autres postes — aux hommes qui se faufilaient jusqu'à la salle d'étude la nuit, aux hommes qui avaient enlevé la clef pour qu'elle ne puisse pas s'enfermer à double tour; à l'expression de leurs yeux dès qu'ils la voyaient, leurs mains qui se tendaient pour la toucher, l'attirer à eux, leur bouche qui cherchait la sienne, leur rire quand elle se débattait.

« Les hommes, les hommes, je les déteste tous, se dit-elle, et Valdo est un homme comme les autres! »

En poussant un petit soupir, elle s'avisa que la robe de la duchesse ne serait pas prête au matin si elle ne se mettait pas au travail.

Broder pour sa patronne n'est pas l'affaire d'une gouvernante, pas plus que d'accomplir la moindre des tâches incombant à une femme de chambre; mais, depuis que la duchesse avait découvert avec quelle habileté Druscilla cousait, il y avait toujours des travaux supplémentaires qui l'attendaient sur la table de la salle d'étude.

Et peut-être, avait songé Druscilla plus d'une fois avec désespoir, serait-ce une raison déterminante pour que la duchesse acceptât de la garder.

Néanmoins, elle avait mal dans le dos et son cœur battait encore un peu la chamade parce que Valdo était venu dans la salle d'étude et avait éveillé la crainte qu'on l'y découvre.

Si un des domestiques l'avait aperçu au moment où il sortait de la pièce ou y entrait, Druscilla savait bien que la duchesse serait au courant le lendemain matin.

Ils avaient tous peur de l'espion de Sa Grâce, le valet de chambre. Il déchiffrait les buvards dans les chambres des invités en les plaçant devant un miroir; il fouillait les corbeilles à papier; il écoutait aux portes. Peu de chose lui échappait et rien ne se produisait — quelque banal que ce soit — sans qu'il en informe la duchesse.

Druscilla se sentit frissonner à cette pensée et, soudain gelée, elle alla dans la chambre, se déshabilla et enfila sa chemise de nuit et sa chaude robe d'intérieur en flanelle.

Puis elle défit son chignon serré, libérant ses cheveux. Ils roulèrent en cascade sur ses épaules comme une coulée d'or en fusion, dont les ondes descendaient bien au-dessous de sa taille.

Afin de ne pas déranger le sommeil de l'enfant, Druscilla traversa la chambre en ombrageant de la main la bougie dont elle s'éclairait pour aller prendre sa brosse et la rapporta dans la salle d'étude.

Elle donnait en général cent coups de brosse à ses cheveux tous les soirs, comme sa mère le lui avait appris, mais ce soir-là elle était trop lasse et elle avait trop à faire.

Elle les brossa seulement jusqu'à ce qu'ils étincellent comme s'ils étaient vivants, puis elle les tressa adroitement en natte qui lui pendit dans le dos à la manière des écolières et qu'elle attacha avec un petit nœud de ruban vert.

Elle était maintenant prête à poursuivre sa tâche et cependant elle se sentait toujours mal à l'aise. Elle regarda son dîner et décida que cela ne valait même pas la peine de goûter au poulet froid.

Elle se coupa donc un morceau de fromage, beurra un peu du quignon de pain et essaya de manger. Mais, n'arrivant pas à avaler une bouchée, elle porta résolument le plateau à l'autre bout de la pièce et s'assit à la table.

Il lui restait une quinzaine de centimètres encore à broder; elle se demanda quand elle arriverait à finir son ouvrage.

Elle travaillait depuis près de deux heures quand il y eut soudain un bruit de course dans le couloir.

Un tel silence régnait dans la salle d'étude que ce bruit était surprenant, et Druscilla leva la tête. Les pas s'arrêtèrent devant la porte, puis un coup retentit, suivi d'un autre.

Druscilla resta immobile comme si elle était changée en pierre. Puis elle entendit une voix à peine plus forte qu'un murmure.

— Druscilla, c'est moi : Valdo. Pour l'amour du ciel, ouvre la porte.

Son instinct lui disait de refuser et pourtant, presque comme si elle était obligée d'obéir contre sa volonté, Druscilla quitta la table et traversa la pièce.

— Qui est-ce? demanda-t-elle.

— Laisse-moi entrer, je t'en supplie. S'il te plaît, Druscilla!

De nouveau elle aurait voulu refuser mais quelque chose dans sa voix, dans son insistance, la domina. Elle tourna la clef. Il rabattit la porte avec précipitation, manquant de peu la renverser.

— Vite, retourne t'asseoir! dit-il. Si quelqu'un vient, je suis là depuis une heure à bavarder avec toi du bon vieux temps. Tu as compris?

— Que se passe-t-il?

— Toi seule peux m'aider. Je t'en supplie Druscilla, je suis dans une situation terrible, sinon je ne te le demanderais pas.

Elle hésita. Ils entendirent alors tous deux un bruit éloigné.

— Vite, répéta-t-il, fais ce que je te demande. Tu ne peux pas refuser, Druscilla. J'ai toujours su pouvoir compter sur toi.

Ce sont ces derniers mots qui la décidèrent. Avec une promptitude dont elle-même s'étonna, elle se précipita vers la table et saisit la broderie qu'elle avait abandonnée.

Pendant ce temps, Valdo poussait une chaise devant la table, se jetait dessus et posait ses pieds sur une autre.

Elle se rendit compte pour la première fois qu'il portait sa veste sur le bras et n'avait pas de cravate. Sa chemise en batiste blanche était ouverte au col et ses cheveux, méticuleusement coiffés au début de la soirée dans le style « coup de vent » adopté par le prince de Galles, étaient maintenant hérissés et ébouriffés. Elle n'eut pas le temps de lui en faire la remarque, car il jeta veste et gilet par terre et se mit à boutonner ses manchettes. Au même moment, la porte s'ouvrit brusquement et le duc de Windleham parut.

Le duc était en costume de voyage, ses bottes luisantes un peu maculées de boue et, comme Druscilla se levait machinalement, elle s'aperçut avec un brusque serrement de cœur que Sa Grâce était en proie à une de ses célèbres colères.

Impossible de se méprendre à l'expression furieuse de ses yeux sombres ou à la barre que formaient au-dessus de son nez ses sourcils réunis dans un froncement de mauvais augure.

Le marquis ne quitta pas sa position confortable, mais Druscilla sentit qu'il était tendu quand il tourna la tête vers le duc.

— Etes-vous prêt à vous battre avec moi, Lynche? demanda le duc. Ou dois-je vous faire jeter dehors par mes laquais?

Le marquis se leva très lentement.

— Je suis, bien entendu, tout à vos ordres, Windleham, dit-il d'un ton mesuré, mais il me reste à découvrir pour quelle raison.

— La raison est évidente, non? riposta le duc, et sa voix était coupante. Je vous ai vu sortir de la chambre de ma femme au moment où j'en approchais.

— Mon cher Windleham, quelle idée absurde! répliqua le marquis. Je vous assure que je suis ici depuis une heure en train de bavarder avec ma cousine Druscilla, et elle vous confirmera que c'est la vérité.

— Je préfère croire ce que j'ai vu de mes propres yeux, Lynche, rétorqua le duc. Vous vous battrez avec moi ou j'appelle mes laquais.

A peine finissait-il sa phrase qu'un cri retentit et la duchesse fit son entrée dans la pièce. Elle portait un négligé diaphane en voile bleu saphir très pâle et ses cheveux d'un blond doré étaient épars sur ses épaules. Elle était ravissante à l'extrême, même dans sa détresse.

— George, que dites-vous? s'exclama-t-elle. Etes-vous fou? Je vous affirme que le marquis n'était pas dans ma chambre, encore que je ne comprenne pas ce qu'il fait ici.

Elle regarda autour d'elle avec une surprise non feinte.

— Ma chère, riposta le duc, cette petite scène familiale est, j'en suis convaincu, entièrement jouée à mon intention. J'ai parfaitement reconnu Lynche et ce que j'ai vu ne fait que confirmer les informations qui m'ont été transmises à d'autres occasions sur sa conduite en ce qui vous concerne. En homme d'honneur, je l'ai provoqué en duel et en homme d'honneur il a accepté.

La duchesse tapa du pied.

— Je ne veux pas de ça! s'écria-t-elle. Je ne le souffrirai pas, George. Cherchez-vous ma perte? La reine s'est prononcée contre le duel, vous le savez bien. Si vous tuez le marquis, vous serez obligé de vous exiler et je détesterais par-dessus tout d'avoir à vivre en France ou en Italie. D'ailleurs, comment pourrais-je abandonner ma position à la Cour?

— Voilà ce dont vous auriez dû vous aviser un peu plus tôt, ironisa le duc.

— Et si le marquis vous tue, poursuivit la duchesse sans paraître entendre son interruption, imaginez-vous la vie que j'aurais? En tant que douairière, je serais forcée de me retirer dans la petite résidence affectée au douaire alors que cet odieux panier percé que vous avez pour neveu hériterait.

— Ce serait vraiment regrettable, acquiesça le duc, mais je ne crois pas que Lynche me tuera, ma chère.

— Et si vous le tuez, je vous le répète, rétorqua la duchesse, cela n'arrangera rien. Je refuse qu'on se batte à mon sujet! D'ailleurs, comme on vous l'a déjà dit, ce n'est pas vrai. Vous vous êtes monté l'imagination. N'est-ce pas, marquis?

La duchesse jeta à ce dernier un coup d'œil suppliant et, ce faisant, elle avait l'air si jolie qu'il aurait fallu à ce moment-là avoir un cœur de pierre pour lui refuser quoi que ce soit.

— J'ai déjà informé Sa Grâce, dit avec lenteur le marquis, que je bavarde ici depuis une heure avec ma cousine Druscilla. En fait, j'ai été grandement surpris au début de la soirée de découvrir qu'elle était un hôte de votre maison.

— Un hôte? répéta le duc. Miss Morley est, ce me semble, gouvernante de ma fille. Et, en tant que gouvernante, miss Morley, avez-vous l'habitude d'accueillir des hommes, professeraient-ils même d'être vos cousins, à une heure aussi tardive alors que leur tenue est, dirons-nous, négligée et vous-même en costume de nuit?

La voix du duc parut retentir comme le tonnerre dans la pièce. Le sang monta au visage de Druscilla, puis se retira, la laissant livide.

— Non, Votre Grâce, répliqua-t-elle à voix basse. Il n'est pas dans mes habitudes de recevoir ainsi des hommes, mais les choses sont un peu différentes en ce qui concerne mon cousin Valdo. Nous avons été élevés ensemble et nous étions effectivement en train de parler de notre enfance.

Le duc regarda la pendule.

— A près de 2 heures du matin, miss Morley? questionna-t-il.

Il y avait un tel monde d'insinuations dans sa voix que Druscilla fut suffoquée.

— C'est la vérité! s'écria la duchesse. Vous pouvez être sûr, George, que le marquis avait quelque chose de très important à communiquer à sa cousine. Maintenant, êtes-vous satisfait?

— Je suis peut-être un naïf en bien des domaines, ma chère, mais pas en celui-ci. Mon offre tient toujours, Lynche.

— Non, c'est impossible, vous ne parlez pas sérieusement, déclara la duchesse en se tournant vers lui et en se cramponnant aux revers de sa veste pour l'obliger à la regarder. C'est vrai, je vous le répète, c'est vrai. Le marquis m'a confié l'affection qu'il éprouvait pour sa cousine. Nous en avons parlé et il a dit quelle joie il se faisait de la voir. J'étais au courant, je vous le dis, c'est vrai. Comment pouvez-vous être si incrédule?

Elle laissa son mari pour s'adresser au marquis.

— Oh! marquis, supplia-t-elle, faites en sorte qu'il vous croie. Vous savez combien un duel serait désastreux et les conséquences qu'il entraînerait pour moi. Je vous en supplie, convainquez Sa Grâce que vous ne vous trouviez pas avec moi ce soir, comme elle semble toujours en être persuadée.

Il y avait des larmes dans les yeux bleus de la duchesse et sa bouche tremblait. Le marquis la regarda, puis se tourna vers le duc.

— Je suis navré que vous n'ajoutiez pas foi à mes explications et peut-être serez-vous mieux disposé si je vous informe que je demandais à ma cousine Druscilla de me faire l'honneur de devenir ma femme.

Pendant un instant, un profond silence régna dans la pièce, comme si tous étaient frappés de stupeur par les paroles du marquis.

Puis, avec un pli ironique des lèvres, le duc déclara :

— Ainsi le marquis au célibat tant vanté a été enfin pris au piège. Puis-je demander ce que la dame en question, miss Morley, veut répondre à cette proposition?

Trois paires d'yeux se fixèrent sur Druscilla et, le

temps d'un éclair, elle vit leur expression comme s'il s'agissait de portraits placés devant elle — le regard de la duchesse la suppliait de corroborer ce mensonge, celui du marquis le lui imposait presque, celui du duc était soupçonneux, sceptique, accusateur.

Ils attendaient, tous attendaient qu'elle parle. Finalement, les lèvres sèches, elle répliqua :

— Une déclaration aussi sincère mérite mon attention... et à la réflexion... j'accepte naturellement... avec grand plaisir l'invitation de mon cousin à devenir sa femme.

La duchesse poussa une légère exclamation.

— Eh bien, voilà qui règle la question, dit-elle. Alors, George, êtes-vous satisfait?

— Evidemment, ma chère, répondit le duc. (Puis, tandis que son auditoire se détendait de façon quasi visible, il ajouta :) Mais en tant que père et gardien de la morale et de la tenue de cette maison, je ne puis approuver miss Morley d'être habillée aussi sommairement même pour recevoir une chose d'importance telle qu'une demande en mariage. Il m'incombe donc de veiller à ce que ce mariage soit célébré le plus rapidement possible. Je vais faire réveiller mon chapelain et vous, marquis, ainsi que miss Morley serez unis d'ici une heure.

— Mariés! s'exclama le marquis.

— Qu'est-ce que cela signifie, George? protesta la duchesse d'une voix stridente.

— Cela signifie, ma chère, expliqua le duc, que votre ami le noble marquis doit justifier son explication s'il veut que je la croie et quoi de plus convaincant que de les marier immédiatement, avec vous et moi comme témoins de cette charmante petite cérémonie?

— C'est impossible! s'écria le marquis avec colère.

— Alors mon offre tient toujours, rétorqua le duc. Je vous laisse le choix des armes.

— Non, non! cria la duchesse. Tout cela est ridicule, absurde! Pensez à ce que les gens diront!

— Il n'y a aucune raison pour que personne soit au courant, répliqua le duc, à moins que vous ne bavardiez, ma chère. Et cela, je ne crois pas que vous le ferez.

— Un mariage de ce genre n'est pas légal, objecta vivement le marquis. Il faut avoir une licence spéciale.

— Voilà qui va peut-être vous étonner, dit le duc en sortant un papier de la poche intérieure de son manteau de voyage. La raison pour laquelle je me suis rendu en poste à Oxford et n'ai pu accueillir mes invités, c'est la nouvelle que mon neveu était sur le point de contracter un mariage désastreux avec la fille d'un marchand. Il était même allé jusqu'à se procurer une licence spéciale. Je la lui ai prise pour m'assurer qu'il ne l'utiliserait pas dès que j'aurais le dos tourné et c'est elle que je tiens à la main.

Le duc y jeta un coup d'œil.

— Il faudra changer les noms, reprit-il, bien sûr, mais comme Sa Grâce l'archevêque de Canterbury est un parent éloigné, je suis certain qu'il ne me blâmera pas de ma conduite en cette affaire quand je lui aurai expliqué les circonstances.

— Sacrebleu, vous détenez tous les atouts, hein? s'exclama le marquis.

Le duc plongea son regard dans le sien.

— Vous êtes sage de le reconnaître, répliqua-t-il.

Il se tourna vers Druscilla.

— Miss Morley, vous m'obligerez en vous habillant décemment et j'imagine que si je vous donne une heure pour vous changer et faire vos bagages ce sera suffisant.

— Faire mes bagages? répéta Druscilla abasourdie.

— Mais vous désirerez naturellement quitter le château avec votre mari, répliqua le duc d'un ton suave. Lui non plus n'aura certainement aucun mal à être prêt dans le même laps de temps. La chapelle, comme vous le savez je suppose, se trouve dans l'aile ouest. Nous vous y attendrons. Et maintenant, ma chère, dit-il en prenant le bras de la duchesse, vous et moi allons nous retirer dans notre appartement.

— C'est fou, George, absolument fou! s'exclama la duchesse.

— Je suis désolé que telle soit votre pensée, répondit le duc. Je trouve quant à moi que c'est apporter un règlement très judicieux et très civilisé à une situation qui, sinon, aurait pu finir en ce qui vous semble une affreuse tragédie.

Cette réplique réduisit la duchesse au silence. Elle se laissa docilement emmener de la salle d'étude, avec juste un regard implorant lancé par-dessus son épaule au marquis.

Il la regarda disparaître, puis jeta un coup d'œil à Druscilla qui le dévisageait, blême et tremblante.

— Bon Dieu! Dans quel pétrin me suis-je fourré! s'exclama-t-il. Pourquoi diable n'as-tu pas dit non, espèce de petite idiote?

2

— Le diable l'emporte, puisse son âme rôtir en enfer! Maudit soit-il! La peste l'étouffe!

Le marquis se rejeta contre les coussins moelleux de la voiture, les jurons qui jaillissaient de sa bouche devinrent de plus en plus impies, violents, blasphématoires.

Il avait déjà perdu tout contrôle de lui-même depuis quelques minutes quand il prit conscience de la petite silhouette assise à côté de lui, très droite, dans une immobilité absolue. L'idée traversa son esprit qu'une autre femme aurait poussé les hauts cris devant ses jurons ou se serait bouché les oreilles pour échapper à cet accès de violence.

Les mots moururent sur ses lèvres et, à la lumière de la lanterne, il examina plus attentivement la silhouette silencieuse auprès de lui.

« Seigneur! songea-t-il. On dirait une domestique de première classe. »

Cette pensée déclencha une nouvelle bordée de jurons.

— Dieu tout-puissant! conclut-il à haute voix. Je

vais être la risée de Saint-James! Te rends-tu compte comme on va rire sous cape et se moquer de moi? « le marquis célibataire », l'homme qui a fondé un Club de Célibataires, avec un dédit de cinq cents guinées à la charge de tout membre qui se marierait. Et la seule excuse pour entrer dans les liens du mariage serait d'avoir eu la tête complètement tournée par...

Il s'arrêta soudain, conscient qu'il se montrait inutilement insultant.

Somme toute, Druscilla était sa cousine et le fait qu'elle était de bonne naissance et non d'origine commune, ce qui aurait très bien pu se faire, était la seule consolation de ce cauchemar.

D'autre part, elle n'était pas le genre d'épouse qu'un homme est fier de montrer ou dont l'apparence constitue, comme il avait été sur le point de le dire, une excuse convaincante pour son renoncement au célibat.

Toutefois, parce qu'il ne pouvait s'empêcher d'être quelque peu honteux de sa conduite, il dit sur un ton assez peu gracieux :

— Je suppose... que je dois te présenter des excuses.

— C'est bien inutile, répliqua Druscilla d'une voix calme et claire, qui était en quelque sorte presque plus irritante que si elle s'était montrée bouleversée ou nerveuse.

Puis, d'un geste qui paraissait être le premier depuis qu'elle était montée en voiture, elle enleva ses lunettes et ouvrit la glace de quelques centimètres pour les lancer sur la route.

— Pourquoi fais-tu cela? questionna le marquis, intrigué.

— Un geste symbolique, répliqua-t-elle.

Et, à la clarté vacillante de la lanterne, il la vit sourire.

— Symbolique de quoi? demanda-t-il.

— Du fait que je n'en aurai plus besoin. Je les portais uniquement pour me rendre encore plus rébarbative et moins susceptible d'attirer l'attention.

— Etait-ce vraiment nécessaire? ironisa le marquis.

En même temps qu'il lançait cette pointe, il se demanda pourquoi il continuait à se montrer si désagréable envers cette jeune fille qui, somme toute, lui avait rendu service dans une situation critique.

Mais quand il avait prononcé les paroles sacramentelles dans la chapelle du château — paroles qu'il avait dû s'arracher à travers ses dents serrées — il n'avait pu s'empêcher de comparer l'épousée qui se tenait à son côté avec la voluptueuse beauté de la femme qu'il aimait.

Il était impossible de ne pas les opposer. La duchesse, contrainte évidemment, quoi qu'elle en eût, d'être témoin de ce mariage malheureux, était dans tout l'éclat de sa beauté.

Seule une femme se serait rendu compte que sa toilette était beaucoup trop apprêtée, que les diamants scintillant sur sa peau blanche et le décolleté profond de sa coûteuse robe du soir n'étaient pas du meilleur goût.

Mais ses cheveux blonds brillaient à la lueur des cierges posés sur l'autel et il sembla au marquis que ses yeux bleus étaient voilés de larmes contenues et ses lèvres rouges plus provocantes que jamais.

Il avait eu du mal à détacher d'elle ses yeux pour regarder la morne silhouette debout près de lui.

La robe informe de Druscilla était d'une hideuse teinte marron foncé et ses cheveux disparaissaient presque entièrement sous une capote à brides, en paille bon marché, dépourvue de garniture. Elle portait des lunettes et l'idée lui vint, quand elle entra dans la chapelle, qu'elle avait tout de l'indigente élevée par charité dans un orphelinat.

Quoi d'étonnant, se dit-il maintenant, s'il ne pouvait songer qu'aux railleries dont le gratifieraient ses contemporains? Et cependant un certain sens des convenances l'obligea à dire encore une fois :

— Je suis désolé, Druscilla. Je n'aurais pas dû t'entraîner dans cette histoire.

— Tu n'avais pas d'autre solution, n'est-ce pas? Par ailleurs, inutile de t'en faire pour moi. Tu m'as donné quelque chose que j'attendais depuis longtemps.

— Quoi donc?

— La chance de devenir une aventurière, répliqua-t-elle à sa surprise.

— Une quoi? s'exclama-t-il.

— Une aventurière, répéta-t-elle. J'avais demandé un jour à papa quelle était la définition du mot aventurière, et il a répondu que c'était « une femme qui guette une bonne occasion ». Eh bien, je guettais l'occasion d'échapper au genre de vie que je mène depuis quelque temps. Je te suis reconnaissante, Valdo, de m'offrir cette chance de m'évader.

— Eh bien, je suis heureux qu'il y ait quelqu'un de content, dit le marquis d'un ton revêche. Je suppose que c'était ton unique raison d'accepter ma demande.

— Si je ne l'avais pas acceptée, répliqua Druscilla d'un ton presque amer, j'aurais été renvoyée sans certificat. Auquel cas, n'ayant aucune possibilité de trouver un nouvel emploi, je n'avais plus qu'à choisir entre mourir de faim ou vivre dans le péché.

La confusion réduisit le marquis au silence et la voiture roula pendant près de deux kilomètres avant qu'elle reprenne d'une voix calme :

— Si ton accès de fureur est passé, j'ai quelque chose à te proposer. Es-tu prêt à m'écouter?

— Je ne peux guère faire autre chose, non? riposta-t-il avec irritation. Nous avons une bonne heure encore à rouler dans cette maudite voiture avant d'arriver à l'Auberge de la Poste.

— C'était tout de même aimable au duc d'avoir arrangé cela, remarqua Druscilla.

— Il ne l'a pas fait pour nous, je te le garantis, riposta le marquis. Il m'a dit : « Je ne souhaite pas que mes invités vous voient partir du château avec une femme, ce qui se produirait peut-être si vous conduisiez votre phaéton. Une de mes voitures va donc vous mener au delà des limites de mon domaine. Votre propre véhicule et vos domestiques vous y rejoindront et vous pourrez ensuite aller au diable si cela vous chante! »

La voix du marquis s'était durcie en prononçant les derniers mots. Il marmonna :

— Ce que je regrette de n'avoir pu me battre en duel avec lui.

— Il t'aurait tué!

— Qu'est-ce que tu racontes? s'exclama le marquis avec colère. Je suis considéré comme un tireur d'élite.

— Je suis convaincue que tu rates plus souvent ton coup que le duc, répliqua Druscilla, et d'ailleurs il possède déjà une certaine expérience. Il paraît qu'il a tué un homme en duel il y a cinq ans. Mais la victime n'était pas quelqu'un d'important, si bien que cela n'a pas fait scandale.

— Pourquoi se sont-ils battus?

Druscilla rit.

— As-tu vraiment besoin de poser cette question? Tu n'es pas le premier à avoir été séduit par les yeux bleus de la duchesse, ni le dernier, j'en suis sûr.

— Tu ne l'aimes pas, n'est-ce pas?

— Elle est dure, jalouse, méchante et mesquine.

Druscilla parlait froidement, sans la moindre rancœur.

— Je ne te crois pas, dit le marquis.

— Je n'y comptais pas non plus, rétorqua Druscilla. Mais elle vaut néanmoins un peu mieux que beaucoup d'autres dames de qualité que j'ai connues. Et elles, pour leur part, ont plus de mérites que leurs époux.

— Je vois que tu te débrouilleras très bien dans la vie mondaine qui va être la tienne, commenta méchamment le marquis.

— C'est justement ce dont je voulais discuter avec toi, dit Druscilla.

— As-tu quelques suggestions? Il faudra qu'elles soient bonnes si nous ne voulons pas être plus ridicules que les fous de Bedlam.

— S'il y a une chose que nous pouvons éviter, déclara Druscilla, c'est bien d'être un objet de raillerie.

— Essaie donc pour voir, dit le marquis accablé.

— C'est précisément mon intention. Attends que je t'aie exposé mon idée.

— Je suis tout prêt à t'écouter, répondit-il en se carrant dans l'angle de la voiture et en allongeant ses jambes.

Bien que Druscilla ne s'en rendît pas compte, il faisait un effort prodigieux pour dominer la fureur et la frustration qui lui donnaient envie de frapper ou d'écraser quelque chose.

Druscilla lui jeta un coup d'œil.

Indubitablement, même quand il était de mauvaise humeur, il était très beau; ses larges épaules, ses traits bien dessinés quasi classiques, la façon dont ses cheveux étaient plantés droit sur le front le rendaient, elle le savait bien, irrésistible aux yeux des femmes.

De plus, il avait un air d'audace insouciante, une espèce de témérité que les femmes ont toujours trouvée séduisante depuis que le monde est monde.

— Eh bien, dit-il comme elle se taisait, proposes-tu de nous embarquer sur un voilier en partance pour la Chine ou d'affronter avec une indifférence orgueilleuse les cancans et les moqueries qui nous attendent à Londres?

— J'y ai réfléchi très sérieusement, répondit Druscilla, et je pense que si nous nous y prenons adroitement nous échapperons à tout ce que tu crains si fort.

— Ce que je crains? répéta sèchement le marquis, comme si ces paroles l'avaient piqué au vif.

— Mais oui, bien sûr, tu le crains, poursuivit Druscilla. Tu as peur d'être ridicule, peur que les gens apprennent que tu as été contraint au mariage sinon sous la menace d'un pistolet du moins parce qu'une femme t'a supplié de sauver sa réputation.

Le marquis garda le silence et Druscilla demanda impulsivement :

— Comment as-tu pu agir avec autant d'étourderie?

— Apparemment, c'était sans risque, répliqua le marquis comme s'il s'adressait à un de ses camarades masculins et non à une femme. Quand Céleste m'a appris que le duc s'absentait pour la nuit, l'occasion m'a semblé providentielle. Ce n'est pas facile de nous retrouver à Londres, il est toujours là. Quand il a annoncé qu'il devait se rendre à Oxford, l'idée qu'il pourrait revenir ne m'a même pas effleuré.

— Tu ne penses quand même pas que tout le château ignorait que tu étais le dernier en date des flirts de la duchesse?

— On le savait avant la réception? s'exclama le marquis stupéfait.

— Mais naturellement. On en parlait bien avant ton arrivée et je suis convaincue que le valet de chambre du duc l'a informé chaque fois que tu rencontrais la duchesse à Londres.

— Comment l'aurait-il su?

— C'est un grand ami de la femme de chambre de la duchesse. En fait, ils « se fréquentent » pour employer l'expression consacrée.

— Oh! mon Dieu, les domestiques, les domestiques! s'écria le marquis. Mais tu n'aurais pas dû potiner avec eux, Druscilla.

— A qui aurais-je parlé, alors? protesta sèchement Druscilla. Le babillage d'une enfant de six ans ne constitue pas une compagnie ou une conversation intéressante.

— Voilà donc comment il était au courant, reprit le marquis qui n'avait visiblement pas écouté ce que Druscilla disait pour sa défense.

— Et voilà pourquoi il est revenu, conclut-elle.

— D'accord, je devais être fou, convint le marquis d'un ton acerbe. Et d'après tout ce que tu m'as dit, je pense que même si le duc et la duchesse se taisent, les domestiques jaseront.

Druscilla secoua la tête :

— J'en ai parlé au duc juste avant notre départ et il m'a promis de prévenir son valet et la femme de chambre de la duchesse que si le moindre mot sur ce qui s'est passé cette nuit parvenait aux oreilles de quiconque, il les renverrait sans certificat. Ils ne courront pas un tel risque, j'en sais quelque chose.

— Tu penses à tout, vraiment, commenta le marquis d'un ton désagréable. Quelles autres suggestions as-tu à faire?

— Ceci. Je me rends bien compte de ce que tu dois éprouver en ce moment. C'est déjà assez pénible d'être contraint de se marier quand on ne veut pas du mariage sans avoir encore à épouser quelqu'un qui a une allure comme la mienne.

— Je n'ai pas dit cela, protesta vivement le marquis.

— Tu as bien failli, rétorqua Druscilla. Tu le pensais, alors ne te fatigue pas à le nier.

— D'accord, je ne le nierai pas, admit le marquis, bougon. Mais tu pourrais sans doute t'arranger un peu. De jolies robes avec tous leurs accessoires devraient y contribuer.

— J'essaierai, sois-en sûr, déclara Druscilla. Mais comme tu le sais, se présenter à Londres en annonçant que nous sommes mariés va provoquer pas mal de commentaires. Même si tu croyais avoir mené discrètement ta liaison avec la duchesse, je suis certaine qu'on en a discuté du haut en bas de Saint-James et dans tous les salons élégants de Mayfair.

Les lèvres du marquis se pincèrent en une ligne dure.

— Sacrebleu! On ne peut donc pas avoir de vie privée? observa-t-il après un instant de réflexion.

— Pas quand on a une vie publique, répliqua Druscilla.

— Nous avions toujours été si prudents, marmotta-t-il.

— Franchement, Valdo, tu ne réfléchis pas. Tu n'ignores pas qu'une personne belle comme la duchesse, et célèbre pour l'attraction qu'elle exerce sur les jeunes gens, suscite des commérages à propos de tout ce qu'elle fait. Et quand on la voit constamment lancer des œillades langoureuses dans la direction de quelqu'un qui a ta renommée de Don Juan, votre liaison ne peut manquer d'être le sujet de potins croustillants sur toutes les lèvres.

— Parles-tu toujours de cette façon? demanda le marquis. Je t'assure, Druscilla, maintenant que tu es ma femme, il va falloir que tu modères ta langue et, qui plus est, tu ne devrais pas être au courant de ces choses-là. Ce genre de propos passe encore dans la bouche des femmes mariées mais, chez une jeune fille, cela choque, c'est le moins qu'on puisse dire.

Tu oublies que je suis mariée, rétorqua Druscilla.

— Il y a peu de chance que je l'oublie! s'exclama le marquis avec un gémissement. Néanmoins, mariée ou non, surveille ce que tu dis. Cela ne nous fera de bien ni à l'un ni à l'autre que les gens soient choqués par ta conversation.

— Je crois, déclara pensivement Druscilla, que si j'étais habillée à la dernière mode, et que j'aie l'air élégante et même séduisante, ce genre de propos justement t'amuserait au lieu de te mettre en colère.

Le marquis la dévisagea dans la clarté indécise de l'aube qui commençait à s'infiltrer par les glaces de la voiture.

— Il est difficile de t'imaginer autrement que tu n'es maintenant, remarqua-t-il avec amertume.

— C'est cela même dont j'avais l'intention de discuter, reprit Druscilla. Chez quel membre de la famille peux-tu me conduire?

— De la famille? Es-tu folle? s'exclama le marquis. Je ne veux pas les mettre au courant. Ce qui n'empêche pas qu'ils se douteront de quelque chose quand ils apprendront que je suis marié.

— Je ne tiens pas à ce qu'on l'apprenne tout de suite.

— Qu'as-tu en tête?

— Je pense qu'il doit y avoir parmi nos parents quelqu'un en qui nous pouvons avoir confiance, quelqu'un chez qui je pourrai habiter jusqu'à ce que nous annoncions nos fiançailles

— Nos fiançailles? répéta le marquis. Mais nous sommes mariés, ma petite, n'as-tu pas compris ça?

— Bien sûr que si, répliqua-t-elle du ton qu'elle aurait employé avec un enfant plutôt borné, mais nous n'avons pas besoin de le crier sur les toits, tu ne le vois donc pas? Si nous le faisons, cela donnera lieu à des conjectures. Et les gens ne sont pas complètement idiots, ils n'ignorent pas que tu courais après la duchesse ces trois derniers mois.

— Comment sais-tu que cela dure depuis trois mois? coupa le marquis.

— C'est à partir de ce moment-là que j'en ai entendu parler, répondit Druscilla. Cela date peut-être de plus longtemps, c'est possible.

— Au diable toi et tes domestiques cancaniers! s'exclama le marquis. Cela fait effectivement près de trois mois.

— Peu importe depuis combien de temps, poursuivit Druscilla. On va trouver cela plutôt étonnant si tu rentres tout droit du château à Londres pour annoncer que tu t'es marié avec quelqu'un d'autre.

— Naturellement qu'on va s'en étonner! Mais que diable y pouvons-nous?

— Pas mal de choses si seulement tu acceptes de m'écouter.

— Comme toutes les femmes, tu parles trop, mais continue.

— Je propose que tu me conduises...

Elle s'interrompit.

— ... mais voyons, j'ai trouvé chez qui tu devrais me conduire!

— Eh bien, demanda-t-il, qui?

— Grand-tante Shermaline... ta grand-mère! s'écria Druscilla. Est-ce qu'elle vit encore?

— Mais oui, répliqua le marquis. Vive comme la poudre et certainement mieux à la page que la plupart des vieilles douairières. Elle doit aller sur ses quatre-vingts ans.

— Elle s'est toujours montrée la plus gentille de toute la famille de maman, dit Druscilla. Je ne l'ai pas vue depuis des années, évidemment. Elle était la seule à n'avoir pas l'air de nous mépriser.

— Non, grand-mère n'aurait jamais fait ça, convint le marquis. Elle remet les gens à leur place s'ils l'agacent, mais elle ne les dénigre pas ni ne les traite plus bas que terre. C'est vrai.

— Alors, parfait, dit Druscilla, tu m'emmèneras chez elle.

— Qu'est-ce que tu feras quand tu y seras? questionna le marquis avec curiosité.

— Je vais lui demander de m'aider à m'habiller de façon convenable. Je vais lui demander de me présenter au *beau monde* (1). Puis dans trois semaines, peut-être plus, nos fiançailles seront annoncées et nous nous marierons peu après.

— Nous nous marierons? Mais nous sommes déjà mariés, objecta le marquis.

— Qui le saura? D'ailleurs, j'ai envie de me marier à l'église avec des chants et une grande assistance. C'est ce qu'on attendra aussi de la part du Très Noble — et très courtisé — marquis de Lynche.

— Sapristi, c'est l'idée la plus saugrenue que j'aie jamais entendue, dit le marquis avec dédain.

— Pourquoi? questionna Druscilla. Explique-toi.

— Eh bien, je ne sais pas, convint le marquis. Nous sommes mariés, à quoi bon recommencer tout ça?

— Nous avons été mariés parce que l'autre choix qui nous restait était un duel où tu te serais fait tuer, dit Druscilla. Nous avons été forcés de nous unir pour sauver la réputation d'une dame à la mode, qui n'aime vraiment que sa situation à la Cour, le prestige, la pompe et le luxe dont elle jouit en tant qu'épouse d'un duc.

— Si tu parles comme cela de la duchesse, je vais te secouer, Druscilla! lança sèchement le marquis.

— Bien, je ne te taquinerai plus, concéda-t-elle. Mais je ne serais pas étonnée que tu me secoues tout de même. Tu m'as frappée une fois avec ta batte de criquet et j'en ai gardé un bleu à la jambe pendant des semaines.

— Je pense que tu le méritais, dit froidement le marquis.

— Bon, continuons. Pendant ces trois semaines, il serait sage que tu ailles quelque part. Séjourne chez des amis, assiste aux courses à Newmarket et moi je ferai mon possible pour me rendre un peu plus présentable, plus semblable au genre de femme que tu aurais choisie si tu en avais eu la possibilité.

— Je trouve toujours cette idée complètement folle, mais elle a au moins le mérite de régler ce que nous ferons une fois à Londres. Je n'ai aucun désir

(1) En français dans le texte

de t'emmener dans un hôtel. Et arriver à Lynche habillée comme tu l'es déclencherait une tempête de commérages.

— Où habite ta grand-mère actuellement?

— Où elle a toujours vécu, répliqua le marquis, dans un immense mausolée plein de courants d'air, dans Curzon Street.

— Et tu es sûr qu'elle y sera? questionna Druscilla avec une légère anxiété.

— Nous sommes en mai, répliqua le marquis, et si tu crois que grand-mère manquerait une saison à Londres, tu te trompes fort. Elle est âgée, mais il n'y a guère de sorties auxquelles elle renonce.

— Très bien, nous irons directement à Curzon Street. Nous déjeunerons à l'Auberge de la Poste, ensuite tu m'y conduiras dans ton phaéton. D'ici que nous arrivions à Londres, il sera encore de bonne heure. La haute société dormira, il y a donc peu de risques qu'on me voie.

Le marquis garda le silence un instant, puis il dit lentement :

— Je m'excuse de ma conduite, Druscilla. Je ne suis pas si mal embouché, d'ordinaire.

— Tu avais quelque raison de l'être, répondit Druscilla en souriant. D'autre part, comme je te l'ai déjà dit, Valdo, tu n'as pas besoin de t'excuser.

— Bien sûr, l'Aventurière! répliqua-t-il avec une crispation des lèvres. Si telle est ton idée de l'aventure, tout ce que je peux dire c'est que je préfère la vie tranquille.

— Quelle blague! Tu n'as jamais mené une vie de tout repos et tu serais fort embarrassé si tu étais obligé d'en mener une, déclara Druscilla.

— Qu'est-ce que tu en sais?

— J'ai beaucoup entendu parler de toi dans les différents endroits où j'ai été employée. Quand on mentionnait ton nom, j'étais tout oreilles. Pourquoi pas? Tu es la seule personne que je connaisse dans un monde où la plupart de mes employeurs vivaient ou désiraient vivre.

— Qu'as-tu entendu dire? questionna le marquis

avec l'irrépressible curiosité qu'éprouvent certains à apprendre ce qu'on dit d'eux.

— Je te raconterai ça un de ces jours. La majeure partie n'est pas particulièrement à ton honneur. Mon dernier employeur, par exemple, était furieux parce que tu lui avais soulevé sa danseuse — une petite donzelle pour laquelle il avait apparemment dépensé une somme considérable jusqu'à ce qu'elle préfère l'équipage à deux chevaux que tu lui as offert. Et, bien sûr, un certain nombre d'autres séductions par-dessus le marché.

— Vraiment, Druscilla, tu ne devrais pas connaître des choses comme ça! la gronda le marquis.

— Tu me l'as demandé, répliqua simplement Druscilla.

— Si je comprends bien, tu étais au service de ce cochon de Walden?

— Non, j'étais employée par sa femme pour m'occuper de leurs enfants de cinq et six ans. Malheureusement, quand l'attention de lord Walden n'a plus été retenue par sa jolie danseuse, il a cherché de la distraction plus près de chez lui.

— Tu veux dire que Walden a eu l'audace de te poursuivre de ses assiduités? questionna le marquis d'un ton incrédule.

— Poursuivre est le mot, dit Druscilla amèrement. Et quand je lui ai échappé, j'ai été jetée à la porte sur l'heure sans références. Il a raconté à sa femme que je l'importunais.

— Et elle l'a cru?

— Les femmes préfèrent toujours croire leur mari. Quand j'ai protesté et lui ai expliqué la vérité, elle a refusé net de me payer mes gages.

— Je trouve incroyable qu'on se conduise de cette façon, déclara le marquis. Mais Walden n'appartient pas à notre monde, tu n'aurais jamais dû aller chez lui, pour commencer.

— Un vieil adage dit que les mendiants doivent se contenter de ce qu'on leur donne, répliqua Druscilla. La situation que j'avais avant d'aller chez lady Walden s'était compliquée du fait que le fils aîné m'a crue envoyée par la Providence pour compléter son éducation de séducteur et de libertin.

Le voix de Druscilla fut coupante pendant un instant, comme si le souvenir de ce qui s'était produit la blessait encore.

— Tu as eu de bien mauvais moments, remarqua le marquis d'un ton changé, et quand j'en aurai l'occasion je revaudrai cela à lord Walden! Tu verras.

— Tu l'as déjà puni en lui enlevant sa danseuse. Tu l'as humilié et les hommes ont horreur de l'être. C'est ton ennemi, rappelle-toi toujours cela.

— Je ne l'oublierai pas, assura le marquis d'une voix lourde de menace.

— Mais je crois qu'il serait bon — au cas où nous devrions préciser quand nous nous sommes rencontrés — de dire à ta grand-mère que cela s'est passé après que j'ai quitté le service de lord et de lady Walden. Cela permettrait au moins de ne pas parler du duc et de la duchesse.

— Tu penses à tout, reconnut le marquis. Et si je peux faire quoi que ce soit pour prendre une revanche sur Walden, ce sera un plaisir.

Comme les chevaux ralentissaient, il se pencha pour regarder au dehors.

— Je crois que nous sommes arrivés, dit-il.

Le marquis accompagna Druscilla dans l'auberge. Il n'y avait qu'un garçon somnolent pour prendre la commande de leur petit déjeuner et Druscilla monta à l'étage faire un brin de toilette.

Lorsqu'elle redescendit dans le petit salon privé où le marquis avait dit qu'on les serve, elle le trouva l'air sombre, un grand verre de cognac en main, le regard fixé sur le feu qu'on venait d'allumer.

Il leva les yeux à son approche, mais ne fut guère déridé par son aspect.

Elle avait enlevé sa capote, mais ses cheveux étaient toujours tirés en arrière en un chignon peu seyant; sa robe qui paraissait bon marché et laide à la lumière des chandelles était encore pire sous le pâle soleil matinal qui commençait à poindre à travers les carreaux en losange des fenêtres.

Elle lui sourit et il remarqua, comme déjà dans la salle d'étude, que ses yeux étaient d'une curieuse nuance de vert.

Cependant sa robe faisait paraître sa peau jaunâtre et indubitablement son apparence était terne jusqu'à la laideur.

Après un coup d'œil, le marquis se détourna, pris d'un désir irrésistible de maudire son épouse, ou même de la frapper.

Voilà la femme avec qui il était marié — la marquise de Lynche — la femme dont il demanderait à ses amis de croire qu'elle avait séduit le célibataire le plus blasé, le plus sophistiqué de toute la joyeuse coterie de jeunes dandies attachée au prince de Galles!

Fût-il jamais homme pris au piège plus sûrement et plus complètement?

On leur servit le petit déjeuner et ils mangèrent en silence. Tous deux semblaient plongés dans leurs réflexions et le marquis but beaucoup de cognac. Puis ils se remirent en route; cette fois, le marquis conduisait son phaéton. Ils avaient parcouru pas mal de kilomètres quand Druscilla déclara :

— Tu conduis bien... je m'y attendais.

— Sacrebleu! s'exclama le marquis. Je suis un sportif.

— Bien des gens prétendent l'être, répliqua Druscilla avec dédain, mais cela n'implique pas qu'ils soient capables de conduire leurs chevaux comme tu mènes les tiens.

— Je suis reconnaissant du compliment, dit-il, sarcastique.

— Je dis ce qui est, reprit Druscilla. J'espère que tu m'accorderas mon propre cabriolet. Au vrai, je me débrouille assez bien.

— J'essaierai de te trouver quelque chose de sûr et de calme.

Elle sourit légèrement sans répondre et ils n'échangèrent plus guère de paroles jusqu'à ce que le marqui arrête le phaéton devant le porche d'une grande maison, au milieu de Curzon Street. Il n'était encore que 8 heures du matin.

Un valet de pied surpris ouvrit la porte.

— Est-ce que la marquise est réveillée? questionna le jeune homme. Demandez-lui si elle aurait l'amabilité de recevoir son petit-fils, le marquis de Lynche.

— Oui, m'lord, certainement, m'lord, bégaya le valet visiblement décontenancé de recevoir des visiteurs à une heure aussi matinale.

Druscilla jeta un coup d'œil circulaire. Le vestibule était vaste et imposant. Un escalier à double révolution conduisait à un balcon à balustrade qui le surplombait et un énorme lustre scintillait et brillait au centre.

« Quel cadre pour une réception! » songea-t-elle.

Mais elle garda le silence, tandis que le marquis s'agitait nerveusement près d'elle, visiblement crispé et appréhendant un peu l'entrevue qui les attendait.

Le valet revint.

— Madame la marquise est en train de déjeuner, m'lord. Elle sera ravie que Votre Seigneurie se joigne à elle.

La marquis hocha la tête, puis regarda Druscilla.

— Viens, dit-il. C'est toi qui as eu cette idée.

— Oui, je sais.

Et, bien qu'elle fût très pâle, elle ne donna aucun autre signe de nervosité comme ils montaient l'élégant escalier vers la petite salle à manger réservée au déjeuner du matin.

A la porte qu'un laquais tenait ouverte, Druscilla s'effaça pour laisser le marquis entrer le premier.

— Valdo, quelle surprise vraiment! entendit-elle s'exclamer une voix âgée, mais toujours vibrante de vitalité et d'entrain. Qu'est-il arrivé pour que j'aie cet honneur si tôt?

La pièce était baignée de soleil et, assise à une table ronde près de la fenêtre, se tenait une très vieille dame au visage ridé, aux cheveux très blancs contrastant avec une peau couleur de parchemin.

Mais les yeux de la douairière étaient brillants et perçants comme ceux d'un faucon. Elle les tourna vers Druscilla tandis que le marquis se courbait pour baiser sa main veinée de bleu.

— Et qui est ta compagne? demanda-t-elle. Serait-ce la raison de ta visite inattendue?

— Tout juste, grand-maman, et peut-être te souviendras-tu d'elle. Son nom est Druscilla et elle se trouve être ta petite-nièce.

— Druscilla, l'enfant de la pauvre Clémentine! s'écria la douairière. Je me suis souvent demandé ce que tu étais devenue.

Elle tendit la main et Druscilla s'inclina dans une révérence, en baisant les vieux doigts comme avait fait le marquis.

— La dernière fois que je t'ai vue, tu étais une petite fille, reprit la douairière. Je me reproche d'avoir perdu le contact pendant si longtemps. Mais ton père était d'un caractère très difficile : il a signifié clairement qu'il ne désirait pas me voir ni avoir quoi que ce soit à faire avec moi après la mort de ta mère.

— C'est vrai, ma'am, dit Druscilla. Mais mon père est mort depuis près de trois ans.

— Alors tu es seule! Pauvre enfant! Et c'est probablement pourquoi mon petit-fils t'a amenée ici.

Son regard effleura la robe de coton bon marché et l'affreuse capote de paille. Le marquis s'éclaircit la gorge.

— Vois-tu, grand-maman, Druscilla a été renvoyée de la maison où elle était employée et je...

— Non, ne dis pas ça, coupa Druscilla. Non je t'en prie.

Le marquis la regarda avec perplexité, la douairière avec intérêt. Puis elle continua, s'adressant au marquis :

— Aurais-tu l'obligeance de descendre, Valdo? Je veux parler à grand-tante Shermaline seule. Je veux lui expliquer la vérité.

— Mais je croyais que tu avais dit...! s'exclama le marquis.

— Ta grand-mère doit connaître la vérité, l'interrompit vivement Druscilla. Maintenant que je l'ai vue, je comprends que c'est quelqu'un à qui nous ne pouvons pas mentir et mieux vaut sûrement qu'elle soit au courant... mais elle seule.

Le marquis haussa les épaules :

— Très bien. Fais comme tu veux.

Il se tourna vers la vieille dame :

— Me permets-tu, grand-maman, de demander qu'on me serve du vin dans une autre pièce?

— Du chocolat ou du thé seraient meilleurs pour toi, répondit la douairière avec un petit sourire.

— Je n'en doute pas, acquiesça le marquis. Mais j'ai une envie insatiable de boisson forte en ce moment précis. Druscilla t'expliquera sûrement pourquoi.

Il s'inclina suivant l'usage, puis traversa la pièce et sortit. La douairière le suivit des yeux, puis se retourna vers Druscilla :

— Tu as éveillé ma curiosité, c'est certain, petite. Tu dois avoir quelque chose de vraiment étrange à me communiquer pour que cela amène mon petit-fils à me rendre visite avant que le monde — son monde — soit réveillé, quoique je doive reconnaître que vous avez tous les deux l'air de ne pas vous être couchés de la nuit.

— C'est bien ce qui s'est passé, reconnut Druscilla.

La douairière haussa les sourcils.

— Auquel cas tu as plus besoin de te sustenter que mon petit-fils.

Elle prit une clochette près d'elle et l'agita. La porte s'ouvrit.

— Du chocolat frais pour ma visiteuse, dit-elle, et demandez au *chef* (1) de préparer immédiatement quelques plats pour miss Morley et le marquis, qu'on servira au rez-de-chaussée.

— Très bien, m'lady.

La porte se referma et la douairière tendit la main.

— Viens t'asseoir, petite, dit-elle. Tu sembles fatiguée et un peu craintive. Je ne te mangerai pas, je te le promets, et il est possible que je sois en mesure de t'aider. J'espère beaucoup pouvoir le faire... j'aimerais le faire.

Peut-être est-ce la bonté émanant de la voix de la douairière qui incita Druscilla à venir impulsivement

(1) En français dans le texte.

s'agenouiller près du fauteuil de la vieille dame.

— Oui, vous pouvez m'aider, s'écria-t-elle. Et je vous en prie, grand-tante Shermaline, dites que vous le ferez, parce que c'est de la plus haute importance pour moi et... pour Valdo.

3

Sir Anthony Headley pénétra dans la bibliothèque de Lynche House, l'hôtel particulier de Lynche, et regarda avec étonnement le marquis vautré dans un fauteuil, un verre de cognac à la main et portant encore les vêtements dans lesquels il était revenu en voiture de Newmarket.

— Bonté divine, Valdo, tu vas être en retard! s'exclama sir Anthony. Et que diable signifie ceci? Tu ne m'en as jamais dit un mot.

Il avança dans la pièce en brandissant une grande carte. Il avait l'air d'une vraie gravure de mode. Son élégant habit de satin ne pouvait avoir été taillé que de main de maître et sa cravate d'une blancheur neigeuse tombait en tels plis savants qu'il avait bien fallu une heure à son valet pour les obtenir.

Le marquis tourna la tête, décocha à son ami un regard noir, jeta un coup d'œil à la carte, puis reprit sa position.

— Ainsi tu as été invité, dit-il d'un ton hargneux. Je ne peux pas comprendre pourquoi.

— Pas comprendre pourquoi? répéta sir Anthony stupéfait. En vérité, Valdo, voilà qui est un peu fort! Si moi, l'un de tes plus vieux amis, je n'étais pas présent, alors ce serait le comble. A part ça, pourquoi ne m'as-tu soufflé mot d'une chose aussi importante que tes fiançailles?

Il y eut un silence avant que le marquis réponde avec embarras :

— C'était un secret.

— Mais nous ne sommes revenus de Newmarket qu'il y a deux heures! s'exclama sir Anthony. Et tu ne m'as pas donné le moindre soupçon. Qui est-ce? Pourquoi n'ai-je jamais entendu parler d'elle avant?

— C'est ma cousine, dit le marquis d'un ton bref.

Sir Anthony l'observa d'un air méditatif. Le marquis et lui avaient été compagnons d'armes lors de la campagne de Hollande et il s'imaginait bien connaître son ami; mais cette nouvelle était une surprise qui le laissait bouche bée, en même temps que persuadé qu'il y avait anguille sous roche.

— Tu mets ma crédulité à rude épreuve, remarqua-t-il sèchement en mettant la carte d'invitation dans la poche intérieure de son habit de soirée. Et si tu me pardonnes de le répéter tu vas être déraisonnablement en retard.

Au lieu de répondre, le marquis se versa délibérément un autre cognac. Le flacon était déjà à moitié vide et son ami l'examina de l'air de quelqu'un qui échafaude des raisonnements.

— Tu n'as pas d'ennuis, Valdo? demanda-t-il finalement. Tu n'es pas poussé en hâte à l'autel?

Il n'y avait pas à se méprendre sur l'insinuation que couvraient les mots et le marquis répondit avec colère :

— Non, non, rien de tel! Je voudrais que tu saches que je n'ai pas l'habitude de conter fleurette à des novices qui n'y connaissent rien.

— Je l'ai toujours cru, répliqua doucement sir Anthony. Mais pourquoi ce secret?

— Grands dieux, Anthony, est-ce que je dois te rendre compte de tout ce que je fais?

— Non, bien sûr que non. Mais White est en effervescence et quant au Club des Célibataires...

— White? Les Célibataires? cria le marquis. En quoi ça les regarde?

— Ils ont tous été invités, mon cher vieux. Et tu ne supposes quand même pas qu'étant donné la situation, après avoir crié sur les toits les avantages supérieurs du célibat, ta volte-face n'a pas fait sensation!

— White et les Célibataires! murmura le marquis. Ma grand-mère doit être folle.

— C'est une réception grandiose, déclara sir Anthony. Pour l'amour du ciel, Valdo, tu devrais être déjà en train d'accueillir tes invités au lieu de te vautrer dans ton ignominie.

Ses paroles semblèrent éveiller le marquis de sa léthargie. Il avala d'un trait le contenu du verre et sortit de la pièce en claquant la porte derrière lui.

Son ami le suivit des yeux d'un air consterné. Que le marquis fût sur le point de s'engager dans les liens du mariage était une chose, mais que cela le mît de si mauvaise humeur suffisait à combler d'appréhension ceux qui l'aimaient.

Sir Anthony tira de sa poche l'invitation. Il lut à nouveau, gravé en noir sur une carte blanche :

La Marquise Douairière de Lynche a l'honneur d'inviter
Sir Anthony Headley
à la réception où sera annoncé le mariage de son petit-fils, le Très Noble Marquis de Lynche, avec Miss Druscilla Morley.

« Qui donc est cette Druscilla? » se demanda sir Anthony. Plus d'une heure s'écoula avant qu'il ait la réponse. A ce moment, le marquis, vêtu avec une suprême élégance, avait conduit sa voiture, avec lui à son côté, jusqu'à Curzon Street où ils trouvèrent une « mêlée » de voitures et de carrosses bloquant la rue.

— Tu es désagréablement en retard, remarqua sir Anthony, déclaration qui ne contribua pas à atténuer l'air renfrogné du marquis. Pourquoi n'irions-nous pas à pied?

— J'arriverai à l'aise, dit sèchement le marquis,

Il jeta par la vitre un coup d'œil aux voitures qui attendaient de débarquer leurs occupants devant la grande entrée à colonnades de la résidence de la douairière.

Il reconnut les armoiries de la plupart et songea

avec un sentiment proche de la fureur que sa grand-mère avait décidé de le tourner en ridicule. Indubitablement, elle avait invité tout le « gratin » alors qu'il s'était imaginé — quand elle lui en avait fait part pendant qu'il était à Newmarket — que ce qu'elle projetait était une petite réunion de famille où elle présenterait Druscilla à leurs relations communes.

C'est une éventualité qu'il n'avait pas envisagée au plus profond de son accablement et il aurait aimé avoir le courage de faire tourner ses chevaux, et de dire à Druscilla et à tous ceux qui étaient venus s'étonner en ricanant devant le choix de sa fiancée qu'ils pouvaient tous aller au diable.

Il ne savait que trop que la question qu'on allait lui poser encore et encore serait : Pourquoi?

Pourquoi il avait choisi d'épouser une fille terne, sans attrait, sans le sou et sans situation, alors que toutes les femmes du royaume qui avaient des filles à marier tournaient autour de lui depuis qu'il avait quitté Eton.

Et quelle explication pourrait-il donner à ces beautés en puissance de mari qu'il avait fréquentées, qui l'avaient souvent aimé sans souci de prudence et sans mesure?

Il avait flirté avec bon nombre d'entre elles et, s'il en avait laissé certaines avec le cœur meurtri, il se faisait gloire qu'elles soient du moins restées ses amies et, les premiers effets de la rupture passés, qu'elles ne lui gardent pas rancune.

Mais c'est d'un mauvais œil qu'elles se verraient déposséder de leur place dans son affection par une jeunesse sans rien pour elle sinon l'honneur d'être une assez lointaine cousine.

La perspective de tout ce qui l'attendait donnait au marquis envie de jurer comme il avait juré en présence de Druscilla lorsqu'ils avaient quitté le château du duc.

Il se retrouva les mains crispées dans un effort pour se maîtriser et il avait dû fermer momentanément les yeux car, sans qu'il s'en soit rendu compte, les chevaux s'étaient immobilisés devant la porte éclairée et sir Anthony descendait déjà du carrosse sur le tapis rouge.

Le marquis le suivit et trouva le vestibule de marbre plein à craquer, dans le déploiement des soies, des satins, des velours et des voiles; l'éclat des bijoux et des décorations; la fragrance entêtante d'une centaine de parfums différents; et par-dessus tout le brouhaha aigu des voix et des rires.

Le marquis crut presque discerner un net accent de curiosité dans ce bruit, comme si tous ces gens se demandaient entre eux :

« Pourquoi? Pourquoi le célibataire endurci renonce-t-il à sa liberté tant vantée? »

Pendant un instant, il resta presque stupéfié, sans remarquer les coups d'œil provocants et les lèvres souriantes tournées vers lui. Puis sir Anthony lui toucha le bras.

— Tu ferais mieux de monter par l'autre escalier, suggéra-t-il.

Les deux volées de marches s'élevaient du vestibule en un gracieux fer à cheval. Les invités étaient manifestement accueillis en haut de l'escalier de gauche, tandis que l'autre était relativement vide.

Docilement, le marquis monta à droite et ne ralentit l'allure qu'en arrivant en haut pour regarder à travers les corbeilles de fleurs le vaste palier où il voyait sa grand-mère, ses cheveux blancs couronnés d'un diadème étincelant, accueillir les invités annoncés d'une voix de stentor par un majordome revêtu de la livrée des Lynche :

— Sa Grâce le duc de Devonshire et Sa Grâce la duchesse... « Son Excellence l'ambassadeur de Russie et la princesse Lieven!... Le vicomte Newburton!...

Sa voix résonnait comme celle de la fatalité aux oreilles du marquis. Puis il se contraignit à regarder la jeune fille qui se tenait au côté de sa grand-mère.

Un instant, il crut que c'était une inconnue! Il ne l'avait jamais vue, sûrement, ou au contraire...? Il avança, comme mû par une force étrangère, vers le haut de l'autre escalier et entendit alors la voix de sa grand-mère.

— Je veux vous faire faire la connaissance de ma petite-nièce Druscilla Morley, qui est fiancée à mon petit-fils. Druscilla, Sa Seigneurie est un ami très cher.

C'était donc Druscilla! Le marquis pouvait à peine en croire ses yeux.

Druscilla, qu'il avait vue la dernière fois dans sa hideuse robe marron, terne comme la plus pauvre des domestiques, était maintenant métamorphosée de telle façon qu'il n'arrivait pas à la reconnaître.

La première chose qu'il remarqua fut ses cheveux. Il se rappelait qu'ils avaient toujours été roux — mais rien de semblable au roux vivant, rutilant, adoré des peintres vénitiens, qui encadrait ce petit visage en forme de cœur aux yeux les plus grands qu'il se souvienne avoir jamais vus.

Ces yeux étaient incontestablement verts et semblaient avoir un étrange scintillement qui éclipsait même les émeraudes dans sa chevelure et le magnifique collier qui encerclait la colonne ronde de son cou.

Le marquis se souvenait vaguement que les émeraudes étaient une parure de famille que sa mère avait toujours estimée trop ostentatoire pour la porter.

Sur Druscilla, les émeraudes étaient sensationnelles et un coup d'œil lui suffit pour se rendre compte qu'elle tranchait d'une façon extraordinaire même dans cette brillante cohue de jolies femmes couvertes de bijoux.

Il avait une expérience suffisante des femmes pour juger que sa robe était audacieuse. Aucune jeune fille n'aurait osé porter une toilette pareille et bien peu de femmes mariées.

D'un vert émeraude, elle étincelait et scintillait comme si un millier de pierres précieuses étaient cousues sur la gaze légère et mettait en valeur une silhouette élancée dont les courbes et les sinuosités attiraient irrésistiblement le regard de tous les hommes, si vieux fussent-ils.

Le marquis avait dû rester figé dans cette contemplation ébahie, car soudain la douairière tourna la tête, l'aperçut et lui fit signe.

— Valdo, mon cher petit-fils, s'exclama-t-elle, comme je suis contente de te voir!

Il passa devant l'invité qui attendait d'être accueilli et s'inclina sur la main de la douairière, puis se retrouva machinalement avec les doigts de Druscilla dans les siens.

— Mylord, nous étions en souci de vous, dit-elle d'une voix claire. (Puis, dans un murmure que lui seul pouvait entendre, elle ajouta vivement :) Donne un prétexte plausible pour ton retard.

— Je dois m'excuser, déclara docilement le marquis, de n'avoir pas été ici plus tôt, mais il y a eu un accident sur la route de Newmarket. Une diligence avait versé. N'est-ce pas, Anthony?

Sir Anthony Headley, qui était juste derrière le marquis, entra galamment dans le jeu.

— Oui, certes, ma'am, dit-il à la douairière. La route était... euh, pleine de bagages et de femmes hurlantes. Nous ne pouvions pas continuer sans offrir notre aide.

— Comme c'est aimable de votre part! complimenta Druscilla en levant vers le marquis des yeux qui semblaient adorateurs. J'espère qu'elles étaient jolies.

Ce qui fit fuser des rires légers dans leur entourage.

— Eh bien, maintenant que te voilà, Valdo, dit sèchement la douairière, donne le bras à Druscilla et présente-la à tes amis. Tous brûlent de curiosité de faire sa connaissance.

Druscilla posa le bout de ses doigts sur le bras du marquis qui la conduisit au salon de réception où, sur les énormes lustres de cristal, les bougies vacillaient légèrement dans la brise venant des hautes portes-fenêtres ouvertes sur le jardin à l'arrière de la maison.

La pièce était déjà à moitié pleine d'invités qui étaient arrivés à l'heure. A une extrémité, il y avait un buffet au champagne avec toutes sortes de friandises délicates préparées par l'excellent cuisinier de la douairière, qui passait pour un des meilleurs de Londres.

Le marquis était encore trop sidéré par l'aspect de

Druscilla pour dire grand-chose, à part la présenter à tel ou tel. A sa surprise, son mutisme passa inaperçu.

Druscilla bavardait — gaiement, d'une façon charmante — et il se rendit compte à ce moment, dans la clarté des bougies, que ce n'était pas seulement sa toilette mais sa peau qui attirait les regards de tous ceux à qui ils parlaient.

Audacieusement révélée par le profond décolleté de sa robe, elle était d'une blancheur éblouissante, parfaite et immaculée comme un pétale de camélia. D'autres femmes s'étaient mis du rouge, mais pas Druscilla. Il n'y avait qu'un soupçon de poudre sur son visage.

Mais sa bouche était d'un rouge attirant et il n'était pas douteux que la grandeur de ses yeux et leur éclat étaient dus en partie à l'artifice.

Ils allaient de l'un à l'autre quand, soudain, le marquis eut la surprise de voir la duchesse de Windleham s'avancer gracieusement à travers la salle dans leur direction.

Il dut se raidir instinctivement, car aussitôt Druscilla tourna la tête. Mais elle n'était pas aussi étonnée que le marquis, car elle savait qu'en dépit de ses protestations une invitation avait été envoyée au duc et à la duchesse.

— Ne sois pas absurde, petite, avait dit la douairière. M'abstenir provoquerait des commentaires et inciterait aux conjectures. Je leur enverrai une carte et j'espère qu'ils auront le bon sens de refuser.

Le bon sens était une chose que n'avait jamais eue la duchesse.

Le duc ne l'accompagnait pas. La main de la duchesse était posée sur le bras d'un noble soupirant qui restait toujours à sa dévotion bien qu'il eût été remplacé dans ses affections non pas une mais deux douzaines de fois.

La duchesse était ravissante à l'extrême : Druscilla devait le lui concéder. Elle portait une robe de satin bleu pastel qui mettait en valeur ses cheveux blonds et ses yeux bleus.

Et aussi, pensa Druscilla, qui la vieillissait légèrement car elle donnait l'impression d'être habillée d'une façon trop jeune pour son âge. « Mais, se dit-elle, c'est mon avis à moi! »

Elle était certaine que le marquis dévisageait, médusé, son amour perdu.

La duchesse se rapprocha et Druscilla la vit plisser les paupières une seconde pour examiner sa robe coupée à la mode de Paris et sa magnifique parure d'émeraudes. Puis elle leva les yeux vers le marquis — des yeux qui semblaient presque retenir une larme.

— Oh, mylord! s'écria-t-elle d'une voix frémissante, je vous présente tous mes meilleurs vœux de bonheur. Je ne peux pas vous dire ce que cela signifie pour... moi.

Le marquis s'inclina sur sa main puis, se rendant compte que tous autour d'eux les observaient, il déclara avec effort :

— Permettez-moi de vous présenter ma fiancée, miss Druscilla Morley. Sa Grâce la duchesse de Windleham.

La duchesse ne tendit pas la main. Elle accorda à Druscilla la plus brève des inclinations de tête et se tourna de nouveau vers le marquis.

— Quelle surprise, dit-elle doucement. Et où et quand avez-vous connu miss... euh... miss... cette jeune femme?

C'était grossier, c'était insultant et ceux qui écoutaient comprirent parfaitement que la duchesse venait de déclarer publiquement son dédain pour la prétendue du marquis On savait bien où s'était fixée l'affection de la duchesse depuis trois mois, et le fait qu'elle avait capturé le cœur de l'insaisissable marquis de Lynche avait été le sujet de spéculations sans fin.

— La première fois que j'ai rencontré Valdo, déclara Druscilla d'une voix claire avant que le marquis ait pu parler, j'étais dans mon berceau. Il a essayé de me prendre mon biberon.

Ce qui déclencha une tempête de rires. Druscilla attendit qu'elle se soit calmée, puis ajouta :

— Je crois qu'il voulait le lait pour son cochon d'Inde favori, mais aussi Valdo s'est toujours entiché de petites bêtes.

Il y eut un léger sursaut, puis les rires fusèrent. La duchesse se détourna, une expression de véritable fureur sur le visage.

Druscilla sentit que le marquis était rigide de colère, mais sa rage lui fit métaphoriquement hausser les épaules. S'il ne la protégeait pas, elle se protégeait elle-même.

A partir de ce moment, elle n'eut plus besoin de chercher un champion. Son succès était assuré. En quelques mots, elle avait captivé l'auditoire le plus difficile du monde, le Bon Ton gâté qui s'ennuie, qui ne demande qu'à être débarrassé de son ennui.

— Félicitations!

Ce n'est pas un seul des amis du marquis qui dit cela avec sincérité mais tous. Même les membres du Club des Célibataires déclarèrent qu'ils lui pardonnaient dans ces conditions d'avoir renoncé à son célibat impénitent.

— Une extrême provocation, voilà votre excuse, hein, jeune homme? dit l'un des plus vieux membres en lui enfonçant un doigt dans les côtes et en regardant Druscilla avec une admiration non déguisée. Eh bien, si j'étais plus jeune, du diable si je n'essaierais pas de vous supplanter!

Il était près de minuit lorsque, précédé par le petit brouhaha habituel de courtisans et de flagorneurs, le prince de Galles entra dans le salon de réception.

Il était seul et il avait déjà présenté ses excuses à la douairière pour l'absence de Mrs Fitzherbert (1) avec qui il s'était réconcilié et pour qui, une fois de plus, toutes les portes de la haute société s'étaient rouvertes.

Pourtant, ce n'était pas seulement l'absence de

(1) Son Altesse Royale le prince de Galles, alias « Prinny », né en 1762, a été prince régent en 1810 pendant la maladie de son père George III jusqu'à la mort de celui-ci en 1820, puis roi de 1820 à sa mort en 1830 sous le nom de George IV. Il avait épousé en secret Maria Anne Fitzherbert (1775-1837), mariage qu'il fit annuler en 1803 pour s'unir à Caroline de Brunswick (1768-1821). L'action du présent roman se situe en 1802.

Mrs Fitzherbert qui avait assombri Son Altesse Royale et le faisait paraître plus lourdement cérémonieux que d'habitude. Dans la voiture qui se rendait à Curzon Street, sir Anthony Headley avait demandé au marquis :

— Et Prinny? Il ne va pas être content que tu ne l'aies pas informé de tes intentions matrimoniales.

Le marquis n'avait pas répondu, mais il savait que sir Anthony disait vrai. Il touchait le prince de trop près pour ne pas se rendre compte que Son Altesse Royale considérerait le fait d'avoir gardé le secret comme une injure venant de quelqu'un à qui il avait prodigué son amitié.

Le prince s'entretint avec deux ou trois personnes avant que le marquis arrive jusqu'à lui. Il s'exclama alors avec une note très discernable d'irritation boudeuse dans la voix :

— Pourquoi n'ai-je pas été averti? Vous ne m'avez jamais parlé de fiançailles.

Le marquis eut l'impression que l'assistance entière retenait son souffle dans l'attente de sa réponse. Mais avant qu'il ait pu prononcer un mot, Druscilla intervint.

Faisant au prince une très élégante révérence, elle leva vers lui en se redressant des yeux qui, à la clarté des chandelles, semblaient pétiller comme un feu d'artifice.

— Je vous en conjure, ne soyez pas fâché contre le pauvre Valdo, monseigneur, c'est entièrement ma faute. Je l'ai persuadé malgré lui d'appliquer le brillant axiome de Votre Altesse Royale, « la surprise est une arme des plus précieuses dans la bataille ».

— Dans la bataille? répéta le prince.

Druscilla lui dédia un sourire charmeur.

— Oui, certes, monseigneur, la bataille en vue de gagner l'approbation de Votre Altesse Royale.

C'était audacieux et cela plut au prince. Il renversa la tête et rit, puis leva la main de Druscilla jusqu'à ses lèvres.

Il ne pouvait jamais résister à la flatterie et quand celle-ci concernait la guerre qui était un sujet sur lequel il se considérait comme un expert, bien qu'il n'eût jamais combattu, il la trouvait irrésistible.

— Puis-je vous conduire souper en bas, miss Morley? proposa-t-il. Il faut que vous me parliez encore de ce qui vous a intéressée dans ce que j'ai dit.

— Le temps nous manquera, monseigneur, répliqua Druscilla, à moins que vous ne soyez prêt à rester jusqu'au petit déjeuner.

Elle l'avait de nouveau fait rire et le marquis les regarda traverser cérémonieusement la salle avec un air d'incrédulité qui ne disparut que lorsque sa grand-mère le rappela sèchement à l'ordre pour n'avoir pas offert son bras à la duchesse de Devonshire.

A partir de ce moment, Druscilla eut conscience que tout ce qu'elle disait était accueilli par des rires, non pas les rires méprisants, cyniques, que le marquis avait redoutés, mais des rires d'amusement sincère, d'attention flatteuse.

Il était 2 heures du matin quand le prince quitta enfin la réception.

C'était un grand honneur car il était sans précédent que le prince restât si tard quand Mrs Fitzherbert ne l'accompagnait pas.

— J'ai pris cette soirée avec un plaisir plus grand que je ne le croyais possible, ma'am. Bien que je ne m'y sois pas attendu, je suis vraiment enchanté que votre petit fils et mon ami se dispose enfin à embrasser l'état de mariage. Puis-je suggérer, si c'était possible pour lui et cette charmante jeune personne de se marier avant que Mrs Fitzherbert et moi partions pour Brighton, que la réception se fasse à Carlton House?

— C'est un honneur, vraiment, monseigneur, murmura la douairière.

— Est-ce possible? dit le prince en regardant Druscilla.

— Rien, sinon l'invasion de l'Angleterre par les Français, ne pourrait l'empêcher, monseigneur, répliqua Druscilla en souriant.

Elle sentit que la main du prince pressait la sienne puis, escorté par le marquis et suivi d'une douzaine d'autres familiers, Son Altesse Royale descendit l'escalier pour regagner son carrosse qui l'attendait.

C'est près de deux heures plus tard que Druscilla et le marquis se retrouvèrent seuls.

Les chandelles coulaient dans leur bobèche et, à travers les fenêtres, le ciel prenait déjà une légère teinte dorée, tandis que les étoiles disparaissaient une à une. Druscilla poussa un petit soupir.

— Quelle merveilleuse réception!

— Comment fais-tu? demanda le marquis.

La question était restée sur ses lèvres toute la soirée; maintenant enfin qu'ils étaient seuls, sa grand-mère s'étant retirée dans sa chambre, il pouvait la poser.

Druscilla n'affecta pas de ne pas le comprendre.

— Beaucoup de travail, des prières, dit-elle en souriant, et bien entendu ta grand-mère. Elle a été fantastique. Elle a compris, comme personne d'autre ne l'aurait fait, que tout dépendait de ma première apparition en public.

— Mais comment peux-tu avoir cette allure, insista le marquis, alors que je me rappelle...

— Ne te rappelle pas, coupa-t-elle, n'y pensons plus. Je suis ta cousine qui a vécu dans la retraite à la campagne à cause d'un deuil familial, mais que tu retrouvais à intervalles réguliers depuis ton enfance. Voilà notre histoire et nous ne devons pas en dévier.

Elle bougea en parlant et le marquis eut la vision d'une silhouette incroyablement séduisante sous le fin voile de sa robe.

« Sacrebleu, pensa-t-il, c'est comme si elle était nue. » Et il se demanda si, effectivement, elle l'était.

— Dis-moi, Druscilla..., commença-t-il tout haut.

Il fut interrompu par une voix qui criait depuis le seuil de la pièce :

— Ce ne peut pas être vrai! Je ne le crois pas!

Debout dans une attitude théâtrale, les bras écartés, se tenait un dandy vêtu avec une recherche outrageuse. Il était presque efféminé dans son élégance. Ses doigts s'ornaient de bagues, une épingle avec une énorme perle et des diamants était plantée dans sa cravate, la chaîne de gousset qui pendait de son gilet sur son pantalon était surchargée de breloques et l'on avait de la peine à imaginer comment il avait pu entrer dans son habit de soirée en satin vert sans qu'il ait été cousu sur lui.

— Oh! c'est toi, Eustace, dit le marquis de mauvaise grâce.

— Oui, c'est moi, Eustace, fut la réponse. Et tu devrais mourir de honte en me voyant. Mais dis-moi, dis-moi, Valdo, que ce n'est pas vrai! Je ne peux pas te croire capable de me traiter aussi cruellement.

— Si tu veux parler de mes fiançailles avec Druscilla, répliqua le marquis, alors c'est sûrement vrai.

— Druscilla! s'exclama le nouveau venu en la dévisageant. Veux-tu dire que c'est la gamine du pasteur de Lynche? Je ne peux pas le croire.

— Oui, je suis la gamine du pasteur, rétorqua Druscilla, et je me souviens bien de toi, cousin Eustace. Tu as toujours été odieux quand j'étais enfant et il ne semble pas que tu aies beaucoup changé en vieillissant. La dernière fois que nous nous sommes rencontrés, tu m'as enfermée dans la serre pour que je n'aille pas à la pêche avec Valdo parce que tu voulais être seul avec lui. S'il n'avait tenu qu'à toi, j'y serais peut-être encore.

Eustace Brent, fils unique du plus jeune frère du précédent marquis de Lynche, porta son monocle à son œil et examina Druscilla.

Il avait le visage fardé, mais aucune épaisseur de cosmétique n'aurait pu cacher les rides de dissipation, les cernes sombres sous ses yeux, ni une expression générale d'humeur chagrine résultant principalement — le marquis ne le savait que trop — du fait qu'il était perpétuellement endetté.

— Grands dieux, c'est bien Druscilla! dit enfin Eustace, quoique j'aurais eu du mal à te reconnaître. Mais c'est sans importance. Ce qui tire à conséquence, c'est que tu parais, Valdo, avoir oublié que je suis ton héritier.

— Tu me l'as rappelé assez souvent, répondit le marquis d'un ton las.

— Et tu m'as toujours dit que tu ne te marierais jamais. Tu as affirmé tant et plus que tu étais un célibataire endurci! s'écria Eustace dont la voix montait. Peux-tu imaginer mon émotion quand j'ai trouvé une invitation de grand-mère à mon retour de la campagne, ce soir?

— Je suis désolé si cela t'a peiné, déclara le marquis.

— Peiné? répéta Eustace. J'aurais été ici plus tôt pour exprimer non seulement ma peine mais ma désapprobation si ce n'est que je n'avais pas ouvert immédiatement mon courrier et qu'il m'a fallu ensuite le temps de me changer.

— Tu as de la chance de nous trouver ici, dit le marquis avec un soupir, car j'allais partir et Druscilla désire certainement se retirer dans sa chambre.

— Tu ne partiras pas avant de m'avoir répondu, insista Eustace. Rends-toi compte que tu m'as mis dans une situation impossible.

— Je ne vois pas comment.

— Mais tu m'as dit que tu ne te marierais jamais! cria Eustace. Tu as fondé le Club des Célibataires. Tout le monde savait que tu étais le célibataire irréductible, le désespoir de toutes les mères de filles à marier.

— J'ai changé d'avis, dit simplement le marquis.

— Je regrette, mais ce n'est pas possible, déclara Eustace d'un ton autoritaire.

— Si tu veux me dire par là que tes poches sont vides une fois de plus et que les huissiers sont à tes trousses, très bien, je paierai. Mais c'est la dernière fois, Eustace. Tu m'as mis trop longtemps en coupe réglée.

— Trop longtemps? explosa son cousin. Alors que je comptais être ton héritier?

— Mon cher garçon, regarde les choses en face, rétorqua le marquis. Je n'avais pas l'intention de me marier, mais tu sais aussi bien que moi que les idées dont on se targue quand on est jeune changent facilement. Druscilla et moi nous marierons d'ici trois semaines; le prince nous a offert une réception à Carlton House. Il n'y a plus à discuter. Envoie-moi tes factures et mon secrétaire veillera à ce qu'elles soient payées.

— Je ne te laisserai pas te marier, je ne le permettrai pas! hurla Eustace en tapant du pied. Druscilla éclata brusquement de rire.

— Oh! cousin Eustace, s'exclama-t-elle, tu n'as pas changé! Je me rappelle que tu t'es comporté exactement de la même façon quand le père de Valdo a refusé que tu conduises ses chevaux bais. Tu as boudé pendant deux jours parce qu'il avait déclaré que tu n'étais pas assez expérimenté pour les mener.

— Vas-tu la fermer? dit grossièrement Eustace. Cela ne te regarde pas, Druscilla. Je ne comprends pas comment tu t'y es prise pour attirer Valdo dans tes filets, mais je t'assure que j'essaierai de l'en sortir. Epouse quelqu'un d'autre, n'importe qui, mais pas Valdo.

— Eustace, tu as bu, dit sèchement le marquis. Je ne m'en étais pas rendu compte quand tu es arrivé, mais maintenant je suis sûr que tu es ivre et que tu ne sais pas ce que tu dis. Va te coucher, mon cher, je te parlerai demain. Pour l'instant, tu es totalement irresponsable et pas très poli envers la future marquise.

Ces paroles semblèrent amener Eustace Brent à se ressaisir et, au lieu des accents presque hystériques, chargés de colère, avec lesquels il s'était exprimé, on discernait maintenant dans sa voix une intonation déplaisante, sarcastique, qui parut à Druscilla avoir quelque chose de menaçant.

— Tu le regretteras, Valdo, dit-il, et toi aussi, Druscilla. Vous ne m'évincerez pas de cette façon. Pas sans en subir les conséquences.

En achevant sa phrase, il fit demi-tour et sortit rapidement de la pièce. Ils l'entendirent traverser le palier, puis descendre l'escalier.

Druscilla se tourna vers le marquis, étonnée.

— Il est fou? demanda-t-elle.

— Pas plus que d'habitude, répondit le marquis.

Le fait qu'il est mon héritier lui a toujours un peu monté à la tête. Je soupçonne qu'il a déjà emprunté de grosses sommes sur la perspective de son héritage. Eh bien, je vais régler la note comme je l'ai fait jusqu'ici, mais je n'ai pas l'intention de continuer.

— Tu as raison, approuva Druscilla. Je n'ai jamais aimé Eustace. Je me souviens maintenant qu'il se montrait très possessif à ton égard. Il détestait que tu aies d'autres amis. Je n'étais qu'une enfant, mais je l'avais compris.

— Il n'est pas sympathique, malheureusement, répliqua le marquis, mais ne nous cassons pas la tête à son sujet.

— J'ai peur qu'il nous cause de graves ennuis, objecta Druscilla.

— Que peut faire Eustace? demanda le marquis en haussant les épaules. Je ne dis pas qu'il ne nous gratifierait pas d'un coup de Jarnac si l'occasion s'en présentait, mais il y a une chose qu'il ne peut pas faire, c'est empêcher notre mariage... il est trop tard pour cela.

— Oui, bien sûr, concéda Druscilla, toujours préoccupée, mais je crois qu'il médite quelque chose d'horrible pour te nuire et il pourrait même être dangereux.

— Tu es ridicule, assura fermement le marquis. Va te coucher et rêve de ton triomphe car, sapristi, c'est exactement cela. Un triomphe... et je ne m'y attendais pas!

— Tu es content?

La question était simple et pourtant il eut l'impression de lire un peu d'anxiété dans ses yeux verts. Il hésita un instant, puis dit la vérité.

— Soulagé est le mot juste, répondit-il. Je n'ai jamais cru que tu aurais cette présence ou que tu serais si amusante et spirituelle. Comment y es-tu parvenue, Druscilla? Comment diable t'es-tu arrangée, après la vie que tu as menée, pour te comporter comme tu l'as fait ce soir?

Druscilla le quitta pour aller vers la fenêtre ouverte. Les étoiles avaient maintenant disparu et le ciel arborait le jaune pâle de l'aurore.

— Veux-tu savoir la vérité? Est-ce que cela t'intéresse vraiment? questionna-t-elle à mi-voix.

— Pour être franc... je suis fou de curiosité, admit le marquis.

— Alors, je vais te le dire. Quand j'ai commencé à grandir, tu n'étais plus à Lynche et je n'avais guère autre chose pour m'occuper que la lecture. J'ai lu tant et plus — les classiques, l'histoire, des biographies, tout ce que je trouvais. J'ai eu ainsi quelque idée de ce qu'était le monde au delà des confins de notre petit village. Puis je me suis mise à me raconter des histoires.

Elle fit une pause, puis reprit lentement :

— Quand je suis partie travailler dans ces demeures imposantes où j'étais cantonnée en haut dans la salle d'étude, j'ai appris par les domestiques, comme tu l'as si justement compris, ce qui se passait en bas dans le beau monde. J'ai commencé à m'imaginer au milieu de ces messieurs et de ces dames. J'ai rêvé à ce que je dirais pour me montrer divertissante et intéressante au lieu d'être simplement, comme tant d'autres femmes, un joli masque sur une tête vide.

— Eh bien, ce soir, cela a certainement servi. Je voudrais que mon éducation ait été à moitié aussi réussie, commenta le marquis.

Elle esquissa soudain un sourire :

— C'est généreux de ta part. Je sais ce que tu dois avoir ressenti quand tu es venu ici. C'est la raison pour laquelle tu étais en retard, n'est-ce pas?

Le marquis s'aperçut qu'il lui souriait aussi. Il y avait une fossette dans chacune des joues de Druscilla, remarqua-t-il, et elle avait une façon assez drôle de vous regarder à travers ses cils. Pas de doute qu'elle serait un succès.

Tu as sauté ta première haie haut la main, c'est certain. Quant à être généreux, Druscilla, je crois qu'une fois de plus je te dois des excuses.

— Tu n'as pas besoin d'en faire, répondit-elle. N'oublie pas que c'est ce que je voulais. Pour moi, tout cela est passionnant — enthousiasmant au delà de toute expression.

— J'oubliais... « l'aventurière ».

— Exactement.

Il rit et porta à ses lèvres la main de Druscilla.

— Bonne nuit et dis à grand-mère que je viendrai la voir dans la matinée pour la remercier.

— Pas de trop bonne heure, pria Druscilla, et n'oublie pas que tu dois d'abord voir Eustace.

— Ah, au diable Eustace! répliqua le marquis. C'est une vraie calamité et ce n'est pas d'aujourd'hui.

Il descendit l'escalier et se dirigea vers son carrosse et ses serviteurs qui l'attendaient toujours. Druscilla le regarda partir.

Elle avait beaucoup appris sur le marquis au cours de ces dernières semaines. Il n'était pas seulement un beau jeune homme comblé par la vie, mais un sportif admiré par tous ses contemporains, un bon juge en matière de chevaux et un excellent cavalier. Et, d'autre part, la douairière lui avait dit qu'il s'était vaillamment conduit à la guerre.

— Sir Ralph Abercromby, le général sous les ordres de qui il a combattu les Hollandais dans la campagne du Helder, avait-elle raconté à Druscilla, m'a dit lui-même, de sa propre bouche, que s'il avait à confier un commandement dans une passe difficile c'est à Valdo de préférence qu'il penserait. Et sir Ralph, je peux te l'assurer, ne fait pas facilement des compliments.

Druscilla sourit dans son for intérieur. Ils étaient tous les deux dans une situation critique, ce soir. Et ce n'était pas Valdo qui avait trouvé le moyen d'en sortir, mais elle-même.

Elle aperçut son reflet dans l'un des miroirs dorés et soudain ouvrit grand les bras comme pour étreindre le monde.

— C'est passionnant, murmura-t-elle. Follement, éperdument, délicieusement passionnant!

4

Le soleil étincelait sur les brides argentées quand le marquis fit tourner avec maîtrise ses chevaux attelés en tandem entre les grilles d'entrée de Hyde Park.

Druscilla ne s'était jamais sentie aussi heureuse. Elle savait très bien qu'il y avait eu de l'admiration dans le regard du marquis quand il était venu la chercher chez sa grand-mère, après avoir envoyé au début de la matinée un valet porteur d'un billet proposant de l'emmener faire une promenade en voiture.

— Qu'est-ce que je vais mettre? avait été l'inévitable question féminine qui lui était montée aux lèvres lorsqu'elle reçut l'invitation.

La douairière avait souri :

— Tu les as fait jaser, il faut que tu continues!

En réponse, Druscilla s'était jetée à genoux près du fauteuil de la vieille dame et avait pris une de ses mains veinées de bleu dans les siennes.

— Comment pourrais-je jamais vous remercier pour la soirée d'hier? demanda-t-elle.

— En continuant à avoir le succès que tu as eu incontestablement, répliqua la douairière. Tu as jeté un caillou dans la mare, continue à entretenir les vagues.

Druscilla avait parlé d'une voix mal assurée, mais à présent elle rit; elle baisa la main de la douairière et se releva.

— Croyez-vous vraiment qu'on parle de moi aujourd'hui? demanda-t-elle d'une voix juvénile.

— On ne parlera de rien d'autre, affirma la douairière. On a spéculé, questionné, escompté comment serait la future épouse de Valdo. Maintenant les gens savent et si ce n'est pas une surprise désagréable pour un grand nombre de prétendues beautés de la haute société, alors je ne connais rien à mon sexe

— Elles me détestent parce que je l'ai capturé?

— Elles t'envieront et espéreront te détruire. Et il n'y a qu'une personne qui puisse les laisser faire — toi.

— Alors, il faut que je résiste, dit Druscilla en

riant. Je vous demande donc, à vous, la plus intelligentes des grands-tantes du monde : qu'est-ce que je vais mettre?

Quand elle avait vu l'expression du marquis, elle avait compris que le choix de la douairière était heureux. Mais à présent, comme ils entraient dans le parc et qu'il soulevait son chapeau haut-de-forme mainte et mainte fois en croisant des connaissances, elle se rendait compte que si les yeux des hommes s'écarquillaient un peu en la voyant, ceux des femmes se rétrécissaient.

Sa robe était assez simple, mais elle épousait sa silhouette et elle était presque transparente selon la mode lancée à Paris par Joséphine, la femme de Napoléon Bonaparte.

Coupée artistement, elle était en mousseline d'un pâle jaune jonquille qui paraissait avoir capté le soleil même et qui accentuait étrangement le blanc de camélia de sa peau et ajoutait un reflet ardent à ses cheveux roux.

Sa capote à large bord était garnie de plumes d'autruche assorties au collier de topazes que la douairière lui avait prêté pour mettre autour de son cou élancé, et un bracelet des mêmes pierres scintillantes encerclait son poignet menu.

— Est-ce que tu t'es amusé à Newmarket? s'enquit Druscilla après qu'ils eurent parcouru une certaine distance en silence.

— Les courses étaient décevantes, répondit le marquis, et j'ai perdu de l'argent. Je ne devais pas être en veine.

— J'ai toujours entendu dire que Newmarket a tendance à produire des chevaux rétifs et des filles faciles, commenta Druscilla.

Le marquis fut si étonné de sa remarque qu'il lâcha un instant la bride à son attelage.

— Druscilla! explosa-t-il. Tu ne dois pas dire des choses pareilles.

— Qui m'entend en dehors de tes alezans? rétorqua-t-elle. Et je suis prête à parier qu'ils ont entendu bien pis en d'autres occasions!

Les lèvres du marquis se retroussèrent aux commissures, puis il dit :

— Je te prie de surveiller ta langue. Je vois lady Jersey devant nous et je vais te présenter. Mais un mot déplacé et elle te ferait exclure d'Almacks. Alors, en ce qui concerne ta position dans la haute société, ce serait vraiment la fin.

— Je me comporterai comme il faut, promit Druscilla avec ce qui ressemblait fort à un petit gloussement de rire.

Le marquis arrêta ses chevaux à côté d'une calèche où se trouvait la reine sans couronne de la société, la plus redoutable femme d'Angleterre.

Vive comme un pinson, elle pouvait néanmoins être aussi cruelle qu'une panthère et aussi dangereuse qu'une vipère pour quiconque encourait son déplaisir.

Mais c'est avec un sourire d'affection sincère qu'elle accueillit le marquis.

— Je suis vraiment dépitée d'avoir manquée la réception de votre grand-mère hier soir, Valdo, dit-elle.

— La seule fausse note qu'il y a eu... c'était votre absence, répondit galamment le marquis.

Les yeux de lady Jersey enregistraient tous les détails de l'aspect de Druscilla.

— Vous pouvez présenter votre fiancée, dit-elle d'un ton de souveraine.

— Voici ma cousine au second degré, Druscilla Morley, ma'am. Elle réside, comme vous le savez, chez ma grand-mère jusqu'à notre mariage.

Lady Jersey eut un bref hochement de tête à l'adresse de Druscilla.

— J'ai déjà appris, déclara-t-elle en se retournant vers le marquis, que votre réception de mariage se fera à Carlton House. Vous devez être vraiment bien en cour.

— Si je le suis, répliqua le marquis, c'est sûrement parce que vous avez toujours été si bienveillante à mon égard.

Lady Jersey eut un petit rire :

— Vous avez toujours été un très habile flatteur, mon cher Valdo. C'est une qualité inhabituelle chez un Anglais car la plupart ne peuvent pas aligner deux mots agréables à la file.

— Je ne vous ai jamais flattée, objecta le marquis. Je n'ai fait qu'être sincère.

Pendant un instant, la vivacité de lady Jersey parut tempérée. Elle leva les yeux vers le marquis et quelque chose dans son regard fit pincer les lèvres de Druscilla.

Puis le marquis souleva son chapeau dans un salut et ils s'engagèrent dans la Promenade, où les chevaux se joignirent au cortège des autres véhicules brillants, blasonnés d'écussons et d'armoiries, tous plus élégants les uns que les autres.

— Est-ce que lady Jersey est un de tes flirts? demanda Druscilla.

— Tu ne devrais pas poser ce genre de question, répliqua le marquis d'un air réprobateur. En vérité, Druscilla, il faut essayer de te conduire avec circonspection.

Druscilla soupira :

— Oh, la, la! Je vois la conversation irréprochable que nous aurons à l'avenir! « Bonjour, mylord, dirai-je, j'espère que vous avez bien dormi. — Passablement, répondras-tu. — J'ai l'impression que Votre Seigneurie est rentrée un peu tard à la maison ou fais-je erreur? — Je me suis trouvé engagé, répliqueras-tu certainement, dans une discussion assez importante sur la possibilité que l'amnistie de Bonaparte ne soit qu'un prétexte pour lui donner le temps de construire une flotte d'invasion. — Combien passionnant, mylord! Et est-ce que cet échange de vues a eu lieu à la Maison Banche ou chez Mrs Bradley? »

— Druscilla!

Le marquis fut si scandalisé que Druscilla mentionne les deux maisons de rendez-vous les plus notoires de Londres que, de nouveau, ses chevaux bondirent en avant et qu'il eut quelque difficulté à les maîtriser.

— Où diable as-tu appris l'existence de ces endroits-là? s'exclama-t-il. Pour ne rien dire que tu en parles!

Druscilla ne répondit pas et, au bout d'un instant, ayant baissé les yeux vers elle, il déclara :

— Dieu me damne! Tu fais exprès de chercher à m'exaspérer, ma parole. Tu dis que tu as été fessée étant enfant. Si tu veux mon avis, ce n'était pas assez souvent ni assez fort.

Druscilla courba la tête.

— Je vois que je dois aller te chercher ta batte de cricket, mylord, conclut-elle d'une voix douce.

Les lèvres du marquis se plissèrent, puis il éclata de rire et Druscilla rit avec lui.

— Tu es bien gai, Valdo! s'exclama sir Anthony Headley en se rangeant auprès de lui.

Il montait un fougueux étalon, qui mettait en valeur sa silhouette impeccable et son costume de cheval élégamment coupé. La crânerie avec laquelle il portait son haut chapeau conique plut aussi à Druscilla.

— Bonjour, sir Anthony, dit-elle en souriant.

— Votre serviteur, miss Morley. Permettez-moi de vous remercier de votre très agréable réception hier soir.

— Il vous faut remercier la grand-mère de Valdo, répliqua Druscilla. Jamais de ma vie je n'avais encore pris tant de plaisir à une réception.

Son enthousiasme avait quelque chose de contagieux.

— Vous verrai-je ce soir chez lady Lansdown? s'enquit sir Anthony.

Le marquis gémit.

— Ne me dites pas que je dois supporter une autre de ces affreuses réceptions mondaines? s'écria-t-il. Une suffit.

— Bien sûr, tu n'as pas besoin de venir si cela t'ennuie, dit vivement Druscilla. Sir Anthony, auriez-vous l'amabilité de m'accompagner? Ma grand-tante donne un petit dîner avant le bal.

— Je serais des plus honorés... répondit sir Anthony qui se vit couper la parole par le marquis.

— Merci, Anthony, mais je suis parfaitement capable d'accompagner ma fiancée même si elle désire passer une soirée d'inconcevable ennui.

— Evidemment, tu as la priorité, déclara sir Anthony d'une voix suave. En ce cas, je vous verrai tous les deux chez les Lansdown. A bientôt, miss Morley, et j'espère que vous me réserverez au moins une danse.

— Vous en aurez une dès mon arrivée, promit Druscilla.

Sa phrase fut coupée court par le fait que le marquis fouetta ses chevaux et s'éloigna.

— Il est inutile de faire les doux yeux à Anthony, dit-il sèchement.

— Je ne voulais pas t'ennuyer, répondit-elle gentiment. Tu es habitué à ces réceptions, mais elles sont nouvelles et intéressantes pour moi.

— Ennuyer est le mot juste, admit le marquis. Mais s'il faut le faire, il faut le faire. Dieu merci, il ne reste plus que quelques semaines jusqu'à ce que le prince quitte Londres et la saison sera terminée.

— Et où irons-nous alors? demanda Druscilla.

— Je n'ai pas encore décidé ce que nous ferons après le mariage, rétorqua le marquis d'un ton sec.

Elle comprit qu'il était de nouveau agacé à la façon dont il poussait ses chevaux et serrait les dents, se rappelant que c'était son habitude quand il était enfant.

Ils avancèrent en silence un bout de chemin, puis elle dit d'une voix câline :

— Ne sois pas fâché, Valdo. Ce qui est fait est fait. Aucune mauvaise humeur ne le défera plus.

— Non, tu as raison, admit le marquis. Seulement je ne veux pas que tu te rendes ridicule.

— A la vérité, répliqua Druscilla, je crois que c'est nous qui tournons les autres en ridicule. Nous sommes les seuls à connaître la vérité et c'est très amusant de les voir donner dans le panneau.

Elle devina qu'elle avait frappé juste quand elle vit le marquis sourire de nouveau.

— Dieu! Ils seraient fous de rage s'ils savaient ce que nous manigançons! reprit-il. Et la seule personne qui pourrait les mettre au courant serait...

Il était sur le point de dire « la duchesse » mais se ravisa.

— Il n'y a pas de risque que personne nous trahisse, dit calmement Druscilla.

Mais, tout en parlant, elle songea qu'elle se vantait et, superstitieuse, croisa les doigts.

« Cela doit rester un secret, il le faut », murmura-t-elle pour elle-même. Et elle s'aperçut qu'elle priait.

Rien ne devait gâter son incroyable bonheur.

L'après-midi, il fallut répondre à d'innombrables invitations, et la douairière insista pour que Druscilla s'étende un peu avant de s'habiller en vue du bal de lady Lansdown.

Druscilla protesta qu'elle était trop énervée pour se reposer mais, le moment venu, elle dormit près d'une heure — pour se retrouver en rêve dans une salle d'étude sombre et lugubre et soudain prise d'une terreur indicible parce que quelqu'un tournait la poignée dans la porte fermée à clef.

Elle s'éveilla avec un cri, le cœur battant.

Elle avait revécu la peur panique qui l'avait hantée si longtemps qu'elle n'arrivait pas à croire que c'était maintenant fini.

Pendant un instant, elle resta étendue sur le lit moelleux à baldaquin, pensant qu'elle devait continuer de rêver, puis elle comprit où elle se trouvait et éprouva un soulagement inexprimable. Pour la première fois de sa vie, elle était en sûreté.

Elle était mariée — mariée à un homme qui, même s'il était involontairement son époux, n'en était pas moins légalement son protecteur.

Jamais plus elle n'aurait besoin de redouter de mourir de faim ou — pis encore — de devoir céder aux avances d'hommes qu'elle exécrait et méprisait; jamais plus elle ne connaîtrait la peur qui l'avait éveillée maintenant, peur qui rendait sa bouche sèche et tout son corps si faible qu'elle était presque paralysée par la peur même de cette peur.

« Je suis en sûreté! Je suis en sûreté! »

Elle se répéta les mots sans arrêt jusqu'à finir par en être persuadée, et glissa à bas du lit pour aller se regarder dans le miroir de sa coiffeuse.

Etait-ce vraiment Druscilla, cette jeune fille misérable, terrifiée, qui s'était donné délibérément un air terne et peu séduisant?

Etait-il possible que ce soit la même jeune fille qui, parfois, avait pensé avec désespoir que la mort était préférable à la vie, ou que le seul espoir de vivre en paix était de devenir si vieille et laide que les hommes se détourneraient d'elle avec dégoût?

Pourtant le miroir ne lui disait que trop clairement ce que les hommes avaient été assez perspicaces pour voir sous le déguisement avec lequel elle avait essayé de les tromper.

Sa peau, les douces courbes encore juvéniles de ses seins menus, son petit visage en forme de cœur, ses grand yeux verts et surtout l'opulence ardente de ses cheveux roux qui cascadaient sur ses épaules et tombaient en vagues soyeuses bien au-dessous de sa taille.

Un instant, Druscilla se considéra, puis elle se détourna. Même à présent, elle était encore effrayée de ses attraits.

Pendant trop longtemps, elle les avait redoutés presque au point de les prendre en dégoût parce que, quand les hommes la regardaient, ils devenaient des pourceaux.

Mais, quand elle descendit pour dîner, il n'y avait que de la jeunesse et de l'entrain sur son visage.

Une fois de plus, elle avait questionné sa grand-tante sur la toilette qu'elle devait mettre, et la douairière l'avait conseillée sagement.

— Surprends-les, dit-elle. Hier soir, tu étais sophistiquée presque à l'excès. Tu n'avais pas l'air d'une jeune fille en fleur mais d'une femme du monde, la seule sorte de femme que les gens s'attendent à voir capturer un homme aussi insaisissable que « le marquis célibataire ». Ce soir, sois jeune et simple plutôt qu'insolite; charme-les plutôt que de les séduire. Ils ne sauront pas à quoi s'attendre quand ils te reverront.

— Oh, vous êtes si sage! s'exclama Druscilla. Serai-je jamais aussi sage et intelligente que vous?

— Seulement quand tu seras aussi vieille, répondit

cyniquement la marquise douairière, et alors peu importera la façon dont tu t'habilleras.

Druscilla avait donc choisi une robe de voile blanc de Paris avec seulement quelques petites turquoises fixées au bord de la jupe. Elles étaient rappelées par les rubans turquoise qui se croisaient sur sa poitrine et pendaient en un nœud enfantin dans son dos. Des escarpins turquoise pointaient sous l'ourlet de sa robe et des nœuds de satin turquoise — en guise de bracelets — ornaient ses poignets pour maintenir en place ses gants blancs.

— Comment suis-je? demanda Druscilla quand elle alla dans la chambre de la douairière avant de descendre.

— Jeune comme le printemps jusqu'à ce qu'on regarde tes yeux, répondit la vieille dame.

Druscilla rit.

— Vous voulez dire qu'il y a un démon tapi dedans?

— Exactement. (La douairière sourit.) Et c'est pourquoi les gens ne te prendront pas pour une petite oie quel que soit l'effet que tu leur fasses d'autre part.

Mais en descendant l'escalier Druscilla ne pensait qu'à l'effet qu'elle ferait sur une seule personne — le marquis.

Il attendait dans le salon où l'on venait se réunir avant le dîner et — fait surprenant — il était arrivé avant le reste des invités.

— C'est gentil de ta part d'être à l'heure, dit Druscilla en lui faisant une révérence. Ta grand-mère compte sur toi pour jouer le maître de maison à dîner.

Les yeux du marquis semblaient enregistrer tous les détails de sa mise et elle devina qu'il était très versé dans la toilette féminine.

— Pas de bijoux? questionna-t-il.

— Pour changer d'hier soir, dit-elle. Préférerais-tu que j'en mette? Il y en a un choix bien suffisant.

— Non, reste comme tu es, mais j'espère qu'un jour tu porteras les diamants. Je me souviens que ma mère était pareille à une princesse des contes de fées quand elle venait me dire bonsoir et m'embrasser avant d'aller à la Cour.

— J'ai vu les diamants des Lynche. Ils sont magnifiques, mais je pense qu'ils devraient peut-être attendre que je sois officiellement mariée.

— Ce serait sans doute mieux, acquiesça le marquis.

Druscilla se rendit compte brusquement que ce qu'ils disaient n'avait que peu ou rien à voir avec ce qu'ils avaient en tête.

Elle ne savait pas exactement ce que pensait le marquis, mais en ce qui la concernait elle avait conscience de façon presque aiguë de sa présence proche et du fait qu'il était d'une certaine façon très différent du garçon dont elle se souvenait.

Du garçon à qui elle avait si souvent songé pendant ces années où ils avaient été séparés.

Ce n'était pas seulement dû à ce que sa grand-mère avait dit de lui; ce n'était pas seulement à cause de l'admiration qu'il inspirait aux autres femmes ou de la manière dont elles le regardaient.

Elle avait devant elle un homme et l'impression fut si forte qu'elle s'écarta un peu de lui, soudain effrayée, soudain craintive.

Puis il sourit et elle lui rendit instinctivement son sourire.

— Voilà donc ce soir une nouvelle aventure, dit-il.

Et il émanait de lui tant de charme qu'une impulsion irrésistible la ramena à son côté.

— Oui, répondit-elle. Qui sait ce qui se passera? Quoique, en fait, après avoir séduit le prince hier soir, il ne reste personne de plus important à moins que nous ayons la visite de l'archange Gabriel en personne!

Le marquis riait encore quand arrivèrent les invités et ce fut finalement un dîner très gai. L'esprit mordant, railleur, de la douairière et les réflexions pleines d'originalité de Druscilla provoquèrent les exclamations presque navrées des invités lorsqu'il fut l'heure de partir pour le bal.

— Le célibat! Qui veut être célibataire? (Druscilla

entendit l'un des hommes les plus âgés proférer cette réflexion en tapant sur l'épaule du marquis.) Vous avez vraiment de la chance, mais je pense que tout le monde vous le dit.

— Oui, certes, répliqua le marquis.

Et, pendant un instant, Druscilla se demanda s'il n'était pas agacé qu'elle ait un tel succès.

On s'étouffait au bal : les invités de la douairière durent attendre une demi-heure dans l'escalier avant de pouvoir entrer dans la salle.

Si l'on perdait son groupe, il était presque impossible de le retrouver. Druscilla commença à comprendre pourquoi Valdo trouvait ces cohues une corvée.

Lorsque, bien après minuit, elle revint de danser avec sir Anthony Headley, elle découvrit que la douairière était rentrée chez elle, laissant un message indiquant que Druscilla ne devait pas rester tard, car elle aurait de nombreuses autres occasions de sortir.

— Je suis prête à partir maintenant, dit-elle au marquis.

— Vrai? Eh bien, Dieu soit loué! Il est inutile de faire tes adieux. Esquivons-nous pendant que la voie est libre.

— Je crois que c'est le mieux, approuva Druscilla.

Elle tendit la main à sir Anthony.

— Bonsoir, dit-elle, et merci. J'ai été ravie de notre danse, bien que nous ayons pu à peine bouger.

— J'en ai été enchanté plus que je ne saurais le dire, déclara-t-il en portant les doigts de Druscilla à ses lèvres sans se soucier de l'expression furibonde du marquis.

— Je ne comprends pas quelle mouche a piqué Anthony, grommela-t-il en descendant l'escalier avec Druscilla, pour qu'il fasse la roue comme ces flagorneurs de mangeurs de grenouilles de Français.

Druscilla ne répondit rien et le marquis ne semblait d'ailleurs pas s'attendre à ce qu'elle le fasse. Dès que la voiture fut appelée, il la poussa dedans et, à la grande surprise de la jeune fille, elle entendit Valdo donner au valet de pied ordre d'aller à Lynche House.

— Je viens de me rappeler, dit-il comme ils se mettaient en route, que j'ai acheté aujourd'hui à l'intention de grand-mère, une bagatelle en regard de tout ce qu'elle a fait pour toi. J'avais l'intention de l'apporter en venant ce soir, mais j'ai oublié. Tu voudras bien dire aux domestiques de le poser sur le plateau de son petit déjeuner. Ce sera une surprise pour elle à son réveil.

— Comme c'est gentil de ta part! s'écria Druscilla. Elle sera enchantée, j'en suis sûre. Elle s'est demandé tellement souvent si tu approuvais ce que nous faisions!

— Approuver? Bien sûr que j'approuve, répliqua le marquis. Il y a très peu de femmes de son âge qui sauraient se montrer à la hauteur en pareille occasion.

— Elle est unique! dit Druscilla avec chaleur. Elle est merveilleuse, vraiment. Elle est entrée de tout cœur dans notre complot. Nous n'aurions jamais pu réussir aussi bien sans elle.

— Non, certainement, acquiesça le marquis, c'est pourquoi je lui ai acheté quelque chose dont je suis sûr qu'elle sera contente.

— Je regrette que tu ne le lui aies pas donné ce soir, reprit Druscilla qui ajouta : Non, peut-être est-ce mieux ainsi. Elle l'ouvrira étant seule et personne ne s'étonnera que tu lui donnes quelque chose de précieux... si c'est le cas?

— Cela a coûté très cher, si c'est ce que tu veux dire, répliqua le marquis en souriant. Et je t'assure que c'est quelque chose qu'elle aimera.

— Dis-moi ce que c'est, supplia-t-elle.

— Non, je voudrais que tu sois surprise, toi aussi. Soit dit en passant, il y a deux cadeaux.

— Deux? répéta Druscilla. Pas... pas un aussi pour moi?

— Si, un pour toi aussi, précisa le marquis.

— Alors, je n'attendrai pas demain matin pour le voir, s'écria Druscilla. Je l'ouvrirai aussitôt que tu me le donneras.

— Très bien, dit-il, amusé par son excitation. Je

ne te ferai pas attendre longtemps. J'ai mis mes cadeaux dans le coffre-fort. Comme je suis seul à avoir la clef, il faut que j'aille les chercher moi-même. Reste dans la voiture jusqu'à mon retour. Ce ne serait pas convenable que tu entres chez ton fiancé à cette heure de la nuit!

Il accentua le mot fiancé et Druscilla gloussa de rire.

— Si les gens savaient! dit-elle.

— Dieu merci, ils ne savent pas, riposta sèchement le marquis.

Un valet ouvrit la portière du carrosse et le marquis pénétra dans la maison.

Druscilla attendit. Les lumières du vestibule projetaient une lueur sur le pavé. Elle apercevait en partie une console dorée sculptée, surmontée d'un miroir.

« Bientôt je demeurerai ici », pensa-t-elle, et elle éprouva une étrange sensation qu'elle fut incapable de traduire en mots, même pour elle-même.

C'est alors qu'elle remarqua qu'un homme mal habillé était venu à la porte de la maison et parlait au valet de service.

— C'est-y lord Lynche que j'ai vu entrer? demandait-il.

— Oui, c'est Sa Seigneurie, répondit le valet de pied.

— Alors, donne-lui ce billet. Donne-lui dans ses mains, t'entends? Personne d'autre doit le voir, c'est de la duchesse.

L'homme baissa la voix au dernier mot, mais Druscilla l'entendit distinctement. Elle vit l'homme, sans deviner qui cela pouvait être, fourrer une pièce de monnaie dans la paume du valet, puis tourner les talons et disparaître dans l'ombre.

Impulsivement, sans réfléchir à ce qu'elle faisait, Druscilla descendit de voiture. Elle entra derrière le valet qui n'avait pénétré que de quelques pas dans le vestibule.

— Donnez-moi ce billet, dit-elle avec autorité.

— C'est pour Sa Seigneurie, objecta le valet.

— Je le lui donnerai, déclara Druscilla en le prenant au domestique.

Celui-ci la regarda avec surprise déplier la feuille de papier maintenant close par un pain à cacheter. Il n'y avait que quelques mots écrits :

Il faut que je vous voie immédiatement. Je suis désespérée. Ma voiture attend de l'autre côté de la place.

C.

Druscilla lut le billet deux fois, le glissa dans son corsage, puis fit demi-tour pour regagner la voiture.

« Que diable l'emporte, se dit-elle avec fureur. Elle ne peut pas le laisser tranquille! Elle va tout gâcher. Que le duc l'apprenne et il y aura un scandale. Je ne le permettrai pas. Je l'en empêcherai, quoi qu'il doive m'en coûter. »

Elle scruta la place et, à travers les arbres et les buissons du jardin, elle crut distinguer à l'autre extrémité la forme sombre d'une voiture.

Elle resta un moment à la regarder puis, cédant à une impulsion, elle serra son manteau autour d'elle et traversa en courant le jardin. Elle sentit ses escarpins s'enfoncer dans la terre meuble quand elle se faufila au milieu des buissons de lilas pour atteindre l'autre côté.

Elle avait bien vu. La voiture était là, tirée par un seul cheval.

Sans aucun doute, la duchesse était à l'intérieur, pensa Druscilla, attendant Valdo, attendant de créer encore plus d'ennuis qu'elle n'en avait déjà provoqués.

Druscilla courut vers la portière de la voiture et l'ouvrit.

— Je veux parler à Votre Grâ..., commença-t-elle.

Mais elle fut saisie brusquement par des mains rudes qui la tirèrent à l'intérieur.

Avant qu'elle ait pu crier, avant même qu'elle se rendît compte de ce qui se passait, un sac fut enfilé par-dessus sa tête, elle se sentit rejetée violemment sur la banquette arrière et la voiture se mit en marche.

Pendant un instant, elle ne dit rien; elle était trop

surprise; en outre, le sac l'étouffait et la manière brutale dont elle avait été projetée dans le coin lui avait presque coupé le souffle.

Puis, comme elle ouvrait la bouche pour appeler au secours, une voix rauque, bourrue, s'exclama à côté d'elle.

— C'est pas un homme. C'est une donzelle de la haute! L'a dit que ce serait un lord.

— Je sais, répliqua un autre homme. Et l'a dit que si Sa Seigneurie se débattait faudrait l'assommer. Qu'est-ce qu'on fait maintenant que c'est une femme?

— Au secours! parvint à crier Druscilla. Au secours! C'est une erreur!

Sa voix parvenait faible et lointaine à travers les parois du sac.

— Faut-y que je la cogne? demanda un des hommes et elle se tut aussitôt.

— J'sais pas. L'est bien petite, tu risques de la tuer.

Druscilla sentait le corps de l'homme tout proche d'elle et se rendit brusquement compte du danger épouvantable qu'elle courait : elle se tint coite.

— Elle s'débat plus maintenant, remarqua le premier. P't'être qu'elle est évanouie.

— Elle peut pas être morte? questionna l'autre d'un ton effrayé. T'as été brutal. J'm'attendais pas à une femme.

— J'm'attendais au rupin qu'y disait qu'allait venir.

— Moi itou.

— Tu crois qu'on a pas la bonne personne?

Il y eut un silence.

— On f'rait mieux de demander, suggéra le premier homme, et si faut que j'l'assomme, je l'assommerai en douceur.

— Est-ce que j'lui enlève le sac? s'enquit l'autre.

— Non, non. Laissons-la comme elle est. Y saura quoi faire.

Druscilla sentit que l'individu à côté d'elle se levait. Il avait dû sortir la tête par la portière, car elle l'entendit crier au cocher :

— Hé, Charlie, retourne chez Sa Seigneurie.

Druscilla se garda de bouger. Il faisait très chaud et l'air manquait à l'intérieur du sac, lequel — enfoncé presque jusqu'à ses poignets — l'emprisonnait très efficacement. Quelque effort qu'elle tenterait ne servirait à rien, elle le savait.

En outre, elle avait peur d'être assommée et redouta soudain que l'homme ne la frappe sur la figure et pas sur le crâne.

La voiture roula pendant un court moment. L'allure était douce et quel que fût le lieu de résidence de « Sa Seigneurie » Druscilla eut l'impression qu'elle se trouvait dans le quartier le plus élégant de la ville.

Ils s'arrêtèrent enfin.

— Est-ce que j'vas le chercher? s'enquit un des hommes.

— Le mieux, c'est que t'y ailles et t'y dises c'qu'est arrivé. On peut pas jeter la donzelle de la haute dans la rivière sans savoir si c'est bien c'qui faut noyer.

Comme l'homme s'extirpait de la voiture, Druscilla entendit une voix qu'elle ne reconnut que trop bien.

— Qu'est-ce qui vous prend de revenir ici? Vous ne pouvez pas en avoir déjà disposé.

— Non, m'sieur. V'là c'qu'y a, m'sieur. C'était pas comme vous avez dit qui viendrait à la voiture, mais une femme?

— Une femme? Qu'est-ce que vous racontez, une femme?

Druscilla entendit l'habituelle note aiguë de récrimination dans la voix d'Eustace quand il était contrarié ou bouleversé.

— Comme j'dis, m'sieur, une donzelle de la haute y vient à la portière et on l'a tirée dedans avant de se rendre compte qui c'était.

— Idiots, crétins! Pas moyen de me fier à personne pour faire quelque chose! Voyons, laissez-moi jeter un coup d'œil.

Druscilla entendit des pas approcher de la voiture, puis elle eut conscience qu'Eustace scrutait l'obscurité qui y régnait.

— Elle est ou bien évanouie ou morte, m'sieur, dit l'homme resté dans la voiture.

— Morte? Vous l'avez frappée?

— Non, m'sieur, seulement un peu bousculée quand on y a mis le sac sur la tête.

Il y eut un instant de silence pendant lequel Druscilla attendit en retenant son souffle.

— Est-ce qu'on la jette à l'eau? demanda le premier type.

— Espêce d'idiots, espèces de stupides crétins maladroits! hurla quasiment Eustace. Remmenez-la où vous l'avez trouvée. Déposez-la dans le jardin de Berkeley Square et laissez-la. On s'imaginera qu'elle a été attaquée par des voleurs.

— Et le gentilhomme, m'sieur?

— Ne vous en occupez pas, vous avez fait assez de grabuge pour ce soir.

— Et notre or?

— Votre or, quel or est-ce que vous méritez? Je vous paierai la moitié de ce que je vous ai promis et pas un sou de plus. Mais vous ne le méritez pas après avoir gâché l'affaire.

— C'est pas not' faute!

— La faute à qui, alors, espèce d'idiots? Revenez quand vous l'aurez déposée. Et à pied, vous entendez? Je ne veux pas de voitures qui circulent ici à toutes les heures de la nuit. A pied, vous comprenez?

— Oui, m'sieur.

— Et si vous ne faites pas vite, je ne vous donnerai rien, maladroits, lamentables gourdes! Je ne peux me fier à aucun de vous pour l'affaire la plus simple!

Il y eut un bruit de pas gravissant des marches, puis le claquement d'une porte. Celui qui était resté à côté de la voiture y remonta. Le cocher fouetta son cheval et Druscilla comprit qu'ils reprenaient le chemin par lequel ils étaient venus.

— L'a dit qu'on croirait que c'étaient des voleurs, dit celui qui était resté dans la voiture. Est-ce que je regarde si y a pas des diamants?

— Non, laisse-la tranquille, répliqua l'autre avec colère. C'est nous qui seront pendus à Tyburn si elle est morte, pas « Sa Seigneurie ». Y dira qu'y ne nous a jamais vus de sa vie, tu sais ça aussi bien que moi.

— Si nous la ramenons, p't'être que là-bas on nous attend pour nous attraper, remarqua l'homme à la voix craintive — et Druscilla jugea que ce devait être le plus jeune des deux.

— Nous ferons comme y nous a dit, autrement y nous paiera pas. Y saisira le premier prétexte pour garder l'argent. C'est seulement la moitié qu'on aura, de toute façon.

Puis l'homme se tut. Druscilla garda une immobilité complète. Elle respirait de plus en plus difficilement dans le sac. Enfin, comme elle se sentait sur le point de suffoquer et de perdre connaissance, la voiture s'arrêta.

— On dirait qu'il y a des gens, murmura avec appréhension le plus jeune.

— Eh bien, dépêche, répliqua le plus vieux. Sors-la vite, flanque-la sur l'herbe.

Même à présent, Druscilla n'était pas sûre qu'ils n'allaient pas l'assommer, aussi eut-elle soin de se laisser aller sans résister quand elle se sentit tirée très brutalement hors de la voiture.

Les deux hommes la lancèrent au loin et, comme elle se débattait pour essayer de se protéger, elle sentit durement le sol.

Elle n'eut aucune idée du temps pendant lequel elle resta inanimée, mais elle eut conscience tout à coup que le sac avait été ôté de son visage et que de nombreuses personnes la dévisageaient.

Elle ouvrit les yeux et prit une profonde aspiration. Elle voyait vaguement quelques silhouettes imprécises et, au-dessus d'elles, des arbres qui se découpaient sur le ciel. Puis elle entendit la voix du marquis.

— Qu'y a-t-il? Qu'avez-vous trouvé?

— Valdo! voulut-elle crier — mais elle s'aperçut que sa voix s'étouffait dans sa gorge.

Elle entendit un homme dire :

— La jeune dame est ici, m'lord. Elle a été lancée de la voiture il y a quelques minutes. Je les ai vus quand nous étions en train de fouiller les buissons.

Comme elle fermait les yeux, soulagée d'être sauvée,

Druscilla se sentit soulevée, aussi facilement que si elle était une enfant, dans les bras du marquis. Chargé de Druscilla, il franchit le jardin, la chaussée, puis le seuil de l'hôtel de Lynche.

— Apportez tout de suite du cognac, ordonna-t-il en arrivant dans le vestibule — et il entra dans une pièce éclairée aux chandelles.

Il la déposa sur un canapé. A ce moment, elle poussa un petit cri, se rendant compte pour la première fois que, lorsque les hommes l'avaient lancée sur le sol, elle s'était meurtri le dos.

— Tout va bien, affirma le marquis d'un ton apaisant. Tu es en sécurité.

Il la quitta un instant pour prendre le verre de cognac que le maître d'hôtel lui versait.

— Bois cela si tu peux, dit-il doucement, posant un genou à terre et levant le verre jusqu'à ses lèvres.

Elle avala une gorgée, puis rejeta en arrière ses cheveux qui lui tombaient sur le front.

— Ça va, murmura-t-elle d'une voix mal assurée.

Le marquis lança un coup d'œil au maître d'hôtel.

— Gardez la voiture, Bateman. Je reconduirai miss Morley aussitôt qu'elle sera assez remise pour rentrer chez elle.

— Très bien, m'lord.

Le maître d'hôtel se retira. Druscilla entendit la porte se fermer derrière lui. Avec un effort, elle se redressa contre les coussins de soie.

— C'était... Eustace, dit-elle.

— Je m'en doutais, répliqua le marquis. Comment te sens-tu?

— Un peu... courbatue, avoua-t-elle. Ils ont cru que... j'étais évanouie... autrement, ils m'auraient assommée.

— Où t'emmenaient-ils?

— Ils croyaient que c'était toi qu'ils avaient capturé... expliqua-t-elle. Ils allaient... te noyer.

— Bonté divine!

Il n'y avait aucun doute que le marquis était profondément bouleversé.

— Je ne peux pas le croire! dit-il en se dirigeant

vers la cheminée. Est-ce qu'Eustache irait jusque-là pour hériter? Ce ne peut pas être vrai.

— Si, pourtant, confirma Druscilla.

Elle s'aperçut soudain que ses cheveux décoiffés pendaient sur ses épaules et leva les bras péniblement pour les épingler dans un semblant d'ordre.

— Je le croyais bien à moitié fou, mais pas fou au point de commettre un meurtre, déclara le marquis.

Druscilla se mit debout en vacillant un peu.

— C'est heureux que je sois allée à la voiture à ta place, dit-elle. D'après leurs propos, ces hommes semblaient des brutes prêtes à faire n'importe quoi pour de l'argent. Ils t'auraient assommé, puis ils t'auraient jeté dans la Tamise et alors... Eustace aurait hérité.

— C'est incroyable! s'exclama le marquis. Totalement et absolument incroyable.

Druscilla poussa un petit soupir :

— Je t'avais dit qu'il était dangereux.

Elle avait l'impression que ses jambes pouvaient à peine la porter et elle se cramponna au dossier de la chaise pour se soutenir.

— Je crois qu'il vaudrait peut-être mieux que tu me ramènes à la maison, murmura-t-elle d'une voix faible.

— Je vais le faire, répondit le marquis. Mais dis-moi d'abord, Druscilla, qu'est-ce qui t'a fait aller vers cette voiture de l'autre côté de la place? Le valet de pied m'a dit qu'il y avait un billet pour moi.

— Je... je... croyais... (Druscilla fut soudain embarrassée.) J'ai cru que... quelqu'un... t'attendait là-bas.

— Qui?

La question était partie comme un coup de pistolet. Avec des doigts tremblants, Druscilla sortit le billet qui était resté dans son corsage.

Elle le tendit sans un mot au marquis. Pendant qu'il le lisait, elle vit ses lèvres se crisper puis, très lentement, il le déchira en petits morceaux.

— Ainsi tu avais l'intention de te mêler de ma vie privée, dit-il d'une voix glaciale.

— Je... ne voulais pas de scandale, balbutia Druscilla. J'avais... peur de... de ce que le duc pourrait faire.

— Je suggère qu'à l'avenir, déclara le marquis en lançant les débris du billet dans la corbeille à papiers, tu me laisses mener mes affaires à ma guise.

— Oui... bien sûr, acquiesça Druscilla d'un ton soumis.

Il la regarda d'un air soupçonneux.

— Je parle sérieusement, insista-t-il. Ne te mêle pas de ce qui me concerne, Druscilla. Je regrette très sincèrement ce qui est arrivé, cela a dû être terrifiant pour toi mais, d'autre part, cela doit t'être une leçon.

Il y avait tant de réprobation dans sa voix que l'embarras et le sentiment d'humilité de Druscilla s'évaporèrent.

— Très bien, dit-elle, retrouvant son aplomb. Une autre fois, je les laisserai t'assassiner. Mais j'espère qu'avant d'encourager ton cousin Eustace dans ses prétentions tu feras au moins un testament en ma faveur.

— Encourager Eustace! s'écria le marquis.

Il darda un regard furibond sur Druscilla qui, à l'autre bout de la pièce, lui fit face fièrement. Elle était très pâle et assez échevelée et, parce qu'elle était si petite, il y avait quelque chose de très brave dans la manière dont elle redressait la tête et défiait le marquis.

Tout à coup, il capitula.

— Druscilla, espèce de petit démon! s'exclama-t-il. Tu te tires de toutes les situations, si difficiles qu'elles soient. Entendu, je rédigerai un testament en ta faveur et je ferai de mon mieux pour contrecarrer Eustace. Mais, une autre fois, n'ouvre pas les billets qui me sont destinés.

— Je regrette vraiment que ces hommes n'aient pas eu l'occasion de te donner un bon coup sur la tête, riposta Druscilla.

Il rit.

— Tu es une petite rageuse, hein? Mais, Dieu! que tu as du courage! La plupart des femmes auraient eu des vapeurs après avoir subi une telle expérience. Viens, Druscilla, je vais te reconduire chez toi et je pense que nous ne devrons pas souffler mot de cette histoire à personne.

— Et Eustace? demanda-t-elle.

— Que puis-je faire? Tu n'es pas en mesure de prouver que c'est lui. Es-tu prête à te présenter à la barre des témoins pour décrire ce qui s'est passé? Cela provoquerait un scandale des plus déplaisants, n'est-ce pas? Et ce serait une humiliation pour toute la famille. Je dois simplement me tenir sur mes gardes, en tout cas jusqu'à... jusqu'à ce que j'aie fait mon testament.

— Excuse-moi, murmura Druscilla. Je n'aurais pas dû dire cela.

Elle baissa la tête, se sentant tout à coup honteuse d'avoir parlé aussi crûment. Le marquis traversa la pièce et vint près d'elle. Il la regardait avec une étrange expression dans les yeux.

— Tu as le courage de vingt lions, dit-il avec douceur. Dans ces conditions, je te pardonne tout, même si tu me montres les dents!

Elle rit, mais il voyait qu'elle était réellement exténuée.

— Prends mon bras, suggéra-t-il, ou veux-tu que je te porte?

— Non, répliqua-t-elle. Ça va. Mais est-ce que... je pourrais avoir mon cadeau?

Les yeux du marquis pétillèrent :

— Que voilà bien l'éternel féminin! Après tout ce que tu as enduré, tu te rappelles encore qu'on t'a promis un cadeau.

— Il y a bien des années que je n'en reçois aucun, expliqua Druscilla. En fait, depuis la mort de ma mère, je ne me souviens pas en avoir jamais eu. Mon père ne se souciait pas de telles frivolités.

— Pauvre Druscilla, dit avec sympathie le marquis, c'est une chose à laquelle nous devrons remédier à l'avenir. Eh bien, voici donc ton premier cadeau venant de moi. Je l'ai acheté parce que je pensais y être obligé. Maintenant, je te l'offre avec un réel plaisir et une grande gratitude. Merci, Druscilla, de m'avoir sauvé la vie.

Tout en parlant, il prit sur le bureau une petite boîte de cuir rose qu'il mit dans la main de Druscilla. Elle l'ouvrit et poussa un cri de joie. L'écrin contenait une bague, un gros diamant encerclé d'autres dianants.

— C'est adorable! s'écria-t-elle. Est-ce vraiment pour moi?

— C'est une bague de fiançailles, précisa le marquis, mais toi et moi nous savons qu'elle symbolise autre chose.

— Quoi donc? demanda Druscilla, les yeux brillants.

— Une nouvelle aventure pour l'Aventurière! dit-il en souriant.

Il avait une expression qui fit qu'elle se sentit étrangement oppressée.

5

— Plus que quatre jours d'ici à ton mariage, dit la douairière à Druscilla comme elles montaient changer de robe pour dîner.

— Oui, seulement quatre jours! répéta Druscilla — et elle s'avisa en arrivant dans sa chambre qu'elle en était soulagée.

Où qu'ils aillent, Druscilla se dit qu'une partie de la tension à laquelle ils étaient soumis depuis ces dernières semaines s'allégerait.

Ils seraient loin d'Eustace, délivrés de la crainte qu'il frappe de nouveau. Sa haine, elle le savait, était une hantise pour le marquis comme pour elle-même.

D'un accord tacite, sans l'avoir formulé explicitement, ils ne parlaient jamais d'Eustace mais ils étaient toujours conscients de son hostilité.

Druscilla se surprenait à le chercher dans les réceptions, les bals, les réunions où il était inévitablement invité en raison de sa famille et de son rang.

Mais, s'il y assistait, il ne s'approchait jamais d'elle. Parfois, s'ils se trouvaient par hasard face à face, il lui faisait un salut exagérément cérémonieux et elle lisait une provocation moqueuse dans ses yeux sombres, comme s'il la mettait au défi de le dénoncer pour ce qu'il avait fait ou du moins tenté de faire.

Elle savait, sans qu'on le lui ait dit, que le marquis avait soin d'être constamment en compagnie d'amis.

Il ne rentrait plus seul à pied de Saint-James's Street à Berkeley Square, comme il faisait souvent dans le passé.

S'il sortait à cheval, sir Anthony ou l'un de ses autres amis l'accompagnait et, sous prétexte qu'il craignait un vol dans sa demeure de Berkeley Square ou à la résidence de la douairière dans Curzon Street, des précautions supplémentaires étaient prises quand les valets verrouillaient les portes et fermaient les fenêtres le soir.

Il remplaça également les veilleurs de nuits âgés et assez décrépits par des hommes plus jeunes.

Malgré cela, la menace d'Eustace était toujours présente dans leur esprit, et Druscilla espérait qu'elle se sentirait moins tendue, moins sur le qui-vive, quand ils pourraient quitter Londres.

Ses pensées s'attardaient inévitablement au moins autant sur Eustace que sur son mariage, mais quelquefois la nuit elle restait éveillée à se demander ce que serait sa vie avec le marquis lorsqu'ils seraient seuls ensemble.

C'était difficile à imaginer.

Quand elle évoquait Lynche, elle se revoyait seulement comme une enfant courant à perdre haleine dans les vastes jardins, les bosquets, les bois de pins, qu'elle peuplait dans son imagination de dragons, de sorcières et de toutes sortes de personnages mythiques.

Valdo avait toujours été pour elle un jeune chevalier qui apportait de l'excitation et de l'aventure dans son existence solitaire. Elle avait parfois du mal à se rappeler que Valdo garçonnet et le marquis homme étaient un seul et même être.

Quelquefois, elle se demandait ce qu'il pensait vraiment d'elle maintenant que son succès mondain était assuré, que le marteau à la porte de la douairière retentissait de l'aube au crépuscule annonçant invitations, visites et bouquets de fleurs.

Il n'avait plus à redouter les ricanements de ses amis ou les questions des curieux cherchant à savoir pourquoi il l'épousait.

Mais étaient-ils parvenus à mieux se connaître en étant liés par le gênant secret de leur mariage au château ou par la peur de l'hostilité frénétique d'Eustace?

La réponse était « non », car Druscilla trouvait presque impossible d'être seule avec le marquis.

Depuis ce premier jour où ils étaient allés en voiture ensemble au parc, il ne l'avait pas invitée à l'accompagner sauf quand ils étaient chaperonnés par la douairière ou escortés par sir Anthony Headley.

Il est vrai qu'il y avait eu bien d'autres choses à faire.

Ils étaient allés en voiture au Ranelagh, ils avaient visité les jardins de Vauxhall; il y avait eu un bal ou une réunion chaque soir de la semaine, mais ils s'étaient rendus dans chaque endroit ou en étaient revenus en compagnie d'autres invités, jamais seuls.

Bientôt, ils seraient seuls à Lynche, se dit Druscilla. L'idée lui causa une étrange sensation qu'elle ne put s'expliquer.

Puis elle pensa que c'était simplement la joie de revoir Lynche et de savoir qu'elle vivrait là dans la grande demeure, dont la beauté, la majesté et l'histoire seraient, au moins en partie, à elle.

Elle se remémorait combien de fois elle en avait rêvé après que son père l'eut emmenée vivre au domaine de Windleham, mais pourtant dans ses rêves le soleil, la beauté et les heures merveilleuses avaient toujours été indissolublement liés au jeune garçon nommé Valdo.

Elle entendait sa voix l'appeler, lui ordonnant de faire ceci, lui indiquant de faire cela, et elle courait lui obéir, flattée et contente qu'il ait besoin de sa compagnie.

Plus que quatre jours!

— Oh! quel soulagement! s'exclama Druscilla en

s'asseyant devant sa coiffeuse. Plus d'essayages! Ses placards étaient déjà pleins de robes—élégantes, coûteuses, romantiques, telles qu'elle n'avait jamais pensé en posséder, dont elle n'avait jamais rêvé qu'elles mettraient en valeur sa beauté, la métamorphosant d'un très vilain petit canard en ce qu'elle appelait en son for intérieur un oiseau de paradis.

Elle était décidée à faire sensation dès son apparition à Londres et elle avait réussi à rester le centre des conversations et des conjectures tant et si bien qu'elle avait conquis la vedette pour ainsi dire du jour au lendemain.

Elle savait qu'elle était la jeune femme la plus fêtée de Londres, quand bien même quelques-unes des mères les plus envieuses de filles à marier la regardaient froidement.

— J'ai l'impression parfois qu'elles me détestent, s'était lamentée Druscilla auprès de la douairière lorsqu'elle avait essuyé une rebuffade de l'une des grandes dames de la vieille école.

— Oui, elles te détestent, dit en riant la douairière. Et ce n'est pas surprenant. Elles ont de quelconques petites débutantes à marier et tu as capturé une des plus belles prunes du cake aux fruits mondain. Elles ont le droit d'être dépitées!

— Du moins ai-je dissipé tout soupçon que Valdo m'épouse pour autre chose que pour moi-même, dit Druscilla à mi-voix.

— Un mariage d'amour à n'en pas douter, déclara la douairière avec une note de sarcasme dans la voix.

Sur quoi Druscilla leva les yeux et demanda :

— Le croit-on vraiment? Eh bien, j'espère que l'on continuera à le croire.

— Cela dépend de toi, rétorqua la douairière, et bien entendu de mon petit-fils.

— Oui, naturellement, admit Druscilla. Mais je ne suis pas son type, n'est-ce pas?

— Il avait toujours paru préférer les blondes, répondit la douairière, n'affectant pas de ne pas avoir compris. Il y a eu la duchesse et un grand nombre de jolies créatures frivoles dont je me rappelle à peine les noms. Oui, elles étaient toutes blondes et sa maîtresse l'est aussi.

— Sa maîtresse?

Druscilla avait parlé d'une voix coupante. Elle s'était figée avec une soudaineté qui éveilla l'attention de la douairière.

— Je suis désolée, mon enfant, je n'aurais pas dû dire cela. Je croyais que tu étais au courant.

— Non, je ne savais pas, mais c'est... naturellement... sans importance.

— Bien sûr, acquiesça la douairière. Les jeunes gens à la page doivent prouver leur masculinité en affichant une maîtresse comme ils affichent un beau cheval.

— Qui est-ce? s'enquit Druscilla à voix basse.

La douairière hésita, puis répliqua :

— Bianca de Silva.

— L'actrice! s'exclama Druscilla.

— Si tu veux l'appeler ainsi, commenta la douairière d'un ton caustique. Elle a été engagée à Covent Garden, sauf erreur, parce qu'elle exhibe beaucoup plus de son corps que la plupart des jeunes femmes ne sont prêtes à le faire.

— Je ne l'ai pas remarquée spécialement le soir où nous y sommes allés, dit Druscilla, mais je me rappelle son nom, il était mentionné sur le programme.

Elle plissa le front, s'efforçant de se rappeler comment était Bianca de Silva.

— Elle ne vaut pas la peine que tu t'en préoccupes, conclut la douairière d'un ton acerbe. Ces « demoiselles », un sujet dont les femmes comme il faut ne doivent pas parler, ne sont que de jolies fleurs que les hommes cueillent quand elles sont épanouies et jettent dès qu'elles se fanent. Ce sont les femmes comme la duchesse qui font beaucoup plus de mal et sont beaucoup plus dangereuses que ces stupides petites catins.

— Je suis sûre que vous avez raison, ma'am, acquiesça Druscilla.

Néanmoins, l'idée que le marquis avait une maî

tresse la troublait. Elle ignorait pourquoi. Elle savait que la douairière disait la vérité quand elle déclarait que la mode voulait qu'un jeune homme ait une maîtresse dont il puisse faire parade auprès de ses amis.

De préférence une maîtresse qui était désirée par d'autres hommes, pour donner à sa conquête un piquant sans lequel elle n'aurait pas valu la dépense.

Comment était Bianca de Silva? Si seulement elle avait pu se rappeler!

Elle avait grande envie de demander à retourner à Covent Garden, mais elle sentait que, étant donné cette conversation, la douairière blâmerait sa curiosité.

« Pourquoi m'en soucierais-je? se dit-elle. Peu m'importe le nombre de femmes qu'il a ou à qui il accorde sa protection ou son attention. Pour autant qu'il me traite avec le respect dû à son épouse, pour autant que je suis la maîtresse de sa maison et de ses biens, ce qu'il fait d'autre part ne me regarde pas. »

Elle essaya de se dire qu'elle devait compter ses bénédictions, se rappeler combien elle avait de la chance.

Il y a seulement un mois, elle était enfermée dans une salle d'étude sans personne à qui parler sauf une petite fille et les domestiques, avec des tâches supplémentaires qui s'accumulaient sur elle — et toujours avec la peur secrète que quelque gentilhomme s'entiche d'elle malgré tous ses efforts pour se rendre peu séduisante.

— Et maintenant, regardez-moi! s'écria-t-elle à haute voix.

Elle se leva brusquement et se dirigea vers un long miroir fixé sur la porte de l'armoire.

Elle contempla son image, l'éclat lumineux de ses cheveux élégamment coiffés, la blancheur de sa peau et le chic de sa robe à la taille haute, qui révélait les lignes de sa silhouette élancée sans outrepasser en aucune façon les limites de la respectabilité.

Puis son regard se porta vers son visage et elle vit au fond de ses yeux scrutateurs une question qu'elle se refusa à reconnaître même dans son for intérieur.

— Je suis heureuse! déclara-t-elle d'un ton de défi.

Les mots semblèrent se répercuter dans la pièce quand la femme de chambre ouvrit la porte et entra avec la robe qu'elle devait mettre ce soir-là.

Le bal devait avoir lieu à Devonshire House et n'était pas seulement le plus important de la saison mais presque le dernier.

Le prince avait annoncé son intention de partir après le mariage pour Brighthelmstone, et peu de gens se souciaient de dépenser de l'argent pour recevoir quand la majorité de l'entourage du prince de Galles avait quitté Londres.

— Qu'est-ce que je mets, ce soir, Rose? demanda Druscilla à la femme de chambre, en la regardant étaler sur le lit la robe qu'elle avait apportée enveloppée dans une toile blanche pour la protéger dans les couloirs.

— Madame la marquise a estimé que celle de voile vert pâle vous irait le mieux, miss, répondit la domestique, et elle a pensé que ce soir vous voudriez porter la parure de perles. Le collier est très beau.

— Oui, certes, acquiesça Druscilla.

Mais lorsque l'écrin fut ouvert sur la coiffeuse, elle regarda le collier de perles et de diamants avec un petit frisson.

— On m'a toujours dit que les perles sont signe de pleurs, murmura-t-elle, se parlant à moitié à elle-même.

— Oh! non, miss! protesta Rose. C'est seulement si on les met le jour de son mariage. A tout autre moment, elles portent bonheur. Du moins, c'est ce que dit toujours madame la marquise.

— Elle a sûrement raison, répondit Druscilla qui sentit son moral remonter en flèche.

Elle aurait été de mauvaise foi si elle n'avait pas reconnu qu'elle était vraiment ravissante dans la toilette de voile vert : elle aurait pu figurer une nymphe sortant de la brume qui s'élevait au-dessus du lac de Lynche aux premières heures du jour.

Les perles semblaient presque roses sur la blancheur de sa peau. Il y avait aussi un bracelet de perles et de diamants pour orner son poignet.

Mais elle refusa la bague qui complétait la parure, préférant la bague de diamants que le marquis lui avait donnée.

Depuis qu'il lui en avait fait cadeau, le soir de l'aventure effrayante où, en se substituant à lui, elle lui avait sauvé la vie, elle avait rarement ôté l'anneau de son doigt.

« C'est à moi, avait-elle pensé un millier de fois, mon bijou à moi. »

Elle l'avait même gardé en se couchant. Les pierres jetaient parfois une étincelle qui trouvait son écho dans une autre étincelle fusant en elle, une sorte d'émoi comme elle n'en avait encore jamais ressenti, une exaltation telle qu'elle ne l'aurait jamais crue possible — et cependant cela participait bizarrement plus de la joie de l'attente de ce qui allait arriver que de ce qui était déjà.

— Vous êtes vraiment ravissante, miss, dit Rose comme elle s'apprêtait à quitter la pièce. Je suis sûre que monsieur le marquis sera de cet avis.

— Je l'espère, répondit Druscilla en souriant.

Mais lorsqu'elle descendit pour se rendre au dîner, il lui sembla que le marquis était plus préoccupé que d'habitude et que son accueil était normalement poli sans plus.

Ils se rendirent en voiture à Devonshire House. La douairière les accompagnait ainsi qu'un de ses anciens soupirants, maintenant général en retraite, lequel voulut à toute force leur faire un cours sur l'insuffisance des préparatifs britanniques contre Napoléon au cas où celui-ci déclencherait à nouveau les hostilités.

Il parlait avec emphase et Druscilla s'aperçut que son attention vagabondait. Elle jeta un coup d'œil au marquis assis en face d'elle.

Le soleil s'était couché dans un flamboiement pourpre et les premières étoiles commençaient seulement à scintiller dans le ciel, mais il ne faisait pas complètement noir dehors.

La clarté qui venait par la vitre de la voiture lui permit de voir qu'il avait l'air fatigué. Elle se demanda si, au fond, les menaces d'Eustace ne le tracassaient pas plus qu'il ne voulait l'admettre.

Puis elle se rappela que, au moment où ils étaient entrés d'un dîner de réception, la veille au soir, le marquis avait semblé particulièrement gai et plein d'entrain quand ils s'étaient séparés.

L'idée l'avait effleurée qu'il allait à une autre réception — maintenant elle en avait la certitude. Il s'était couché tard, très tard, c'était évident, mais avec qui avait-il passé son temps?

Telle était la question qu'elle ne pouvait s'empêcher de se poser.

Leurs chevaux franchirent les grilles aux pointes dorées, magnifiquement ouvragées, de Devonshire House.

Il y avait la foule habituelle de carrosses et de voitures, de porteurs de torches flamboyantes, de valets aux galons dorés qui aidaient les invitées parées de bijoux à descendre sur le tapis rouge conduisant au vaste vestibule avec son escalier arrondi, ses statues de marbre et ses énormes portraits plus grands que nature des fascinants Devonshire.

— Une chose dont on peut être sûr ici, dit le marquis pendant qu'ils attendaient sur l'escalier d'être reçus, c'est que nous aurons une bonne partie de cartes.

— Alors je me joindrai un moment à vous, annonça la douairière. Je suis lasse d'être assise sur des chaises inconfortables dans des salles de bal bruyantes. Non pas que j'aie l'intention de jouer gros jeu. Je ne peux pas me permettre vos extravagances en matière de mise.

— Allons donc, grand-mère, répliqua le marquis. Tu es aussi emballée que nous quand il s'agit de paris. D'ailleurs, si ma mémoire est bonne, tu gagnes toujours.

La douairière eut un petit rire.

— Pas toujours, corrigea-t-elle, mais quand j'étais jeune et que je perdais cela ne me troublait pas outre mesure. J'ai toujours cru au dicton « Malheureux au jeu, heureux en amour ».

— Ne dites pas cela à Valdo, ma'am, intervint sir Anthony. S'il gagne ce soir, il se tourmentera au sujet de miss Morley. Et cela suffirait à lui faire quitter le salon de jeu.

— Ne l'écoute pas, dit Druscilla en souriant au marquis. Je sais combien tu détestes danser. Si je manque de cavaliers, je viendrai te retrouver.

Le marquis lui jeta un coup d'œil de gratitude.

— Je dois reconnaître, Druscilla, que tu es beaucoup plus compréhensive que certaines femmes!

Ils serrèrent la main du duc et de la duchesse de Devonshire et Druscilla fut aussitôt assiégée par des jeunes dandies qui voulaient qu'elle danse avec eux.

Quand elle eut promis plus d'une douzaine de danses, elle jeta un coup d'œil alentour et constata que le marquis et la douairière avaient disparu tous les deux.

— Je suis sans chaperon, dit-elle à sir Anthony qui avait réclamé la première danse. Pensez-vous que les autorités constituées qui siègent sur l'estrade vont me blâmer pour cela?

Sir Anthony tourna les yeux vers les douairières à diadèmes assises sur une plate-forme surélevée, dont bon nombre arboraient un face-à-main avec lequel elles examinaient les danseurs d'un œil critique.

— Elles ressemblent à une troupe de vieilles poules qui caquettent, commenta-t-il, et vous pouvez être certaine qu'elles ne disent rien de gentil de qui que ce soit, pas même d'elles.

— Peut-être un jour serai-je assise parmi elles, dit Druscilla en souriant. Cela dégrise, n'est-ce pas?

— Vous avez beaucoup trop d'esprit et vous êtes beaucoup trop belle pour jamais leur ressembler, répliqua-t-il.

Elle lui sourit, puis discerna dans ses yeux quelque chose qui lui fit baisser les siens.

— Druscilla..., commença sir Anthony à voix basse.

Elle leva la main et posa ses doigts sur les lèvres du jeune homme.

— Non... ne le dites pas.

— Comment savez-vous ce que je vais dire? demanda-t-il.

— Je puis deviner, et cela gâterait tout. J'ai été si heureuse d'avoir votre amitié et, en ce moment, j'ai besoin... d'amis.

— Ce n'est pas de l'amitié que je ressens pour vous, objecta sir Anthony. Le diable soit de Valdo, pourquoi ne vous ai-je pas rencontrée le premier?

— Je vous en prie, continuons à être des amis, supplia Druscilla. Je ne peux pas en dire plus, mais Valdo et moi nous comptons tous deux sur vous. C'est pour nous deux d'une grande importance.

L'expression qu'elle avait redoutée dans les yeux de sir Anthony s'atténua légèrement.

— Je ne veux que vous servir, dit-il. Vous et, bien entendu... Valdo. C'est seulement que, parfois, un homme ne peut pas empêcher ses sentiments.

— Mais il n'a pas besoin de les exprimer. Je vous en prie, Anthony, promettez-moi de garder pour vous tout ce que vous ressentirez.

Elle avait employé son nom de baptême sans s'en rendre compte, comme il la conduisait du parquet de danse vers le balcon surplombant le jardin.

— Vous êtes si adorable, Druscilla, dit-il d'une voix rauque, vous rendez les hommes fous, vous leur faites oublier tout dans la vie — la loyauté, le code d'honneur, tout sauf un amour dont ils ne sont pas maîtres.

— Je ne crois pas que vous m'aimiez vraiment, dit-elle.

Sir Anthony voulut protester, mais elle leva la main.

— Non, laissez-moi finir. Vous vous intéressez à moi, peut-être vous troublé-je un peu parce que je suis un nouveau visage, un être nouveau. Mais ce n'est pas de l'amour, l'amour comme il doit être, pas l'amour tel que je le conçois.

— Qu'est donc l'amour, alors? demanda sir Anthony d'une voix grave.

Druscilla réfléchit quelques secondes, tandis qu'il l'observait.

— Je crois, dit-elle enfin, qu'aimer véritablement, c'est simplement faire partie de quelqu'un qui est lui-même parti de vous. Peu importe ce qu'on est, beau ou laid, bon ou méchant, l'amour est une chose qui ne s'explique pas.

Il y eut un silence, puis elle secoua la tête :

— ... Ne m'écoutez pas, je dis des sottises. Je n'ai jamais été amoureuse, mais c'est ainsi, je pense, que ce doit être.

— Et c'est ainsi que je vous aimerais si vous m'aimiez, déclara sir Anthony. Il n'est pas trop tard, Druscilla. Enfuyez-vous avec moi ce soir, demain, à n'importe quel moment avant jeudi prochain où vous serez mariée à Valdo.

— Et que ferait Valdo? questionna Druscilla.

— Il n'en mourrait pas, dit avec impatience sir Anthony — et elle eut conscience que, sans le formuler explicitement, il ne le croyait pas amoureux d'elle.

— Merci, cher Anthony, pour me l'avoir demandé, dit-elle gentiment. Si c'était possible, je l'aurais peut-être envisagé depuis longtemps, mais à présent c'est trop tard.

— Trop tard?

Druscilla secoua la tête.

— Beaucoup trop tard, répliqua-t-elle fermement.

— Miss Morley, je vous cherchais partout, c'est notre danse, dit une voix.

Elle quitta sir Anthony, sachant qu'ils n'avaient plus rien à se dire, mais un peu attristée par l'expression accablée de son visage.

« Il s'en consolera », pensa-t-elle, et pendant les deux heures qui suivirent, elle s'appliqua à être à la hauteur de sa réputation pour ses brillantes réparties.

Il était près de 1 heure du matin quand elle se rendit compte qu'elle était assez fatiguée et n'était pas encore descendue souper. Il faisait trop chaud pour rester à l'intérieur et l'idée de manger ne lui disait rien.

Dans le jardin derrière l'hôtel particulier des Devonshire, les arbres et les parterres de fleurs étaient illuminés par de minuscules lumières vacillantes qui donnaient à l'ensemble un aspect féerique.

Des fontaines lançaient leurs jets scintillants haut

vers le ciel étoilé; de minuscules tonnelles couvertes de roses et de chèvrefeuille offraient des sièges douillettement rembourrés à ceux qui étaient assez courageux pour braver les convenances.

Druscilla se promenait dans le sentier au côté de son dernier danseur, un jeune homme assez cérémonieux appartenant aux Gardes du Corps. Il commençait à l'ennuyer avec une longue histoire à propos de la mauvaise course qu'avaient faite ses chevaux à Ascot la semaine précédente.

Sa voix bourdonnait sans arrêt et Druscilla décida brusquement qu'elle en avait assez.

— J'ai soif, dit-elle d'un ton plaintif. Est-ce que vous auriez l'amabilité de m'apporter à boire?

— Ce sera avec plaisir, répliqua-t-il galamment. Que préférez-vous... du champagne?

— Non, vraiment. Je crois que cela me donnerait encore plus soif. Plutôt un verre de limonade.

— Je vais vous en chercher immédiatement, miss Morley.

Il jeta un coup d'œil circulaire et avisa une petite tonnelle inoccupée à leur gauche.

— Voulez-vous m'attendre ici? Je ferai aussi vite que possible.

— Merci. Vous êtes très gentil, dit Druscilla.

Elle s'assit dans la tonnelle, heureuse d'être libérée pendant un moment de tant de conversation.

Une haie d'ifs savamment taillés divisait le jardin sur un côté de la tonnelle, ce qui était, jugea-t-elle, une protection contre les regards curieux de messieurs déambulant seuls à qui aurait pu passer par la tête l'idée de la rejoindre.

Elle s'adossa contre les coussins et ferma les yeux. Puis, alors qu'elle était sur le point de s'endormir, elle eut conscience que quelqu'un se tenait à l'entrée de la tonnelle.

— Quelle rapidité... commença-t-elle.

Puis elle poussa un petit cri de terreur.

Dans le salon de jeu, la douairière ramassa ses gains et quitta la table.

— Il est plus de minuit et je dois aller me coucher, dit-elle. Je me demande où se trouve Druscilla.

Le marquis, qui était à la même table, se leva également :

— Dois-je aller la chercher, ma'am?

La douairière secoua la tête :

— Laisse l'enfant s'amuser, mais dis-lui que je suis rentrée. Quand elle sera prête à partir, tu l'accompagneras. Je renverrai la voiture.

— Entendu, grand-mère, répondit le marquis. Je crois que la vraie raison de ton départ c'est que tu es pressée de rentrer avec tes gains mal acquis. Grâce à toi, mes poches sont vides.

— Les miennes aussi! s'écria lugubrement un autre joueur qui avait été leur partenaire.

— Vous me flattez, dit la douairière ravie. Vous savez aussi bien que moi que si je n'avais pas été là pour vous retenir vous auriez perdu beaucoup plus encore.

— Tout ce que je puis dire, c'est qu'avec votre chance, ma'am, je suis reconnaissant que vous ne soyez pas membre de White, déclara un des gentilhommes en baisant sa main gantée.

Le marquis accompagna la douairière au rez-de-chaussée et la mit dans sa voiture.

— Ne laisse pas Druscilla s'attarder trop, lui recommanda-t-elle comme le valet de pied fermait la portière.

Le marquis retourna à l'étage et entra dans la salle de bal. Il n'y avait pas trace de Druscilla et il redescendit à la salle à manger, bavardant au passage avec plusieurs connaissances. Mais bien qu'il eût examiné toutes les tables il ne vit pas sa future épouse.

— Où est Druscilla? demanda-t-il à sir Anthony qu'il croisa dans l'escalier.

— Je ne l'ai pas vue depuis quelque temps, répliqua sir Anthony. Il fait terriblement chaud. Si tu veux mon avis, elle doit être dans le jardin.

— Oui, c'est là que je la trouverai, dit mollement le marquis — et il quitta son ami qui remontait avec sa cavalière vers la salle de bal étouffante.

Le marquis s'engagea lentement dans le jardin. Il remarqua les tonnelles et se rendit compte qu'il serait gênant de regarder à l'intérieur. Cependant il n'apercevait Druscilla nulle part dans les allées qui serpentaient entre les fontaines et les plates-bandes odorantes.

Comme il avançait sur la pelouse, il entendit soudain la voix de Druscilla.

— Laissez-moi tranquille! Ne vous permettez pas de m'approcher!

Son ton était bref, mais on y discernait nettement une note de frayeur.

— Croyez-vous que je vais vous laisser m'échapper? rétorqua une voix d'homme. Je vous ai cherchée, j'ai pensé à vous, j'ai langui de vous. Je ne pouvais pas croire, quand je suis revenu à Londres, que c'était de vous que tout le monde parlait.

— Je vais me marier, dit Druscilla d'un ton de défi. Si vous m'insultez, vous aurez affaire à mon fiancé.

— Vous vous imaginez donc que j'ai peur d'un jeune freluquet de son acabit? Et que vous soyez fiancée ou mariée, Druscilla, cela n'a aucune importance en ce qui nous concerne, vous et moi.

— Laissez-moi passer... je ne resterai pas ici à vous écouter! cria Druscilla.

— Vous ne vous en tirerez pas aussi facilement que ça, fut la réponse. Je vous veux, Druscilla, Dieu, comme je vous veux! Je deviens fou rien que de penser à vous. Votre peau blanche! Pensez-vous qu'un homme puisse une fois vous toucher sans languir de recommencer? Sapristi, que vous étiez adorable à la lueur du feu! Croyez-vous que je puisse jamais oublier?

— Lâchez-moi!

Le marquis entendit Druscilla presque hurler ces mots, puis le silence se fit comme si quelqu'un lui avait plaqué une main sur la bouche.

Il était resté sur place à écouter dans un état de quasi-paralysie. Soudain il réagit comme galvanisé. Mais où était-elle? Sa voix venait de l'autre côté de la haie d'ifs.

Il avança les mains pour essayer d'écarter les

branches mais il s'aperçut que les arbres étaient attachés ensemble par des fils de fer et qu'il n'y avait pas moyen de passer entre eux.

Il s'élança vers le bout de la haie qui partageait le jardin en deux, puis — comme il la contournait — il rencontra Druscilla qui courait vers lui, sa robe flottant derrière elle, les bras tendus, la tête rejetée en arrière.

Elle allait si vite qu'elle entra en collision avec lui avant de comprendre qui il était.

— Oh!... Valdo! Valdo!

Il perçut le soulagement dans sa voix et sentit qu'elle se cramponnait à lui.

— Emmène-moi... emmène-moi.

— Qui est cet homme, que t'a-t-il fait? questionna le marquis.

Il jeta un coup d'œil dans l'obscurité, par-dessus l'épaule de Druscilla. Il était impossible de distinguer quoi que ce soit dans l'ombre que projetait la haie d'ifs.

— Emmène-moi... simplement! s'écria-t-elle. Je ne peux pas rester ici... je ne peux pas...

Le marquis passa son bras autour d'elle et constata qu'elle tremblait et que sa respiration venait haletante entres ses lèvres.

Elle était presque malade de peur, comme il avait vu l'être des soldats pour la première fois sous le feu de l'ennemi.

— Tout va bien, dit-il d'une voix apaisante. Personne ne te fera de mal. Mais qui diable était-ce?

— Emmène-moi plutôt... emmène-moi, gémissait Druscilla.

Le marquis la regarda. Voyant son visage terrifié, il la conduisit non pas vers la maison mais en direction opposée, dans le jardin, tandis qu'elle s'efforçait de retrouver son souffle comme quelqu'un qui a couru dans un marathon.

— Tout va bien, répétait-il pour la rassurer.

Ils s'arrêtèrent presque au bout du jardin. Druscilla agrippa tout à coup le bras du marquis.

— Je ne veux pas... retourner! s'écria-t-elle, je ne

veux pas... le revoir. Je... ne peux pas. Tu... ne comprends pas.

— Nous n'avons pas besoin de revenir vers la maison, dit le marquis. Il y a une sortie par ici. Je vais te reconduire.

Une porte dans le haut mur donnait dans Berkeley Street. Un valet y était de planton, qui l'ouvrit pour le marquis et la ferma derrière eux.

Au-dehors, dans la rue, une longue file de carrosses et de voitures attendaient d'être appelés à l'entrée principale, dans Piccadilly, pour ramener leurs propriétaires chez eux.

Le marquis se dirigea vers la voiture qui se trouvait en face de la porte par où ils étaient sortis.

— Je suis le marquis de Lynche, dit-il au cocher. Cette dame est souffrante et je désire la ramener dans Curzon Street. Ce n'est pas loin et je sais que votre maître — il se tourna pour regarder les armoiries sur la portière — lord Belton ne fera pas d'objection à ce que vous me rendiez service.

— Très bien, m'lord, répondit le cocher.

Le valet de pied sauta à terre pour ouvrir la portière et enlever la musette d'avoine des chevaux. Puis le cocher fit demi-tour et les emmena en direction de Curzon Street, qui se trouvait à proximité.

Druscilla s'était blottie dans le coin du carrosse, le visage caché dans ses mains. Elle ne dit rien, non plus que le marquis, jusqu'à ce que la voiture les dépose devant la porte de la douairière.

Le valet de pied en service de nuit les fit entrer et le marquis, après avoir lancé une guinée au cocher, suivit Druscilla dans la maison.

— Est-ce que la marquise s'est retirée? demanda-t-il au valet.

— Il y a un moment, m'lord.

— Alors allumez les bougies dans le petit salon, et aussi le feu, ordonna le marquis.

Le domestique parut surpris, mais s'empressa d'obéir. Le marquis, prenant Druscilla par le bras, la mena dans le salon du rez-de-chaussée, utilisé généralement le matin par la marquise douairière.

Il y régnait l'odeur suave des fleurs et le parfum du *pot-pourri* (1). Le valet alluma le feu et le marquis emplit un verre sur la table près de la porte et l'apporta à Druscilla.

— Je... ne veux... rien, murmura-t-elle en secouant la tête.

— Bois, commanda-t-il.

Elle obéit pour ne pas soulever une discussion inutile.

Ce n'est qu'au moment où elle eut pris la première gorgée qu'elle se rendit compte qu'il lui avait donné du cognac. Le liquide coula comme du feu dans sa gorge et arrêta le tremblement qui la secouait de la tête aux pieds.

Le domestique sortit de la pièce et elle quitta le canapé pour le doux tapis de fourrure devant le feu. Les flammes commençaient juste à jaillir du petit bois. Elle tendit les mains vers elles.

Le marquis s'assit dans un fauteuil, l'observant.

— C'était Walden, n'est-ce pas? dit-il.

Elle hocha la tête.

— J'estime qu'il te faut me dire ce qui s'est passé, déclara le marquis.

Elle le regarda et instinctivement un refus monta à ses lèvres.

— Non... protesta-t-elle, non... je ne... pourrais pas.

— J'ai le droit de savoir, insista-t-il avec calme. J'ai entendu ce qu'il te disait, je dois savoir ce qu'il entendait en prétextant qu'il t'avait touchée. Tu le comprends bien.

Druscilla prit une profonde aspiration et laissa retomber ses mains dans son giron. Sa tête se pencha en avant. Un instant, elle sembla très jeune, pareille à un enfant qui a été injustement puni.

Mais les yeux du marquis étaient durs quand il s'écria brusquement :

— Je dois savoir, Druscilla.

Il y eut un long silence et il crut qu'une fois de plus elle allait refuser. Puis soudain elle commença à parler.

(1) *Pot-pourri* : pétales de fleurs mélangés à des épices.

Sa voix était brisée et haletante, elle butait sur les mots, parlant si bas que parfois il l'entendait à peine; elle parla pourtant presque sans arrêt comme si c'était un soulagement de se confier à lui.

Elle lui raconta comment elle avait été engagée comme gouvernante par lady Walden pour ses enfants, arrivant avec une réputation déjà ternie, déjà humiliée par ce qu'elle avait enduré dans ses emplois précédents.

Elle exposa franchement, sans exagération, les insultes qu'elle avait subies — et il était facile pour l'homme qui l'écoutait d'imaginer tout ce qu'elle passait sous silence, de comprendre tout ce qu'elle n'expliquait pas.

D'abord Druscilla crut que, dans la demeure de lord Walden, elle avait trouvé un refuge contre tout ce dont elle avait souffert auparavant.

Lady Walden était peu intelligente et assez rigide, mais plutôt aimable quand l'occasion l'exigeait. Elle semblait approuver la manière dont la nouvelle gouvernante s'occupait des enfants.

Au bout d'un certain temps, Druscilla, d'abord nerveuse et craintive, commença à se détendre et à estimer qu'elle n'avait plus besoin de se tenir sur la défensive, plus besoin d'avoir peur.

Lord Walden était absent. Il séjournait, apprit-elle, dans leur maison de Londres tandis que lady Walden, qui était de santé délicate, trouvait l'hiver plus facile à supporter à la campagne où les obligations mondaines n'étaient pas aussi absorbantes.

Au début, quand lord Walden revint, Druscilla ne s'alarma pas.

Cet homme approchant de la quarantaine ne lui paraissait pas dangereux quand, un soir, comme elle allait chercher les enfants au salon pour les emmener se coucher, il la frôla au moment où elle franchissait la porte.

Ce n'était qu'un attouchement sur son bras nu, mais cela suffit. Son instinct lui signala le danger par toutes ses fibres.

Le lendemain, il était venu dans la salle d'étude

peu après le déjeuner. Elle se leva à son entrée et glissa vite ses lunettes trompeuses sur son nez.

Elle savait que c'était l'heure à laquelle lady Walden faisait la sieste. Les enfants se reposaient aussi, mais elle fut contente que la porte donnant sur leur chambre soit ouverte car il n'avait aucune raison de supposer que les petites étaient endormies.

— Bonjour, miss Morley, dit lord Walden.

Elle s'inclina dans une petite révérence.

— Bonjour, mylord.

— Asseyez-vous, reprit-il. Je suis venu seulement voir si vous étiez bien installée, si vous avez tout ce que vous désirez.

— Tout, merci, mylord.

— Et les enfants sont gentilles et obéissantes? Vous vous plaisez ici?

— Beaucoup, mylord.

— C'est très, très bien.

Druscilla était assise près du feu, et il se tenait maintenant devant la cheminée. Grand, large d'épaules, il plongea les mains dans les poches de son habit et la dévisagea de son haut.

— N'êtes-vous pas un peu jeune, miss Morley, pour cet emploi?

— Ma foi, mylord, j'enseigne depuis plus de deux ans.

— Vous avez les cheveux roux, miss Morley, cela ne va pas très bien avec le ton docile que vous prenez avec moi.

— Je suis désolée si... ma voix... ne plaît pas à Votre Seigneurie.

— Vos cheveux me plaisent, fut sa réponse inquiétante. Mais on pourrait s'attendre à plus de vivacité, plus de feu, peut-être, chez une femme dont la chevelure est de la couleur de la vôtre.

— Ce ne sont sûrement pas les qualités que l'on doit attendre d'une gouvernante de vos enfants, mylord.

Ce disant, elle leva les yeux vers lui dans l'intention de le blâmer à la fois par son expression et par ses paroles.

Mais elle vit dans ses yeux ce regard qu'elle avait

appris à craindre et une soudaine terreur fit battre son cœur et lui étrangla la voix dans la gorge.

Il la fixa pendant un instant puis, brusquement, comme s'il se ressaisissait avec effort, il fit demi-tour et sortit de la pièce.

Elle avait compris alors que la paix qu'elle avait trouvée prenait fin. Son sentiment de sécurité disparut et elle fut effrayée — effrayée comme elle ne l'avait encore jamais été.

Des jours passèrent sans incident notable, excepté qu'elle avait deviné — à la manière dont lord Walden la regardait quand ils se rencontraient, aux prétextes qu'il inventait pour envoyer chercher ses enfants afin qu'elle les accompagne — que ce n'était qu'une question de temps avant qu'il s'attaque à elle.

Elle se demandait frénétiquement que faire. Partir, il n'en était pas question; elle n'avait nulle part où aller.

Donner son congé impliquerait qu'elle retourne au bureau de placement où on lui avait déjà dit qu'il serait difficile de lui trouver une nouvelle situation sans références et avec de si courts séjours dans chaque place où elle avait été engagée.

Puis, par une sombre nuit de la fin mars, elle s'apprêtait à se coucher quand on vint la prévenir que lady Walden la demandait.

— A 10 heures du soir! s'exclama-t-elle.

La femme de chambre qui avait transmis le message expliqua :

— J'étais en train d'aider à ranger la chambre de Madame quand elle m'a dit : « Prévenez miss Morley que je désire lui parler. »

— Est-ce que Monsieur était là? demanda Druscilla.

— Pas dans la pièce, répliqua la femme de chambre, mais dans celle d'à côté. Je l'ai vu.

Druscilla hésita. Oserait-elle faire répondre qu'elle s'était retirée pour la nuit? Elle se doutait qu'elle devrait y aller quand même. Elle jeta un regard circulaire dans la salle d'étude.

Avec le feu qui brûlait dans l'âtre et les chandelles allumées, la pièce avait l'air chaude et confortable —

un sanctuaire de paix. Pourtant elle devait la quitter, la femme de chambre attendait.

— Très bien, dit Druscilla. Je viens.

Elle ferma la porte derrière elle et s'engagea dans le couloir. Elle s'efforça de trouver pourquoi lady Walden l'envoyait chercher, mais elle ne se rappelait rien de mal fait par les enfants, ni qu'elle-même ait oublié.

La salle d'étude était assez loin de la partie principale de la maison. Lorsqu'elle y parvint, Druscilla se sentait glacée par la fraîcheur des corridors en même temps que sa nervosité à l'idée de ce qui l'attendait de désagréable. Elle frappa à la porte de la chambre.

— Entrez.

Lady Walden était au lit, adossée contre ses oreillers. Elle paraissait souffrante.

Sa santé était minée chaque année, avait appris Druscilla, par les crises de bronchite qui la maintenaient à la chambre d'une façon presque permanente pendant les mois d'hiver. Druscilla entra silencieusement.

Elle jeta un coup d'œil dans la pièce et constata avec une sensation de profond soulagement que lord Walden n'était pas présent.

— Approchez, miss Morley, dit lady Walden d'une voix faible, je désire vous parler.

— Y a-t-il quelque chose qui ne va pas, madame? J'espère vivement que vous vous sentez mieux.

— Un peu mieux, merci.

— Est-ce au sujet des enfants?

— Monsieur soupçonne les enfants d'être allées de nouveau jouer dans le potager.

— Mais ce n'est pas exact, madame, rétorqua Druscilla. Les enfants ne se sont pas approchées du potager depuis que vous l'avez défendu.

— Lord Walden m'a demandé de vous le rappeler, miss Morley. Vous savez comme c'est difficile d'avoir de bons jardiniers de nos jours et Bennett est chez nous depuis des années. S'il est mécontent, lord Walden redoute qu'il s'en aille et nous ne trouverons jamais quelqu'un d'aussi qualifié pour le remplacer.

— Oui, je comprends très bien, madame, mais je vous assure que les enfants ne sont pas allées dans le potager, ni à aucun moment dans les serres. Je suis restée tout le temps avec elles.

— Alors, c'est parfait, reprit lady Walden. J'étais certaine que lord Walden se trompait, mais il a insisté pour que je vous parle immédiatement de crainte qu'il ne se produise quelque chose demain.

— Mais pourquoi demain? s'enquit Druscilla.

— Je l'ignore, répondit lady Walden. Simplement, lord Walden s'est mis en tête que Bennett voulait peut-être le voir pour se plaindre.

— Je vous promets qu'il ne se passera rien, assura Druscilla d'une voix apaisante. Alors, je vous en prie, ne vous tracassez pas. Je ne quitterai pas une minute les enfants, elles n'iront nulle part sans moi.

— Je me fie à vous, miss Morley, dit lady Walden en souriant, et je suis très satisfaite de la façon dont Lucy progresse.

— Merci, dit Druscilla en faisant une révérence. Bonne nuit, madame.

— Bonne nuit, miss Morley.

Druscilla était revenue en hâte dans les couloirs, le cœur léger.

Ainsi, cela n'avait pas été si effrayant somme toute; lord Walden faisait seulement des histoires à propos du jardinier, un vieux bonhomme irritable prêt à récriminer à toute occasion.

Mais elle ne voyait pas pourquoi Sa Seigneurie s'était imaginée que les enfants avaient pénétré dans le potager.

En arrivant à la salle d'étude, elle était un peu essoufflée pour avoir couru si vite dans les couloirs.

Elle ouvrit la porte et resta un instant perplexe. Les chandelles étaient éteintes et la pièce plongée dans l'obscurité, à part la clarté du feu qui projetait une lueur rouge sur le devant de foyer en fourrure.

Puis elle hurla et son cœur sauta dans sa poitrine, car il avait surgi de derrière la porte et saisi ses bras.

6

La voix de Druscilla s'éteignit et il n'était que trop visible pour le marquis qu'elle revivait ce moment d'effroi.

Les flammes montaient plus haut dans l'âtre et leur lumière étincelait dans sa chevelure rousse qu'elle changeait en une masse enchanteresse d'or vivant. Mais ses yeux étaient assombris par la peur, ses lèvres tremblaient et ses doigts effilés entrelacés se crispaient. Adossé dans son fauteuil, le marquis l'observait sans rien dire.

Au bout d'un instant, Druscilla reprit :

— On dit que quand on se noie on a toute sa vie qui passe comme un éclair devant ses yeux. En cette minute, je compris aussitôt que lord Walden s'était arrangé pour avoir accès à la salle d'étude que je tenais toujours fermée à clef après que les enfants étaient couchées...

Elle avait lutté contre lui, avait lutté et s'était débattue, mais elle avait eu constamment conscience de la force considérable de son adversaire. Ses bras la serraient comme des cercles d'acier tandis que son visage, qui se rapprochait d'elle de plus en plus dans l'obscurité, était d'autant plus effrayant qu'elle ne pouvait le voir clairement.

La maintenant d'un bras, il se tourna pour fermer la porte à clef et elle réussit alors à se dégager de son étreinte.

Elle courut à travers la chambre avec l'espoir de mettre la table entre elle et lui, mais il la rattrapa aisément.

Ce faisant, il eut un rire de triomphe et elle comprit que le seul résultat qu'elle avait obtenu était d'exalter son désir, que ses efforts pour lui échapper n'avaient fait qu'augmenter son excitation.

Lentement, implacablement, tandis qu'elle se débattait, se contorsionnait, se tournait dans ses bras, il l'entraînait vers la cheminée.

A la lueur du feu, elle pouvait maintenant voir son

visage et eut conscience que c'était celui d'un démon déchaîné. Elle luttait contre lui désespérément sachant que, même aurait-elle eu le souffle pour le faire, crier était inutile.

La salle d'étude se trouvait dans une aile isolée du reste de la maison et personne ne l'entendrait sauf les enfants.

Elle le frappa de toutes ses forces et essaya de lui griffer la figure. Puis, alors même qu'elle se rendait compte que ses efforts étaient absolument vains, ses pieds glissèrent.

Elle tomba sur le doux tapis de fourrure et se sentit perdue. Il se jeta sur elle et commença à déchirer sa robe à l'encolure.

Elle aurait voulu crier à ce moment-là, mais son souffle s'étranglait dans sa gorge et elle n'était capable que de gémir.

— Je vous en prie, je vous en prie... épargnez-moi, parvint-elle finalement à dire d'une voix entrecoupée.

Mais elle comprit en même temps qu'ayant perdu tout respect humain il ne l'entendait même pas.

Le coton bon marché de sa robe céda sous ses doigts destructeurs. Elle entendit l'étoffe se déchirer, sentit le reflet du feu sur ses seins nus.

— Sauvez-moi... oh! mon Dieu... sauvez-moi! s'écria-t-elle — et sa voix résonna avec une clarté inattendue.

Elle sentit les mains de son agresseur; c'étaient celles d'un dément, d'un homme sous l'empire de la passion au point d'être à peine humain — primitif et non civilisé, guère mieux qu'une bête.

Puis, à l'instant où elle croyait n'avoir plus qu'à mourir, sachant que rien ne pouvait la sauver sinon un miracle, à demi inconsciente de terreur et en même temps écœurée et révoltée par la proximité du monstre qui allait la posséder, sa prière fut exaucée.

Elle suffoquait, comprenant que toute résistance était désormais inutile tandis qu'il déchirait sa jupe, quand une petite voix sur le seuil de la porte dit :

— J'ai soif. Est-ce que je peux avoir un verre d'eau, s'il vous plaît?

Lord Walden se figea soudain. Se relevant, il tourna la tête d'un mouvement presque automatique vers l'obscurité d'où était venu le son de la voix de sa fille.

A ce moment, Druscilla se trouva libre.

Elle se remit debout tant bien que mal et, agrippant les lambeaux de ce qui avait été sa robe, elle courut, le souffle rauque entre ses lèvres, vers l'enfant qui se tenait dans l'embrasure de la chambre.

Elle passa le bras autour de la petite fille et la repoussa à l'intérieur.

Elle claqua la porte, la ferma à clef et, sans s'occuper du cri de frayeur de la fillette, elle se mit à empiler du mobilier devant.

Elle déplaça la commode, les chaises et même l'armoire — meubles dont elle aurait trouvé le poids bien au-dessus de ses forces en temps ordinaire mais qui, à présent dans son désespoir, devenaient mobiles.

Elle les entassa frénétiquement tandis que les enfants, à la lueur vacillante de la veilleuse, l'observaient d'abord en silence avant d'éclater en larmes apeurées.

— Pourquoi faites-vous cela, miss Morley?

— Pourquoi avez-vous peur?

— Qui a déchiré votre robe?

C'est la petite Lucy, âgée de six ans, qui était la plus perspicace, alors que sa cadette, qui avait demandé de l'eau, pleurait simplement parce qu'il se passait quelque chose qu'elle ne comprenait pas.

Ce n'est qu'après avoir empilé devant la porte à peu près tous les meubles de la chambre que Druscilla s'effondra sur le sol, où elle resta à demi inconsciente dans le froid et l'obscurité.

Finalement, les tiraillements terrifiés des enfants qui s'agrippaient à elle la rappelèrent à ses responsabilités.

Lasse, se déplaçant comme une très vieille femme, elle se releva péniblement, enfila sa robe de chambre et les persuada de retourner au lit.

— Tout va bien, répétait-elle automatiquement, tout va très bien maintenant.

Mais elle savait que, pour elle, cela n'irait plus jamais bien.

Jamais plus elle ne pénétrerait dans la salle d'étude sans avoir peur de ce qui risquait de sortir de l'ombre.

Jamais plus elle ne pourrait voir le devant du foyer sans sentir l'attouchement répugnant de ces mains d'homme, sans se représenter son visage déformé par la luxure et la passion, ses yeux enflammés, ses lèvres humides de désir.

Les enfants finirent par s'endormir, mais elle resta étendue sur son lit, trop épuisée, trop effrayée même pour se déshabiller.

Ce n'est qu'au matin qu'elle s'avisa de la terrible situation où elle était.

Sa première impulsion avait été de faire ses bagages et de partir, mais elle savait trop bien que, si elle agissait ainsi, elle ne trouverait pas d'autre emploi par le bureau de placement.

On lui avait signifié nettement la dernière fois qu'on ne ferait aucun effort pour s'occuper d'elle à nouveau. Alors, humblement, au lieu de quitter la maison comme elle sentait qu'elle devrait le faire, elle alla trouver lady Walden.

Cramoisie de confusion à cause de ce qu'elle avait à dire, balbutiante, mais en même temps poussée par le désespoir, elle dit :

— Je dois vous demander, madame, de prier lord Walden de ne pas venir dans la salle d'étude. Cela m'est pénible à raconter, comme je suis certaine que vous en jugerez, mais hier soir, à mon retour de votre chambre, il m'a insultée.

Elle en aurait dit plus, mais lady Walden l'interrompit :

— J'ai déjà entendu la version de lord Walden en ce qui concerne votre conduite, miss Morley, déclara-t-elle d'une voix glaciale. Vous allez quitter cette maison immédiatement. Je ne vous donne pas de certificat et comme je ne vous considère pas une personne convenable pour s'occuper de mes enfants, vous perdrez les gages qui vous sont dus.

— Mais ce n'est pas juste! s'écria avec chaleur

Druscilla. Il y aura un mois demain que je suis ici. Vous ne pouvez pas me renvoyer sans un sou.

Lady Walden détourna la tête.

— Lord Walden m'a déjà expliqué avec quelle insistance vous l'avez importuné, vous rendant généralement odieuse à son égard. J'estime que nous n'avons aucune obligation envers vous, miss Morley.

— Lord Walden a dit cela! s'exclama Durscilla.

— Je ne crois pas, miss Morley, continua lady Walden, que ni votre apparence ni vos talents conviennent dans la salle d'étude de la demeure d'un gentilhomme. Je suggère que vous trouviez un emploi là où vous ne serez pas en compagnie de dames comme moi ou de leurs enfants.

Sur le moment, Druscilla fut trop stupéfaite pour répondre. Puis, avant qu'elle ouvre la bouche, lady Walden ajouta :

— Vous pouvez disposer, miss Morley. Cette entrevue est maintenant terminée.

Druscilla avait quitté la pièce plus furieuse qu'humiliée.

Comme elle suivait le couloir, les yeux brillants de colère, bouillonnant d'une rage presque irrépressible, elle s'avisa qu'elle était absolument démunie d'argent.

Quand elle entra dans la chambre, elle s'aperçut que les enfants étaient parties, ayant visiblement été emmenées en promenade par l'une des femmes de chambre.

Sa malle bon marché au couvercle arrondi avait été posée au milieu de la pièce. Mais, sur la table, il y avait autre chose — une lettre.

A l'instant où Druscilla l'ouvrit, elle sut ce qu'elle y trouverait. Quelques mots seulement étaient tracés d'une écriture ferme sur l'épais papier armorié :

Allez 27, Lavender Lane, Regent's Park.

L'enveloppe contenait un souverain. Druscilla comprit alors pourquoi lord Walden s'était déjà plaint d'elle.

Il savait quelle était sa situation avant de venir chez eux, il savait qu'elle avait été dans l'obligation d'avouer qu'elle n'avait pas de références, qu'elle avait été renvoyée ou avait quitté ses précédentes places.

Elle avait été profondément reconnaissante à lady Walden de l'accepter comme gouvernante de ses enfants.

— Il est décidé à m'avoir, se dit-elle.

S'il n'avait pas réussi la veille, le fait qu'il avait été si près de parvenir à la violer l'aiguillonnait d'autant plus.

Un instant, elle pensa porter la feuille et le souverain à lady Walden mais, au moment même où l'idée lui traversait l'esprit, elle comprit que cela ne l'avancerait à rien.

Elle serait néanmoins renvoyée, néanmoins jetée à la rue sans un sou.

Elle regarda son visage dans le miroir et maudit sa beauté.

Même avec ses cheveux tirés en chignon serré sur la nuque, même avec les affreuses lunettes cerclées d'acier, même dans la laide robe de coton marron, elle se rendait compte qu'il y avait dans son aspect quelque chose qui était susceptible d'attirer les hommes, surtout des hommes comme lord Walden.

— Oh! mon Dieu, que dois-je faire?

Se couvrant le visage de ses mains, elle se rappela que ses prières l'avaient sauvée la veille à la dernière minute, alors qu'elle se croyait perdue.

Dieu ne l'avait pas abandonnée à ce moment-là. Le ferait-Il maintenant?

Elle déchira le billet en une douzaine de morceaux, ayant horreur même de tenir le papier parce que les doigts de lord Walden l'avaient touché avant, et les jeta dans le feu.

Tout d'abord, elle pensa garder le souverain — cela au moins l'aiderait à s'en tirer.

Puis elle sentit qu'elle ne pouvait pas — cet argent était impur puisqu'il avait été à lui — et, allant à la fenêtre, elle l'ouvrit et lança le souverain le plus loin qu'elle put dans le jardin.

« Quelqu'un le trouvera un jour, songea-t-elle, et croira avoir déniché un trésor. »

Elle ouvrit ensuite sa bourse. Dedans, il n'y avait qu'une pièce d'un shilling et quelques-unes d'un penny, qui représentaient tout ce qu'elle possédait au monde. Elle fit sa malle et descendit à la chambre de l'intendante.

Célibataire collet monté d'âge respectable, l'intendante avait été au service des parents de lord Walden. Aux yeux de Druscilla, c'était un vrai gendarme, une femme qui considérait les jeunes avec désapprobation et qui, pourtant, était parfaitement juste.

— Je pars, miss Lacey, annonça-t-elle.

— C'est ce que m'a fait entendre Madame, répliqua l'intendante.

— Je ne sais pas ce qu'elle vous a dit, continua Druscilla, mais ce qu'elle croit est faux. Vous savez que depuis que je suis ici je n'ai pas manqué de tenir la porte fermée à clef aussitôt après avoir mis les enfants au lit. Je ne l'ouvrais que quand on apportait mon dîner et venait reprendre le plateau. Hier soir, quelqu'un est entré pendant que je n'étais pas dans la chambre.

Un court instant, l'intendante resta silencieuse. Dans ses yeux fixés sur Druscilla apparut une faible expression de sympathie.

— Que puis-je pour vous? demanda-t-elle.

— Voudriez-vous me prêter assez d'argent pour que j'aille à Windleham? C'est là que mon père était pasteur avant sa mort. Je vais au château demander à la duchesse si elle veut me donner un emploi, sinon pour m'occuper des enfants peut-être comme lingère. N'importe quoi pourvu que je ne meure pas de faim. Je vous jure que je vous rembourserai. Ce sera un prêt et je ne peux pas vous donner d'autre garantie que ma parole d'honneur.

L'intendante se leva.

— Je vais vous aider, miss Morley, dit-elle. La vie n'est pas facile pour les jeunes femmes dans votre situation.

— Facile!

La voix de Druscilla faillit se briser dans un sanglot.

Mais la fierté et sa haine pour l'homme qui l'avait amenée là lui firent redresser la tête avec orgueil.

— Tant qu'il y aura des hommes sur la terre, dit-elle amèrement, ce ne sera jamais facile pour les femmes jusqu'à ce qu'elles soient vieilles et laides et prêtes pour la tombe.

L'intendante prit de l'argent dans une bourse noire usagée.

— Rendez-le moi quand vous pourrez, rien ne presse. Il y a bien des années, moi aussi, j'ai passé par les mêmes épreuves que vous.

— Vraiment? s'exclama Druscilla d'une voix presque incrédule. Et qu'est-il arrivé?

L'intendante eut un petit sourire mi-figue mi-raisin.

— Dans mon cas, j'ai cru avoir le cœur brisé, mais les cœurs ne se brisent pas si aisément. J'ai continué à travailler... à présent, j'ai trouvé la sérénité à la fin de ma vie.

— Vous l'aimiez? questionna Druscilla, qui se demandait si la personne en question n'était pas un ascendant de lord Walden.

— Je l'aimais, dit avec un léger soupir l'intendante, mais l'amour est souvent une arme contre laquelle les femmes n'ont pas de défense.

— C'est vrai, acquiesça Druscilla, et je vous jure que jamais, au grand jamais, je n'aimerai.

Elle sortit de la chambre de l'intendante avec une assurance renouvelée, éprouvant un certain réconfort à savoir qu'elle n'était pas seule à subir ce genre d'épreuve, que d'autres femmes comprenaient.

Et tandis que la voiture réservée à l'usage du personnel l'emportait dans l'allée, elle aperçut lord Walden qui la regardait partir.

En selle sur un de ses chevaux, il attendait visiblement, elle le devina, pour observer son départ.

Peut-être espérait-il un hochement de tête de Druscilla ou un geste de la main montrant qu'elle avait reçu son billet et qu'elle acceptait sa suggestion.

Elle ne fit strictement aucun mouvement quand la voiture le croisa et il resta sur place à la regarder. Il était dans l'ombre des arbres et peut-être même le cocher ne l'avait-il pas aperçu.

Mais il se trouvait à moins de deux mètres de Druscilla et elle eut l'impression qu'un peu de la luxure qui rayonnait de lui se projetait vers elle pour l'attirer de nouveau dans ses bras.

Elle comprit alors qu'il la poursuivrait impitoyablement où qu'elle aille, où qu'elle se cache.

Elle détourna la tête, mais non sans avoir vu sur ses lèvres un sourire qui lui indiqua qu'il se rappelait et savourait sa faiblesse de la veille au soir.

Il l'avait fait trembler et courber l'échine, elle avait été impuissante devant sa force brutale.

La voiture attelée de deux chevaux s'éloignait et pourtant Druscilla ne sentait pas la distance augmenter entre eux.

Il lui sembla qu'elle ne pourrait jamais en être libérée. Chaque soir, son visage lui apparaissait, se gaussant d'elle, la terrifiant.

Elle n'allait jamais se coucher sans regarder s'il n'était pas derrière la porte, tapi dans l'obscurité, prêt même à s'introduire dans ses rêves.

Souvent, elle se réveillait en criant dans la nuit et elle savait qu'elle avait rêvé une fois de plus qu'elle gisait, impuissante sous lui.

C'est seulement lorsqu'elle vint à Londres après le mariage secret précipité avec le marquis que, pendant un temps, elle oublia lord Walden.

Il y avait tant d'autres choses à quoi penser et elle était si heureuse avec la marquise! Mais maintenant, la terreur panique accablante qu'il avait provoquée en elle était revenue.

En finissant son récit, sa voix tremblait et trébuchait.

Elle se tourna vers le marquis et, s'agenouillant, tendit vers lui ses mains jointes.

— Il va me rechercher, balbutia-t-elle. A présent qu'il sait... où je suis... il ne me laissera jamais... tranquille. Je ne peux pas... lui échapper... oh! sauve-moi... sauve-moi! Je mourrais plutôt... que de le laisser... me toucher... encore. Oh! mon Dieu!... que vais-je faire?

Sa voix et ses regards étaient empreints d'une terreur folle. A ce moment, elle ne savait même plus à qui elle parlait. Le marquis comprit qu'elle était au bord de la crise de nerfs.

Il prit dans les siennes les mains de Druscilla.

— Ecoute, Druscilla, dit-il. (Puis, se rendant compte qu'elle ne l'avait pas entendu, il répéta :) Ecoute-moi. Tu es en sécurité, comprends-tu? En sécurité absolue. Walden ne te touchera plus jamais, je le jure!

— Mais il a dit... que jamais il... ne me laisserait en paix, répliqua Druscilla d'une voix entrecoupée.

— Regarde-moi, Druscilla, ordonna le marquis en resserrant l'étreinte de ses mains.

Elle leva vers lui son visage très pâle, ses yeux assombris par la détresse et la peur. C'était, pensa-t-il, le visage d'une femme rendue presque folle par la terreur et il dit avec une grande douceur, d'une voix que personne ne lui avait jamais connue :

— Il ne te causera aucun mal, Druscilla. Je le jure et tu peux me croire. Il ne t'approchera plus, il ne t'effraiera plus jamais.

— Comment peux-tu en être sûr? bégaya-t-elle.

— Je ferai en sorte qu'il ne le puisse pas, répondit le marquis.

Un instant, la figure de Druscilla parut s'éclairer, puis ses doigts se crispèrent sur ceux du marquis.

— Tu veux te battre avec lui? Non, tu ne dois pas! Cela ne ferait que créer du scandale.

— Je ne me battrai pas avec lui, dit le marquis, mais je l'empêcherai de te tourmenter, cela je le promets.

— Mais comment... comment? demanda Druscilla.

— Ne peux-tu te fier à moi? répliqua-t-il.

Elle scruta désespérément son visage comme pour y chercher une raison de se tranquilliser. Elle y vit quelque chose qui dut lui donner le courage dont elle avait besoin, car il la sentit se détendre.

— Le promets-tu vraiment? questionna-t-elle à voix basse, presque comme un enfant qui a peur de l'obscurité.

— Je te le promets, répondit-il. Tu peux aller te coucher en sachant que tu seras libérée de toutes ces frayeurs qui t'ont torturée pendant si longtemps, Druscilla.

— Mais que vas-tu faire? Comment peux-tu le tenir éloigné de moi?

— Je trouverai un moyen, déclara le marquis avec une telle assurance qu'elle ne put s'empêcher de le croire.

Elle essaya de libérer ses mains et il les lâcha aussitôt.

— Je te crois, dit-elle lentement, bien que je n'imagine pas ce que... tu peux faire.

— Ne pense pas à lui, conseilla le marquis.

Druscilla, s'écartant de lui, reprit sa position devant le feu.

— Si seulement je pouvais être sûre... qu'il n'est pas... tapi quelque part... me guettant, m'attendant, murmura-t-elle à mi-voix.

— Il n'y sera pas à l'avenir, rétorqua le marquis d'un ton réconfortant.

Elle lui lança un petit coup d'œil et il vit que la couleur était revenue sur son visage.

— Quel couple décourageant nous sommes! dit-elle d'une voix mal assurée, faisant — il le savait — un effort terrible pour être comme d'habitude. Tu dois tenir tête à Eustace et moi j'ai...

— Ne prononce pas son nom, coupa le marquis. En ce qui te concerne, il est fini, oublié, sorti de ta vie. J'ai un plan. Je t'en parlerai demain, mais maintenant il faut aller te coucher.

Presque à contrecœur, sembla-t-il, Druscilla se leva.

— Tu ne feras rien de... stupide? questionna-t-elle, hésitant sur les mots. D'ailleurs, si tu te bats avec lui, il... il pourrait te tuer et pense combien Eustace serait content.

— Je ne suis pas encore prêt à mourir, dit le marquis en souriant, bien qu'aujourd'hui j'aie fait un testament te laissant tout ce qui n'est pas constitué en majorat.

— Je ne voulais pas ça! déclara vivement Druscilla. Quand j'en ai parlé l'autre soir, j'étais en colère. Je ne pensais pas ce que j'ai dit.

— Peu importe, c'était une suggestion judicieuse, assura le marquis. Si je dois mourir, je suis décidé à ce qu'Eustace n'hérite pas de tout ce que je possède.

— Tout cela est horrible... menaçant, gémit Druscilla, et j'étais si heureuse.

— Tu peux continuer à l'être, répondit le marquis. Nous ne sommes pas encore vaincus et pourquoi le serions-nous? Jusqu'ici, nous avons gagné toutes les batailles, toi et moi, n'est-ce pas?

Elle leva les yeux vers lui, son visage transformé par un sourire.

— Oui, nous avons gagné jusqu'ici, acquiesça-t-elle. Il ne faut pas que je sois sotte et que je laisse mes appréhensions nous porter malheur. J'ai été sauvée de tant de choses dans ma vie : je dois être reconnaissante et sûre que le destin est avec moi.

— Le destin est avec nous, dit le marquis avec fermeté, crois-le, petite Druscilla. Et souviens-toi que la confiance est d'une valeur inestimable pour quiconque livre bataille. Crois seulement que nous vaincrons mon croque-mitaine et le tien et ils disparaîtront tous les deux.

— Si seulement je pouvais en être sûre! dit Druscilla.

— Tu peux, affirma le marquis.

Il lui prit la main et la porta à ses lèvres.

— Va te coucher, tu es épuisée après tout ce qui t'est arrivé. Et rappelle-toi, tu es sous ma protection maintenant. Personne ne te fera de mal. Personne.

Elle leva les yeux vers les siens et se figea soudain. Quelque chose passait de l'un à l'autre, quelque chose d'indéfinissable qui provoqua chez Druscilla une étrange sensation, comme si elle ne pouvait plus respirer.

Un soudain pétillement la traversa comme si une petite flamme s'éveillait en elle, puis la pendule sonna sur la cheminée et le charme fut rompu.

— Il se fait tard, dit le marquis. Bonsoir, Druscilla, dors bien.

Il ouvrit la porte qui donnait dans le vestibule. A l'autre bout, un valet de pied ensommeillé assis dans un grand fauteuil rembourré près de la porte d'entrée se leva lourdement.

Le marquis accompagna Druscilla jusqu'au pied de l'escalier.

— Bonne nuit, dit doucement Druscilla, et merci.

Le marquis lui baisa la main et sortit de la maison.

Druscilla monta dans sa chambre, se rendant compte alors qu'elle était effectivement très lasse.

Le marquis semblait avoir en quelque sorte exorcisé ses terreurs, mais elles étaient toujours là, tapies sous la surface.

Elle savait que, si elle s'était couchée sans lui avoir parlé en bas, elle aurait été trop bouleversée pour dormir, trop effrayée même pour se déshabiller et se mettre au lit.

Elle se rappelait quel mal elle avait eu à trouver le sommeil quand elle avait quitté la demeure des Walden et était allée au château.

Chaque nuit, dans l'obscurité, elle voyait le visage sinistre de lord Walden et, presque chaque nuit, l'aube arrivait sans qu'elle ait réussi à plonger dans l'inconscience après s'être tournée et retournée sur sa couche, obsédée par son souvenir.

A présent, elle se glissa hors de sa robe sans se sentir agitée, consciente que le marquis l'avait de quelque étrange façon effectivement réconfortée. Pourtant, que pouvait-il faire?

Il avait juré de ne pas se battre en duel et elle le croyait. Il ne serait pas assez fou pour susciter le scandale et les commérages inévitables s'il se battait en duel à ce moment, à quatre jours seulement de leur mariage.

Une seule raison justifiait qu'un homme du monde tire sur un autre et tous comprendraient qu'elle était en cause. Mais que pouvait-il faire d'autre?

Elle se retrouva examinant la question en tous sens dans son esprit. Puis, avec un petit sourire, elle se glissa dans les draps parfumés à la lavande en se rappelant que Valdo avait toujours eu de l'imagination.

Elle se souvenait du jour où on leur avait défendu, comme punition, de se servir du bateau sur le lac et où il avait improvisé un radeau.

Elle se rappelait qu'une fois, où elle avait reçu

l'interdiction de l'accompagner en raison de quelque peccadille, il avait apporté une échelle sous sa fenêtre au presbytère pendant que tout le monde était en train de dîner et il l'avait persuadée de descendre et de participer avec lui à l'expédition qu'il avait projetée dans les bois.

Ils étaient revenus au bout de quelques heures, Valdo avait enlevé l'échelle et personne n'avait soupçonné leur escapade.

« Valdo trouvera bien quelque chose », se dit-elle somnolente. Et quand elle s'endormit le nom de Valdo était sur ses lèvres.

La veille au soir, pendant qu'elle s'habillait, elle avait recommandé à sa femme de chambre de l'appeler à 8 heures le lendemain matin.

La douairière avait prévu un essayage de dernière minute pour la robe de mariée et Druscilla avait pris conscience avec inquiétude qu'il restait de nombreuses lettres de remerciements à écrire, non seulement pour les diverses réceptions auxquelles elle avait assisté, mais aussi pour les cadeaux de mariage qui avaient afflué sans arrêt pendant toute la semaine.

Le secrétaire de la douairière, Mr Hanbury, qui était aussi l'intendant de sa maison, était un homme sévère aux cheveux gris qui en imposait un peu à Druscilla.

Ce n'était pas uniquement par sens personnel des convenances qu'elle s'efforçait d'être à jour pour la correspondance, mais aussi parce qu'elle avait l'impression que Mr Hanbury serait choqué et surpris de toute omission qu'elle commettrait en matière de politesse et d'usage mondain.

Le marquis, naturellement, s'était montré irréductible sur la question.

— Si d'aucuns pensent que je vais écrire pour remercier de toute cette camelote, avait-il dit en regardant les cadeaux accumulés dans la bibliothèque, ils se trompent fort.

— Camelote! s'était exclamée la douairière. Comment peux-tu être si ingrat? Je n'ai de ma vie vu une plus ravissante collection de cadeaux.

— Alors, à toi d'écrire pour remercier, grand-mère,

répliqua le marquis. Je n'ai jamais été très ferré en rédaction. Pour tout dire, je recevais continuellement des coups de canne à Eton parce que mes dissertations étaient trop courtes et raturées. Alors, écrire à tous ces gens! Allons, la seule pensée me ferait partir pour le continent demain soir!

— Quel fiancé récalcitrant, dit la douairière avec un sourire. Bon, je ne vais pas te laisser bouleverser mes plans au dernier moment, aussi je présume que Druscilla devra faire le nécessaire pour les remerciements.

— Je mettrai : « Valdo et moi sommes ravis de votre cadeau », déclara Druscilla, « mais il estime que cela ne vaut pas trois ou quatre minutes de son temps précieux. »

Elle parlait d'un ton sarcastique, mais ses yeux étaient rieurs.

— Ce n'est pas affaire d'homme, reprocha le marquis. Je ne suis pas habile à ce genre de choses.

— Et pourant je suis certaine que les billets doux que tu as adressés à bon nombre de jolies femmes sont très appréciés, observa Druscilla.

Le marquis la considéra un instant d'un air indigné, puis se mit à rire.

— Je pardonnerai ton impertinence si tu écris ces lettres.

— D'accord, répondit-elle avec soumission.

— Toute peine mérite salaire, déclara la douairière. Ce n'est qu'une idée, naturellement, mais Druscilla a vraiment besoin d'une paire de boucles d'oreilles en diamants pour aller avec sa bague.

— Grand-maman, tu es Eve en personne au Paradis terrestre! s'écria le marquis. Dirai-je que je vais y réfléchir? J'ajouterais bien aussi un collier à mon cadeau de noces si je n'ai pas à me soucier de tous les détails assommants de la cérémonie.

— Ce serait certainement le meilleur salaire que j'aie gagné de toute ma vie, commenta Druscilla — et il perçut une note de gravité dans sa voix...

A présent, Druscilla glissait à bas de son lit et enfilait le peignoir garni de dentelle véritable que la douairière avait choisi pour elle dans Bond Street.

Elle alla à la fenêtre, une tasse de chocolat à la main et regarda au dehors les feuillages qui frémissaient sur la place.

— C'est une journée délicieuse, dit-elle à sa femme de chambre qui mettait la pièce en ordre. Je préférerais de beaucoup monter à cheval ou me promener en voiture plutôt que manier la plume.

— J'ai appris qu'il y a encore des douzaines de nouveaux cadeaux en bas, miss.

— Encore? répéta Druscilla avec une feinte consternation.

Elle affectait de se plaindre mais, en fait, c'était passionnant, après tant d'années où elle n'avait même pas eu un cadeau de Noël, de constater que chaque coup frappé à la porte signifiait l'arrivée d'un nouveau présent.

Elle savait qu'en réalité ils étaient destinés au marquis, mais elle n'aurait pas été femme si elle n'avait pas trouvé agréable même de partager de telles attentions.

D'ailleurs, bon nombre des cadeaux étaient exclusivement féminins. Presque toutes les relations de Valdo avaient envoyé des bijoux de diverses sortes.

Il y avait des bracelets, des broches, des bagues, des fourrures à côté de sacs à main, d'ombrelles, de colifichets variés qui ne pouvaient, par aucun effort d'imagination, être destinés exclusivement à l'usage du marié.

— Eh bien, s'il y a de nouveaux cadeaux, dit Druscilla, plus tôt j'aurai fini ce paquet de lettres, mieux cela vaudra.

— Je descends chercher votre petit déjeuner, miss, annonça la domestique. Je demanderai à Mrs Newman combien il y en a exactement.

— Oui, c'est cela, et si Mr Hanbury les déballe, j'irai les voir dès que je serai habillée.

— Mr Hanbury est en train de les inscrire sur la liste, précisa la femme de chambre.

— Oui, je sais, répondit Druscilla, et la précaution est bonne. Ce serait très fâcheux si les cartes étaient mélangées et que je remercie quelqu'un pour un cadeau qu'il n'a pas envoyé.

— Oui, certes, miss, acquiesça la servante.

Elle sortit de la pièce et, comme Druscilla s'installait à son bureau, elle entendit la porte s'ouvrir brusquement avec fracas.

Elle se retourna, pensant que la femme de chambre avait renversé le petit déjeuner mais, à sa surprise, elle vit le marquis debout sur le seuil.

Il portait encore la culotte et l'habit de satin bleu pâle qu'il avait la veille au soir; il paraissait un peu échevelé et elle pensa un instant qu'il était ivre.

Puis elle se souvint de lord Walden et se leva d'un bond. Y avait-il eu une rixe? S'était-il battu en duel?

Ces idées lui traversèrent l'esprit comme l'éclair. Le marquis s'avança alors et elle vit qu'il tenait des papiers à la main.

— Voilà Druscilla, dit-il avec une note de triomphe dans la voix. Voilà ta revanche!

En parlant, il lança les feuilles de papier en l'air et elles voltigèrent par douzaines pour retomber sur le lit.

Elle les considéra avec perplexité et vit sur chaque feuille une signature. Il ne fut pas difficile pour elle de reconnaître l'écriture, l'écriture même du billet qui l'attendait sur sa coiffeuse avant qu'elle parte de chez lord Walden.

— Près de cent mille livres sterling, reprit le marquis. Druscilla, comprends-tu? Tu ne le reverras plus jamais, il est fini, coulé!

Elle leva les yeux des feuilles de papier éparses sur le lit et regarda le marquis.

— Coulé? questionna-t-elle d'un air abasourdi.

— Il va devoir vendre sa maison de Londres, ses chevaux et, j'imagine, la plupart de ses biens, expliqua le marquis. Il ne croisera plus ta route, Druscilla, car il ne peut plus rien faire d'autre que s'enterrer à la campagne.

Druscilla s'assit brusquement sur le bord du lit. Elle ne fit pas un geste pour toucher les papiers, elle ne pouvait s'y résoudre.

Mais elle vit ce que c'était : des reconnaissances de dettes, des billets à ordre, tous pour des sommes diverses.

— Comment as-tu fait? demanda-t-elle à mi-voix.

— Je savais que Walden était un joueur. Quand je t'ai quittée, je suis retourné à l'hôtel des Devonshire. Je pensais avoir une chance de le trouver dans la salle de jeu. Il y était en effet.

— Mais comment l'as-tu persuadé d'engager de tels enjeux? demanda Druscilla.

— Ce n'était pas une question de persuasion. Il était déjà installé à la table de jeu avec trois autres partenaires dont l'un était de mes amis. J'ai dit à mon ami qu'une très séduisante dame l'attendait en haut pour danser. J'ai cligné de l'œil tout en parlant et il a compris que je voulais sa place. Il me l'a laissée. Walden ne pouvait pas refuser de jouer. Pourquoi l'aurait-il fait? Il ne devait pas savoir que j'avais entendu votre conversation ni même que tu m'avais fait des confidences.

— Non, bien sûr que non, murmura Druscilla très bas.

— Je me suis assis, reprit le marquis, et je me suis rendu compte que les enjeux dépassaient mes limites habituelles.

— Tu aurais pu perdre! s'écria Druscilla.

— Evidemment, sauf que Walden était déjà ivre et que j'avais pris mes précautions pour qu'il ne se dégrise pas.

— Comment y es-tu parvenu?

— Avant d'entrer dans la salle, j'ai parlé à l'un des serveurs. Je lui ai dit de fermer les fenêtres et de veiller à ce que le verre de Sa Seigneurie soit continuellement plein.

— Très malin de ta part.

— Ce n'était pas tricher, expliqua vivement le marquis. Je t'assure qu'il n'y avait rien de critiquable dans ma conduite. Je voulais simplement avoir moi-même la tête claire, tandis que la sienne était légèrement brouillée.

— Il faut qu'elle ait été très brouillée pour qu'il

ait risqué des sommes pareilles, commenta Druscilla.

Le marquis eut un rire mais le son n'en était pas agréable.

— J'admets que je l'ai un peu aiguillonné. Aucun homme n'aime passer pour un dégonflé quand il s'agit d'accepter un pari. Et la chance était avec moi. Ne t'ai-je pas dit, Druscilla, qu'avoir confiance aide pour livrer combat? J'étais décidé à ce que tu sois vengée et je savais qu'il était juste que tu le sois. Mon adversaire était un salaud, j'ai donc gagné.

— Cent mille livres sterling! soupira Druscilla. C'est une somme énorme.

— Pour Walden, certainement. Il n'est pas tellement riche. Il est à l'aise, ou du moins l'était, mais il n'entre nullement dans la catégorie des grandes fortunes.

— Etait-il bouleversé ou furieux? questionna Druscilla.

— C'est quand j'ai quitté la table de jeu, je crois, qu'il a compris pourquoi j'étais son adversaire.

» — Les deux semaines habituelles, mylord? ai-je demandé cérémonieusement.

» Pour la première fois, il a paru frappé en se rendant compte de ce qu'il avait fait.

» Les autres s'étaient depuis longtemps retirés de la lutte. Ils étaient restés à la table, fascinés, et d'autres spectateurs avaient été attirés par la rumeur qu'une lutte était engagée où plusieurs fortunes se trouvaient en jeu.

— Et qu'a-t-il dit? insista Druscilla.

— Il a murmuré quelque chose, répliqua le marquis, mais je n'avais aucune envie de faire la conversation avec lui. Je me suis détourné et suis sorti de la salle. J'ai constaté qu'Anthony me suivait.

» — Tu n'as pas laissé une plume à Walden, m'a-t-il dit. Une raison particulière?

» Anthony est perspicace. Il savait que je ne serais pas resté si tard ni n'aurais parié avec un tel acharnement s'il n'y avait pas anguille sous roche.

— Et qu'as-tu répondu à sir Anthony?

— J'ai répliqué : « C'est un pleutre et un débauché,

il le méritait. » Mais je ne me suis pas attardé à parler à d'autres, je voulais revenir te trouver, je voulais que tu saches que tu étais libérée.

— Libérée! (Druscilla répéta le mot à mi-voix, puis se leva du lit et se dirigea vers la fenêtre :) Je devrais me sentir triomphante, mais ce n'est pas le cas. Je me sens seulement soulagée et, en un sens, plutôt navrée pour ses enfants.

— Oublie-le, comme je le disais hier soir, il n'a plus aucune importance dans ta vie, insista le marquis.

Il abaissa les yeux vers les bouts de papier éparpillés sur le lit.

— J'enverrai quelqu'un encaisser ça, dit-il presque pour lui-même.

Druscilla se détourna de la fenêtre.

— Valdo, j'ai une chose à te demander.

— Quoi donc?

— Quand il paiera, ne garde pas cet argent, pria-t-elle. Il est souillé, il est infâme, il est comme le souverain qu'il m'a offert et que j'ai jeté par la fenêtre. Nous n'en avons pas besoin. Il nous porterait malheur.

Il lui sourit :

— Que désires-tu que j'en fasse? Que je le jette par la fenêtre dans Berkeley Square?

— Non, non, bien sûr que non, mais je me demandais si tu n'aimerais pas créer une fondation, une institution, une œuvre de bienfaisance... comme tu voudras l'appeler.

— En faveur de qui? questionna-t-il.

— Il faudrait le formuler avec beaucoup de tact, mais ne pourrait-ce être pour des femmes de bonne famille désargentées, qui se trouvent dans la situation où j'étais lorsque je suis partie de chez lord Walden?

Le marquis contempla les bouts de papier, chacun de très grande valeur, chacun représentant la promesse de payer ce qui serait pour n'importe qui une grosse somme. Puis il regarda de nouveau Druscilla.

— Cela te ferait plaisir?

— Je serais contente de penser qu'il existe une réserve d'argent pour aider des malheureuses qui sont pourchassées par des hommes tels que lord Walden.

— Alors, j'expliquerai à mon notaire comment disposer de l'argent quand il le recevra, dit le marquis. Il mettra au point quelque chose dans le sens que tu as indiqué.

— Vraiment, tu veux bien? s'écria Druscilla. Oh, merci!

— Elles te seront reconnaissantes, ces femmes qui n'ont nulle part où aller, dit le marquis.

— Peut-être sauverons-nous une ou deux jeunes filles comme moi, qui autrement auraient dû choisir entre mourir de faim ou vivre avec une espèce de brute.

— Tu parles comme si tous les hommes étaient des brutes.

— La plupart le sont! répliqua Druscilla. Mais à présent je peux oublier, à présent je n'ai plus à craindre qu'il soit embusqué partout pour essayer de se saisir de moi.

— Je t'avais promis que tu ne le verrais plus, rappela le marquis.

— Et je ne saurais dire à quel point j'en suis reconnaissante, répondit Druscilla.

Elle joignit les mains et leva les yeux vers lui. Pour la première fois depuis que le marquis était entré dans sa chambre afin de relater sa victoire, il parut prendre conscience de ses cheveux roux épars sur ses épaules, du saut-de-lit diaphane qu'elle portait par-dessus sa mince chemise de nuit.

Il la contempla un instant et elle sentit un frisson glacé la parcourir. Puis il détourna les yeux et se dirigea vers la porte.

— Je suis en train d'enfreindre toutes les convenances, dit-il. Si grand-mère me trouve ici, j'aurai des ennuis. Ton serviteur, Druscilla. Il y a en tout cas un dragon de moins à détruire.

Il avait disparu avant qu'elle pût répondre.

Mais elle resta longtemps à fixer la porte avec une expression étrange, énigmatique, dans les yeux.

7

— Il est arrivé une quantité de cadeaux pour vous, miss, annonça Rose avec excitation quand elle apporta le plateau du petit déjeuner.

— Oh, mon Dieu! soupira Druscilla. Cela veut dire encore des lettres de remerciements.

Mais elle ajouta vivement :

— J'ai l'air ingrate. En fait, je suis ravie d'avoir tant de merveilleux cadeaux.

— Ils sont magnifiques, c'est vrai, miss, acquiesça Rose avec une nuance d'admiration dans la voix.

En bas, dans le salon bleu, tous les cadeaux avaient été déballés et la carte portant le nom du donateur attachée à chacun par un bout de ruban blanc.

Druscilla savait que les invités qui assisteraient au mariage contempleraient non seulement avec curiosité mais d'un œil critique les cadeaux qu'elle et le marquis avaient reçus.

Elle avait pleinement conscience que la qualité des dons et l'extravagance de bon nombre d'entre eux étaient entièrement dues à la haute position du marquis dans la société.

Elle ne pouvait s'empêcher de penser avec un sourire mi-figue mi-raisin que, si elle avait épousé quelqu'un de peu d'importance, il n'y aurait pas eu le plat d'argent massif, l'énorme candélabre, les bibelots en or ni aucun des trésors de très grande valeur qui affluaient à la maison d'heure en heure.

L'intendant de la douairière, Mr Hanbury, avait tout inscrit méticuleusement; aussi Druscilla savait qu'il y avait peu de risque d'offenser quelqu'un en le remerciant pour un cadeau qu'il n'avait pas envoyé ou en oubliant de tenir compte de son présent.

Pourtant, la veille dans l'après-midi, elle avait considéré avec épouvante la longue liste de lettres qu'elle devrait écrire dès qu'ils arriveraient à Lynche.

En même temps, elle ne pouvait s'empêcher de se sentir ravie à la pensée d'être de toute façon en partie bénéficiaire de tant de largesses.

Le cadeau de la marquise douairière était un collier de diamants.

— C'est pour toi seule, avait-elle dit à Druscilla, et c'est strictement ta propriété personnelle. Si tu veux t'en défaire, tu le peux sans avoir à subir les reproches de tous les curateurs et notaires de la famille.

— Je ne m'en séparerai jamais! s'écria Druscilla — et il y avait des larmes dans ses yeux quand elle se baissa pour déposer un baiser sur la joue de la vieille dame. Je ne peux rien vous donner en reconnaissance de tout ce que vous avez fait pour moi, excepté mon cœur.

— Je croyais qu'il appartenait à ton futur mari, remarqua la douairière avec une note ironique dans la voix.

— Il doit vous en laisser une très large part, dit en riant Druscilla qui ajouta avec un frémissement léger : Si vous saviez ce que cela représente pour moi de posséder une chose aussi précieuse!

— Cela t'ira bien, assura la douairière. Tu es très belle, mon enfant, mais tu seras encore plus belle quand tu deviendras une femme.

Druscilla rougit, comprenant fort bien ce qu'elle voulait dire.

Quand elle emporta le collier de diamants dans sa chambre, elle resta assise un long moment devant son miroir, émerveillée par son éclat et ses feux, sentant que sa seule possession guérissait bien des blessures qu'elle avait reçues quand elle était isolée et sans argent.

Elle se rappelait maintenant que le collier de diamants était toujours sur sa coiffeuse. Il faudrait qu'il aille à Carlton House avec les autres cadeaux, dont certains y avaient été envoyés la veille.

La douairière avait un peu craint que si le prince offrait la réception pour les nouveaux mariés il ne voudrait pas se donner le souci d'exposer les cadeaux de noces, exposition qui représentait un des éléments constitutifs des réceptions ordinaires.

Mais le prince était de bonne humeur quand elle avait abordé la question avec lui.

— Bien sûr que les cadeaux doivent être exposés, dit-il. Je leur réserverai le salon chinois, où ils seront disposés à leur avantage. D'ailleurs, je désire que les gens voient ce que j'offre au jeune couple.

Son cadeau était un portrait de lui par le peintre Lawrence, un artiste qu'il avait pris en affection.

— Avons-nous vraiment besoin de la figure de Prinny en permanance avec nous? s'était écrié le marquis.

— Vos enfants et petits-enfants l'apprécieront, répondit la douairière. Cela montrera au moins que tu bénéficiais de la faveur royale. De plus, même si ce n'était pas le portrait de quelqu'un que je connais, j'estimerais quand même que c'est un très joli tableau.

Druscilla se demandait à présent si Mr Hanbury s'était rappelé qu'elle avait insisté pour que le collier de diamants, cadeau de la douairière, soit exposé dans un endroit bien en vue de Carlton House. S'il avait oublié, pensait Druscilla, ce serait facile que même quelque chose d'aussi ravissant qu'un collier de diamants passe inaperçu parmi la masse imposante de cadeaux qui avaient été transportés à pleines voitures de Curzon Street à Carlton House.

— Donnez-moi mon saut-de-lit, Rose, dit Druscilla avec vivacité — et, sortant du lit, elle glissa ses pieds dans les petites mules blanches garnies de duvet de cygne qui faisaient partie de son trousseau.

Rose prit le saut-de-lit dans l'armoire et le lui apporta. En soie épaisse garnie abondamment de dentelle de Valenciennes où étaient passés d'étroits rubans de velours bleu pâle, il donnait à Druscilla un air très jeune.

— Vous n'allez pas descendre comme ça, miss? dit Rose.

— Y a-t-il beaucoup de monde en bas? demanda Druscilla.

— Non, en fait, miss. Madame la marquise n'est pas encore habillée et la majeure partie du personnel est déjà partie pour Carlton House.

— Alors il n'y aura personne d'important pour me voir, dit Druscilla en souriant.

Elle prit le collier de diamants dans son écrin de velours bleu et descendit en courant au bureau de Mr Hanbury. Elle le trouva enfoncé presque jusqu'aux genoux dans des cadeaux qui venaient d'arriver. Il les ouvrait avec soin et enregistrait chaque présent dans un grand carnet.

— Bonjour, miss Morley, dit-il — et elle distingua une petite note de surprise dans sa voix quand il vit la façon dont elle était habillée.

— Je vous ai apporté ceci personnellement, commença-t-elle en tendant l'écrin bleu. Je voulais vous demander de vous assurer que ce soit mis à l'endroit le plus en vue parmi les cadeaux. C'est en effet celui que j'aime le mieux.

— Je le comprends aisément, déclara Mr Hanbury. Ce sont de très beaux diamants.

— Je l'aime non seulement parce qu'il a une grande valeur mais aussi parce que la marquise m'en a fait cadeau à titre personnel. Je le conserverai toujours précieusement parce que c'est à moi.

Tout en parlant, elle se pencha pour regarder un écrin de cuir contenant une magnifique coupe en or aux anses façonnées en forme d'amours, dont la plaque gravée, au centre, indiquait qu'elle était offerte au marquis par son Club des Célibataires. Druscilla se mit à rire.

— Je me demande combien suivront son exemple! s'exclama-t-elle.

— Sa Seigneurie a toujours lancé la mode, répondit Mr Hanbury.

— Quoi qu'il fasse, les autres le font, dit Druscilla. C'est presque infantile, n'est-ce pas?

— Je suis certain que tout le monde envie la bonne fortune de Sa Seigneurie d'avoir trouvé une aussi jolie fiancée, déclara Mr Hanbury — mais avec une note de réprobation dans la voix.

— Je vous remercie, Mr Hanbury, dit Druscilla en s'inclinant. Je crains de vous avoir donné une quantité de travail supplémentaire, mais je vous suis très reconnaissante de toute la peine que vous avez prise pour enregistrer ces cadeaux. Sans votre aide, nous n'aurions jamais pu identifier ce que nous avons reçu.

— Je suis heureux de pouvoir me rendre utile, miss Morley, répondit Mr Hanbury.

Comme il parlait, la porte s'ouvrit et un valet de pied entra avec un nouveau paquet sur un plateau d'argent.

— Ceci vient d'arriver de l'hôtel de Lynche, dit-il à Mr Hanbury, avec instructions de le remettre en mains propres à M. le marquis. Mais il est parti à cheval et on ne sait pas à quelle heure il reviendra.

— Donnez-le-moi. Je veillerai à ce que Sa Seigneurie le reçoive.

Le valet le lui tendit et il le posa sur son bureau.

— Vous feriez bien de l'enregistrer, dit Druscilla. Le marquis a déclaré qu'il ne veut écrire aucune lettre de remerciements et si vous lui laissez le paquet à ouvrir la carte sera sûrement égarée.

— J'y avais pensé aussi, dit Mr Hanbury avec un petit sourire. Regarderons-nous ce que c'est pour l'inscrire sur la lite? Ensuite, si vous le désirez, je peux toujours le remballer.

— Cela ressemble presque à une conspiration, n'est-ce pas? Mais franchement je pense qu'il serait plus sage que vous attachiez la carte à ce qu'il y a dedans.

— Je le crois aussi, acquiesça Mr Hanbury.

Comme il défaisait le paquet, Druscilla remarqua des armoiries sur les cachets rouges qui l'ornaient, mais elle fut incapable de les déchiffrer. Le papier en s'écartant dévoila un écrin de cuir noir.

Avant de l'ouvrir, Mr Habury prit la carte qui était dessus. Il la regarda et Druscilla sentit qu'il était embarrassé.

Avant qu'il ait parlé, avant même qu'il ait pu poser la carte de côté, elle jeta un coup d'œil par-dessus son épaule et lut ce qui était écrit :

Portez ceci et je saurai que vous ne m'avez pas oubliée.

Il n'y avait pas de signature mais, pour Druscilla, il n'en était pas besoin. Pendant que Mr Hanbury hésitait, elle ouvrit l'écrin et vit nichée dans le velours une chevalière où s'enchâssait une émeraude.

C'était un cadeau charmant et coûteux, mais aux yeux de Druscilla c'était un acte de perfidie délibérée de la part de la duchesse.

Même le jour du mariage de son amant, elle ne pouvait pas le laisser en paix, il fallait qu'elle lui tende les bras, l'attirant à elle aussi sûrement que si elle levait vers les siennes ses lèvres rouges et le regardait avec ses yeux bleus passionnés.

Druscilla contempla la bague. Puis, refermant l'écrin avec un claquement sec, elle le posa sur la table devant Mr Hanbury et sortit de la pièce, tandis qu'il la suivait des yeux avec une expression consternée.

Elle monta dans sa chambre et la journée lui parut maintenant sombre et terne en dépit du soleil au dehors.

Allait-elle être toujours hantée par les femmes que le marquis avaient aimées et que — pour autant qu'elle le sache — il aimait encore?

Allait-elle toujours trouver de belles enjôleuses occupées à lui tendre des pièges, à tenter de le séduire, dont les yeux bleus imploraient des faveurs qui en toute justice appartenaient à son épouse?

Mais d'autre part pourquoi aurait-il des égards pour elle? En ce qui le concernait, leur union était simplement un mariage de convenance.

Elle avait mérité sa gratitude en lui épargnant un duel; elle avait empêché que la duchesse soit impliquée dans un scandale qui risquait d'entraîner sa perte sur le plan mondain. Voilà tout!

« Qu'est-ce que j'en retire? se demanda Druscilla.

Elle connaissait la réponse, elle la trouvait dans le contact de la soie contre sa peau, la fragrance du parfum coûteux qui embaumait sa chevelure, la douceur du lit sur lequel elle avait reposé et dans les robes qui avaient empli son armoire avant d'être emballées hier pour leur envoi à Lynche.

Voilà ce qu'elle avait à recevoir de son mariage : le confort, le luxe, un sentiment de sécurité et une situation sociale que rien n'aurait pu lui procurer en dehors de ce mariage avec l'un des plus désirables célibataires de tout le pays.

— Qu'il s'amuse! se dit-elle tout haut. Je dois être bien avide et bien mesquine si, après tout ce que j'ai reçu, je lui marchande quelques heures de distraction avec la duchesse, avec Bianca de Silva ou toute autre femme aux cheveux blonds et aux yeux bleus dont il s'entiche.

Elle essayait de paraître généreuse, de trouver en elle un sentiment sincère de générosité.

A sa surprise, elle s'aperçut qu'elle était tendue, ses doigts étaient crispés, ses yeux proches des larmes.

Pourquoi, pourquoi, mais pourquoi un cadeau quelconque reçu par le marquis la bouleversait-il à ce point-là?

C'était absurde, c'était ridicule; cependant, elle se rendait compte qu'elle haïssait à ce moment la duchesse d'une haine qui semblait se creuser un chemin dans son corps.

Cette haine était toujours en elle quand, des heures plus tard, elle descendit lentement dans sa robe de mariée, constatant au fur et à mesure que les miroirs dorés reflétaient sa marche, qu'elle était plus belle qu'elle n'aurait jamais imaginé pouvoir l'être.

« Pourquoi penser encore à cette stupide bague? » se demanda-t-elle.

Cependant, elle ne put se retenir de jeter un coup d'œil vers le bureau de Mr Hanbury dont la porte était ouverte.

Les cadeaux étaient maintenant tous partis pour Carlton House, sans exception. Elle se demanda ce qu'il avait fait de la bague, tout en devinant qu'il avait dû la donner en mains propres au marquis comme on l'en avait prié.

La bague ne figurerait pas parmi les autres cadeaux, mais Valdo l'aurait reçue.

Un instant, Druscilla resta indécise dans le vestibule. Le carrosse l'attendait au-dehors, sa femme de chambre arrangeait la traîne de sa robe, les valets la regardaient avec de l'admiration dans les yeux.

Elle aperçut son reflet dans un miroir.

— Tu es absolument ravissante, mon enfant, avait dit la douairière avant de partir devant dans un autre carrosse.

— Vous êtes merveilleuse, miss! s'écriait maintenant Rose. Vous leur ferez sortir les yeux de la tête!

Tout à coup, le reflet étincelant disparut. Druscilla ne fut plus que la pauvre jeune fille vêtue modestement, alarmée, effrayée, sans sécurité, courant, courant, folle de terreur, d'une place à une autre, sans personne vers qui se tourner, sans même un ami en qui elle pût avoir confiance!

Puis, relevant inconsciemment son petit menton, elle franchit le seuil, s'avança sur le trottoir et monta en carrosse.

L'église Saint-George, dans Hanover Square, était bourrée à craquer.

Il n'y avait jamais eu plus élégant déploiement de robes, de bijoux étincelants, de décorations cliquetantes, de cravates blanches comme neige et d'habits de satin collants.

Ce n'était pas le seul marquis de Lynche qui attirait une assistance aussi distinguée, mais le fait que le prince de Galles devait être là et conduirait la mariée à l'autel : cela suffisait pour que tous les hommes d'Etat, courtisans, mondains et snobs aient décidé d'y être.

Le geste était sans précédent de la part de Son Altesse Royale et le marquis se rendait bien compte que nombre de gens l'enviaient amèrement pour ce privilège.

C'était évidemment la douairière qui avait manœuvré pour obtenir cette faveur royale.

— Votre Altesse Royale est une telle compétence en matière d'étiquette, avait-elle dit au prince flatteusement, que je désire demander votre avis.

— Mais bien sûr, avait-il répondu d'un air ravi.

Depuis des années qu'il encaissait des rebuffades et qu'il était négligé par son père et la triste cour de

Buckingham, il était toujours enchanté quand quiconque le consultait sur quelque sujet que ce soit.

— Druscilla est orpheline, expliqua la douairière. Elle n'a pas de parents proches et il semble en quelque sorte incorrect d'inviter l'un des Lynche à la conduire à l'autel. Ce ne sont que des cousins éloignés. A qui Votre Altesse pense-t-elle que je doive m'adresser?

Le prince réfléchit un instant, puis répondit d'une voix ferme :

— La solution est tout à fait évidente, chère madame, je m'en chargerai.

La douairière s'était écriée avec surprise et gratitude qu'elle était confondue par une telle faveur.

Mais au pétillement de ses yeux et au léger sourire qui lui retroussait le coin de la bouche, Druscilla comprit que c'était ce qu'elle cherchait à obtenir dès le début.

Lorsque le prince paraissait en public, il en faisait toute une cérémonie.

Aujourd'hui, en dépit du protocole royal, il avait tenu à arriver avant la fiancée pour l'attendre juste à l'intérieur du porche, lequel était séparé de l'assistance par deux portes vitrées.

Dans cette assistance régnait une atmosphère d'attente fébrile. Les mondanités représentaient pour la plupart une corvée assommante, mais cela ne les empêchait pas de se battre avec bec et ongles pour garder leur place dans la hiérarchie de ce qu'on appelait les gens du *Bon Ton*.

Le marquis, qui avait pris place avec sir Anthony à son côté sur les marches du chœur, percevait les chuchotements et les regards inquisiteurs, la jalousie et même les sentiments hostiles qui montaient de la cohue mondaine vers lui.

Jetant un coup d'œil aux premiers bancs, il vit bien des femmes qui avaient, à des moments divers, retenu brièvement son attention et dont les regards s'attardaient encore sur lui avec tendresse et même avec une lueur de braise qui, il le savait, se changerait en flamme s'il faisait le plus petit geste vers elles.

Il y en avait d'autres qui le regardaient avec une certaine envie, souhaitant qu'il les remarque en passant ne serait-ce que pour une seule nuit de délices.

Il y avait des hommes qui le détestaient à cause de ce qu'ils soupçonnaient, mais qui n'avaient pas assez de preuves pour justifier un duel.

Puis, en réponse à quelque signal, la musique se fit plus sonore, les choristes entonnèrent un chant et les portes vitrées à l'extrémité de l'église s'ouvrirent.

Le prince était superbe. C'était le genre d'occasion où il daignait toujours se signaler non seulement par la magnificence de sa tenue mais aussi par son originalité. Son habit de velours rose framboise étincelait de décorations.

Il y avait des diamants sur la cravate neigeuse qui descendait en cascade sur sa poitrine, sa culotte blanche était toute à la gloire de son tailleur et l'arrangement de sa chevelure une recommandation pour son coiffeur.

Ce n'était pourtant pas le prince que les dames et les gentilshommes de l'assistance regardaient, c'était la fiancée à son bras.

Druscilla avait voulu leur couper le souffle et elle y avait réussi. Elle semblait n'être vêtue que de diamants qui éblouissaient par leur scintillement dans la lumière des cierges.

La robe qui épousait sa silhouette était entièrement couverte de broderie diamantée; mais ce qui était original et qu'on n'avait jamais vu, son voile l'était également.

Il encadrait son petit visage, donnant à sa peau le doux éclat translucide des perles et, sur sa tête, brillait le magnifique diadème de diamants que le marquis avait vu porter par sa mère la dernière fois qu'elle était allée à un bal de la Cour.

Il y avait des diamants autour de son cou et de son poignet, au lieu du bouquet traditionnel, elle avait à la main une tabatière décorée d'armoiries en diamants avec, au centre, une miniature émaillée du prince de Galles.

Très lentement, le prince et Druscilla s'avancèrent

dans la nef; quatre petits pages en habit de cour portaient sa longue traîne.

Une lueur brillait dans les yeux des hommes qui la regardaient, ses cheveux roux luisant à travers son voile, ses yeux non pas baissés suivant la coutume mais regardant droit devant eux. Dans les yeux des femmes, il y avait de l'envie, de la haine et de la malveillance.

Comment pouvait-on être si radieuse, si ravissante, si impressionnante que toute autre personne de son sexe devenait insignifiante à côté d'elle?

Le marquis n'avait pas été mis dans le secret de ce que Druscilla comptait porter et quand elle arriva à côté de lui, elle ne put s'empêcher de le regarder et vit ses yeux flamboyer.

Point n'était besoin qu'il lui dise « Bravo! ». Tous deux savaient que si certains avaient douté un moment de la raison pour laquelle le marquis célibataire voulait se marier, ils avaient à présent la réponse.

C'est seulement quand la cérémonie de mariage eut pris fin — la seconde où Druscilla avait prononcé ses vœux — qu'elle glissa sa main dans celle du marquis, tandis qu'ils se rendaient à la sacristie.

Les doigts de Druscilla étaient froids, car cela avait été une épreuve, quand bien même elle ne l'avait pas envisagée ainsi. En prenant sa main, il se pencha vers elle afin qu'elle fût seule à l'entendre.

— Tu as frappé d'un coup mortel toutes les belles dames de Londres, chuchota-t-il.

Druscilla eut un petit gloussement de rire; elle ne put s'en empêcher.

Puis ils se retrouvèrent dans la sacristie, le prince signait le registre et la douairière les embrassa.

— Es-tu content? demanda-t-elle au marquis.

Il baisa d'abord sa joue puis sa main.

— Tu as brandi une baguette magique, grand-maman, dit-il. En d'autres temps, tu aurais été brûlée comme sorcière.

Le prince partit en avant afin d'être à Carlton House le premier pour recevoir les invités; puis, au milieu des vivats et des acclamations de la foule massée devant l'église, le marquis et Druscilla montèrent dans le carrosse qui devait les conduire à la réception.

C'était le carrosse de gala de la famille, dans lequel le marquis se rendait à l'ouverture du Parlement. Une grande partie était en verre afin que les occupants soient visibles pour tous les spectateurs.

Pendant que les chevaux suivaient Bond Street au trot, Druscilla et le marquis s'inclinèrent pour saluer les gens alignés sur les trottoirs, dont beaucoup attendaient depuis des heures afin d'apercevoir les deux protagonistes de ce qui était incontestablement le mariage le plus sensationnel de l'année.

— Tu as l'air d'une étoile tombée du ciel ou mieux de toute une constellation! déclara le marquis.

Elle se tourna pour lui sourire.

— Ta grand-mère était décidée à leur donner matière à jaser.

— Ils n'y manqueront pas, c'est certain, répondit le marquis. Qu'a dit Prinny quand il t'a vue?

— Il a paru tout déconfit, répliqua Druscilla, et a dit : « Si j'avais su que vous alliez m'éclipser, j'aurais mis quelques décorations de plus. »

Le marquis renversa la tête en arrière et rit.

— C'est bien de Prinny, il veut toujours être le centre d'attraction. Il n'aime pas jouer les seconds violons. N'importe, Druscilla, tu es magnifique!

Il y avait dans la voix du marquis un ton de sincérité qui la fit sourire de nouveau tandis qu'elle se penchait une fois encore pour saluer un autre petit rassemblement à l'angle de Saint James' Street.

— Je me demande combien de temps va durer toute cette bombance, dit le marquis.

— Ennuyé déjà?

— Pas spécialement, mais il fait toujours si diablement chaud à Carlton House. Cela ne tiendrait-il qu'à moi, nous partirions maintenant pour Lynche.

— Et tu manquerais tout l'honneur et le plaisir? Comment peux-tu être aussi ingrat?

— Quand tu seras allée autant de fois que moi à

Carlton House, dit le marquis, tu trouveras aussi que ces réceptions où l'on étouffe sont d'affreuses corvées.

— Ce n'est pas une manière de parler de ton mariage, dit-elle d'un ton réprobateur.

— Non, n'est-ce pas? dit-il en souriant. Bon, en tout cas, tu t'amuseras. Quelle femme ne s'amuse pas à un mariage, surtout quand c'est le sien?

— Je trouve que c'est un progrès sur le premier, ma foi, rétorqua-t-elle.

Elle se revit dans sa robe de coton bon marché avec l'affreuse capote démodée enfoncée sur ses cheveux tirés en arrière, ses lunettes sur le nez, et le marquis à côté d'elle, raide de fureur, maîtrisant difficilement sa voix, si grande était la violence de ses sentiments.

Puis, très clairement, elle vit la duchesse, ses yeux bleus brouillés de larmes, ses lèvres rouges tremblant légèrement.

— Comment aurais-je pu me douter que la gardeuse d'oies se révélerait une princesse déguisée? demanda le marquis taquin.

Druscilla émit un petit rire.

Tout à coup elle se sentait gaie et le cœur léger, comme si elle avait déjà bu du champagne qui devait les attendre à Carlton House.

— C'est vrai que c'est un mariage de conte de fées! dit-elle — et il y avait une note d'ivresse dans sa voix.

— Et, bien entendu, nous vivrons désormais toujours heureux.

Le marquis avait parlé à mi-voix et son regard était grave. Druscilla ne comprit pas pourquoi, mais elle eut soudain l'impression d'avoir de la difficulté à respirer et elle rougit.

A Carlton House, il y eut d'abord une réception, puis à 5 heures on prit place pour dîner. C'était le genre de repas que le prince adorait organiser. Il y avait toutes sortes de mets délicats et une douzaine de vins différents.

Bien avant qu'on ait atteint le sorbet, à moitié du menu, Druscilla sentit qu'elle ne pouvait plus rien avaler, mais les autres invités refusaient rarement un plat.

Les laquais aux cheveux poudrés et aux brillants galons dorés apportaient sans cesse des nouvelles préparations délectables dans la vaisselle d'or armoriée qui — Druscilla le savait comme tous ceux qui étaient présents — n'avait pas encore été payée.

Assise à la droite du prince, elle avait l'impression de vivre un rêve. Se pouvait-il vraiment que ce soit elle qu'on fêtait ici, qu'on acclamait, à qui l'on portait des toasts? Ses yeux étaient comme éblouis par toute cette féerie.

Le prince lui murmura à l'oreille :

— Mon ami Valdo est un très heureux garçon. J'aurais aimé être votre mari ce soir.

Elle regarda son visage rose échauffé, vit le désir dans ses yeux saillants et ne fut pas effrayée mais amusée. Mrs Fitzherbert froide, distante, l'air distingué, au bout de la table, était, elle le savait, une protection suffisante.

Elle sentit les doigts boudinés du prince serrer les siens et jeta un coup d'œil au marquis assis de l'autre côté. Comme il était beau en comparaison! Ses larges épaules, son corps athlétique sans une once de chair superflue et son fier port de tête la rendirent soudain contente de l'avoir épousé.

Comme s'il devinait cet examen, le marquis se tourna vers elle et sourit. Une chose étrange arriva au cœur de Druscilla. Elle eut l'impression qu'il bondissait dans sa poitrine.

Le marquis leva son verre à son intention et une étincelle scintilla sur son petit doigt. Druscilla tressaillit.

Ainsi il portait la bague de la duchesse! Aujourd'hui entre tous, il avouait son amour pour sa maîtresse! Il lui sembla que la salle s'assombrissait, que la féerie s'estompait, que la magie disparaissait.

Elle s'adressa au prince, une expression de coquetterie délibérée sur les lèvres :

— Quelle femme ne serait pas honorée et flattée, mais peut-être aussi assez... choquée, monseigneur, d'une telle suggestion?

— Et vous, demanda le prince, êtes-vous choquée ou flattée?

— Cela, monseigneur, je dois le laisser à votre astucieuse imagination.

— Vous êtes enchanteresse!

La voix du prince s'était voilée.

Druscilla baissa les yeux pour feindre l'embarras, mais son cerveau réfléchissait froidement.

« La duchesse tient donc encore Valdo au bout d'une ficelle... il la désire toujours! Cependant, pourquoi m'en soucierais-je? Il n'est pas et n'a jamais été question d'amour en ce qui nous concerne. »

Mais elle se demanda pourquoi l'avenir paraissait triste et vide. C'était un mariage de convenance où les deux partenaires en cause n'étaient unis que par les conventions mondaines, les amusements mondains, les bavardages mondains!

Naguère, elle avait espéré un mariage où elle aimerait et serait aimée. Naguère, elle avait rêvé d'un homme tendre et bon dont le contact la ferait vibrer. Mais maintenant...

« Je déteste les hommes... des bêtes, des brutes, tous des animaux », marmotta-t-elle pour elle-même.

Quand, enfin, les dames se retirèrent au salon, Druscilla se vit le centre de l'attention, la cible de petites flèches barbelées destinées à blesser, d'insinuations haineuses et de quelques félicitations spontanées.

— Il n'y a jamais eu une aussi belle mariée! s'écria une femme avec exubérance.

— Et elle est au marquis! s'exclama avec aigreur une beauté aux cheveux blonds. Ce n'est pas juste. Il a tout.

— Moi comprise, dit Druscilla plus pour elle-même que pour l'assemblée groupée autour d'elle.

Elle regarda l'alliance d'or à son doigt. Elle pouvait enfin le croire.

Elle était marquise de Lynche et tous devaient s'incliner devant ce rang social auquel, pauvre gouvernante accablée luttant avec désespoir pour sa respectabilité, elle avait accédé par hasard, grâce à un coup du sort qui la laissait encore maintenant le souffle coupé quand elle y pensait.

Si le marquis n'était pas venu dans la salle d'étude ce soir-là pour qu'elle l'aide, rien ne serait arrivé.

Elle sentait qu'elle devrait entonner un chant d'action de grâces et pourtant, lorsqu'elle se trouva dans le carrosse qui les emportait vers Berkeley Square, elle était inexplicablement déprimée.

— Je pensais que nous pourrions partir pour Lynche ce soir, dit le marquis, mais il est trop tard. Nous irons demain. J'avais prévu que nous serions tous les deux fatigués après avoir tellement bu et mangé et j'ai envoyé un valet d'écurie peu après notre arrivée à Carlton House pour leur dire qu'ils remettent à demain leurs discours de bienvenue.

— Leurs discours de bienvenue? répéta Druscilla.

— Mais naturellement. Est-ce que je ne t'en ai pas parlé? Le personnel, les fermiers et les villageois viendront tous nous souhaiter la bienvenue. Il y aura des arcs de triomphe le long de l'avenue et je crains que tu ne doives serrer la main d'un nombre considérable de gens. J'espère que je me rappellerai qui diable ils sont.

— Je n'avais pas pensé à cela, dit à mi-voix Druscilla.

— Si nous partons maintenant, la nuit sera tombée avant que nous arrivions et cela gâtera leur plaisir, expliqua le marquis. Nous allons rester ce soir à Berkeley Square, à moins que tu n'y voies une objection.

— Non, bien sûr que non, répondit Druscilla. Je ferai ce que tu voudras.

— Tu trouveras tout ce dont tu as besoin. J'avais prévu deux plans — un pour si nous restions à Londres et l'autre si nous allions à Lynche. Je pense donc que tu seras bien.

— J'en suis certaine, acquiesça Druscilla en se rappelant le peu de confort qui lui avait été réservé dans le passé.

Les chevaux s'arrêtèrent devant la maison. Le tapis rouge était déroulé sur le trottoir, le majordome se tenait juste à l'intérieur du vestibule éclairé avec une demi-douzaine de valets de pied resplendissants.

— Permettez-moi de souhaiter la bienvenue à Votre Seigneurie et à Madame la marquise, dit-il d'une voix de stentor, et de la part du personnel nous vous souhaitons tout le bonheur possible maintenant et dans l'avenir.

— Merci, Granson, répondit le marquis. Transmettez, je vous prie, au personnel mes remerciements et ceux de madame la marquise. J'espère que vous avez veillé à ce que vous puissiez tous célébrer cette heureuse circonstance.

— Certes, m'lord. Le vin et les violoneux sont en haut, et nous attendions seulement le retour de Votre Seigneurie et de Madame la marquise pour commencer.

— Que nous ne vous retardions pas, dit le marquis. Désires-tu un verre de vin ou quelque chose à manger, Druscilla?

— Non, vraiment. Pour le moment, j'ai l'impression de ne plus jamais pouvoir avaler quoi que ce soit.

Elle se dirigea vers l'escalier et monta. Elle connaissait son chemin, car elle avait déjà vu la chambre nuptiale de Lynche House qui, elle le savait, avait été la chambre de la mère du marquis, du vivant de celle-ci.

C'était une pièce magnifique avec, sur une estrade, un grand lit drapé de rideaux de soie qui tombaient d'une corolle de colombes sculptées et dorées.

Druscilla s'avança dans la chambre en enlevant son diadème qui était lourd et qu'elle retira avec soulagement, le posant sur la coiffeuse.

Elle ôta aussi le voile étincelant, chatoyant, qui avait provoqué, elle le savait, plus de commentaires que toute autre innovation de la mode depuis des années.

Elle le jeta sur la chaise tout en se demandant pourquoi Rose ne donnait pas signe de vie. Elle se tourna de nouveau vers la coiffeuse et entendit alors le marquis entrer dans la chambre et fermer la porte derrière lui.

Puis, avant qu'elle ait compris ce qui se passait,

il l'attirait à lui, ses bras l'enveloppaient et il l'étreignait étroitement.

Un instant, elle fut trop surprise pour esquisser un geste. Les lèvres du marquis étaient sur les siennes et il l'embrassait avec passion; elle ne pouvait pas bouger, elle ne pouvait pas crier.

Sa bouche, ferme et possessive, la tenait captive et ses bras l'emprisonnaient.

Un instant, incapable de faire un mouvement, incapable de respirer, elle crut être en plein rêve.

Il s'emparait d'elle, en prenait si bien possession qu'elle eut l'impression qu'il aspirait son cœur d'entre ses lèvres et le faisait sien.

Elle ne pouvait lui résister, ne pouvait esquiver ses baisers ardents, exigeants, l'insistance de sa bouche. Elle capitulait, lui donnait ce qu'il voulait...

Puis, avec l'acuité d'un coup de poignard, elle se rappela la bague qu'il portait à son doigt, le message de la duchesse qu'elle avait lu, et elle se dit que ses baisers étaient seulement pareils à ceux que d'autres hommes lui avaient imposés — baisers de luxure, de passion débridée, mais non pas d'amour.

Comme les lèvres du marquis libéraient sa bouche pour chercher la douceur de son cou, elle se débattit et se dégagea de son étreinte.

Elle s'élança éperdument vers la coiffeuse, ouvrit la boîte à gants en satin blanc qui était posée dessus, pivota sur elle-même — et le marquis se retrouva les yeux fixés sur le canon d'un petit pistolet qu'elle tenait à la main.

— Laisse-moi... tranquille! dit-elle d'une voix haletante. N'aie pas l'audace de... me toucher.

Il la regarda, médusé. Pendant un moment, ni l'un ni l'autre parlèrent.

Puis elle vit briller soudain une étincelle dans ses yeux et comprit à ses mâchoires serrées et à sa bouche crispée qu'il était dans une violente colère.

— Comment oses-tu braquer une arme sur moi? s'exclama-t-il d'une voix qui claquait comme un fouet. Je ne suis pas un Walden pour m'imposer à une femme qui ne désire pas mes faveurs. Je t'assure, Druscilla, qu'il n'est pas besoin de dramatiser ni de me faire une insulte comme celle que tu m'infliges maintenant. Range ton arme, ma chère petite. Il est tout à fait inutile que tu en aies une en ce qui me concerne.

Il la dévisagea et elle crut lire dans son expression un mépris cynique avant qu'il ajoute d'une voix à la maîtrise glaciale :

— Je te donne ma parole que je ne te toucherai plus que si tu me le demandes. Tu jugeras certainement cela rassurant.

Il se détourna brusquement et se dirigea vers la porte. En y arrivant, il lança par-dessus son épaule :

— J'espère, marquise — et son ton était sarcastique —, que tu prendras plaisir à ta nuit de noces. Je te garantis que je m'arrangerai pour trouver la mienne amusante.

Il sortit de la chambre sans refermer la porte derrière lui. Druscilla l'entendit descendre l'escalier, entendit un murmure de voix dans le vestibule, une porte qui se fermait.

C'est seulement à ce moment-là que le pistolet tomba de sa main sur le sol. Il n'était pas chargé, mais elle se dit qu'il avait rempli son office.

Alors, sans comprendre pourquoi, elle commença à pleurer.

Elle traversa la chambre en courant et se jeta sur le lit.

Elle enfouit son visage dans l'oreiller et pleura amèrement, tristement, plus perdue, plus solitaire qu'elle ne l'avait jamais été de toute sa vie... mais pourquoi?

Elle ne se l'expliquait pas.

8

Au bout d'un certain temps, Druscilla cessa de pleurer, mais elle resta le visage caché dans l'oreiller.

Elle songeait à la colère sur les traits du marquis, à l'expression de ses yeux, à l'accent cynique et sarcastique de sa voix en lui disant bonsoir.

Elle sentait encore sur ses lèvres la pression des siennes, mais la passion latente sous son baiser et le sentiment de possession qui avait paru aspirer en elle sa force et la laisser sans énergie dans ses bras la faisaient toujours trembler.

Pourtant, elle se rendait compte maintenant avec surprise et pour une raison extraordinaire que ce n'est pas de la peur qu'elle avait éprouvée.

Dès la première minute où il l'avait prise dans ses bras et pressée contre lui, elle s'était sentie faible et impuissante sans aucun désir de lutter pour se dégager.

Puis elle se rappela le scintillement sur son doigt quand il avait levé son verre en son honneur à Carlton House.

C'est ce souvenir qui l'avait poussée à se débattre pour se libérer et courir prendre dans la boîte à gants sur sa coiffeuse le pistolet acheté dès le lendemain de son arrivée à Londres.

Même sous la protection de la douairière, elle avait pensé que lord Walden pourrait la poursuivre.

Elle avait découvert l'adresse d'un armurier et, échappant à l'attention de sa grand-tante, elle y était allée seule afin d'acheter une arme qui, elle l'espérait, pourrait à tout le moins intimider lord Walden.

— Quel besoin une jeune dame du monde comme vous a-t-elle d'une arme aussi dangereuse? avait demandé l'armurier.

Druscilla comprit qu'il se montrait familier parce qu'elle était venue au magasin non accompagnée.

— Il se peut que j'aille à l'étranger, avait-elle répliqué froidement, et on me dit qu'il y a beaucoup de bandits et de voleurs sur le Continent.

C'est l'autorité naturelle de sa voix plutôt que l'explication qui le rendit plus coopératif.

Finalement, elle acheta un petit pistolet à crosse d'ivoire, assez menu pour être dissimulé dans un manchon ou un réticule; néanmoins, une fois chargée, c'était une arme qui, bien pointée, pouvait tuer un homme.

Druscilla l'avait oublié dans les jours qui suivirent, mais — après sa rencontre avec lord Walden à Devonshire House — elle vérifia qu'il se trouvait encore où elle l'avait mis, dans la boîte de satin qui restait toujours sur sa coiffeuse.

Quand le marquis lui avait dit qu'on ne reverrait plus lord Walden à Londres, elle n'avait plus pensé au pistolet rangé parmi ses gants... jusqu'à ce soir.

Etendue sur le lit où elle froissait son étincelante toilette nuptiale, elle se demandait à présent pourquoi elle s'était subitement rappelé son existence.

Comme arme, il s'était certainement montré efficace. Il avait éloigné d'elle son mari, peut-être à jamais.

— Je le déteste, dit-elle tout haut. Je le déteste! Je le déteste!

Elle s'étonnait de ressentir aussi peu de joie du fait qu'il l'ait quittée pour aller à la recherche d'une femme plus complaisante.

Assurément, Bianca de Silva l'accueillerait les bras ouverts et rirait bien en voyant que le mariage l'avait si peu sevré de ses anciennes habitudes.

Ce sont les rires que Druscilla craignait le lendemain matin quand, après une nuit blanche, Rose vint lui apporter son petit déjeuner à 9 heures.

Elle se rendait bien compte que Rose et tout le reste du personnel savaient que le marquis, au lieu de passer la nuit auprès d'elle, avait quitté la maison peu après leur retour de Carlton House.

Elle savait qu'un potin aussi piquant se propagerait à travers la maison depuis les principaux domestiques jusqu'aux marmitons et aux aides-cavistes. Tout le monde l'apprendrait, tout le monde en jaserait.

Elle avait vécu récemment trop près de l'office pour ignorer le genre de réflexions qui seraient faites, les ricanements qui suivraient, les hypothèses grossières sur ce qui s'était passé.

Elle se sentait humiliée, mais elle comprenait qu'en

réalité c'est son sentiment d'insécurité qui la faisait souffrir.

Si elle avait été vraiment aristocrate et née dans le monde où elle se trouvait maintenant, les bavardages des domestiques n'auraient eu aucune importance pour elle.

Elle savait que les yeux de Rose étaient fixés sur l'oreiller intact à côté d'elle et elle se força à parler du temps avec calme et détachement pendant que la domestique rangeait la chambre. Quoique le soleil pénétrât à flots par les fenêtres, il semblait curieusement n'apporter aucune clarté.

— Je n'ai pas besoin de petit déjeuner, dit Druscilla d'une voix lasse. Remportez le plateau, je vous prie.

— M'lady, vous vous sentirez fatiguée si vous ne mangez pas, protesta Rose. Vous avez une longue route en carrosse devant vous.

— Oui, bien sûr, nous partons pour Lynche ce matin. Avez-vous idée à quelle heure Sa Seigneurerie désire se mettre en route?

Il y eut un silence et quand Rose répondit Druscilla devina qu'elle était embarrassée.

— Monsieur le marquis n'est pas encore revenu.

— Revenu? questionna involontairement Druscilla.

— Sa Seigneurerie n'a pas couché ici la nuit dernière.

Ce fut comme une giffle en pleine figure. Pourtant Druscilla savait qu'elle aurait dû s'y attendre.

Elle l'y avait poussé, reconnut-elle avec une honnêteté irrépressible, elle l'avait chassé de sa propre maison pour sa nuit de noces et elle seule était à blâmer.

S'il n'avait pas porté cette bague, s'il n'avait pas fait parade devant elle de son engouement pour la duchesse, tout aurait pu être différent. Mais au fond était-ce vrai?

Aurait-elle réellement pu supporter ses baisers, le contact de ses mains? Elle se posa la question et n'en trouva pas la réponse.

Elle ne voyait rien d'autre que le scintillement de

la bague quand il avait levé son verre pour un toast silencieux tandis que ses yeux la regardaient avec une expression qu'elle jugeait être d'amiration — quoiqu'elle n'en fût pas entièrement sûre.

Elle se rendit compte que Rose escomptait qu'elle dise quelque chose et, au bout d'un instant, elle déclara d'une voix tranquille :

— Nous n'avons qu'à patienter jusqu'au retour de Sa Seigneurie. Le marquis a certainement ses projets. Nous sommes attendus à Lynche pour fêter notre mariage.

— Oui, m'lady, acquiesça Rose. Et le majordome a suggéré que la voiture des bagages dans laquelle je dois voyager parte à 10 heures et demie, si cela vous convient, ma'am.

— Oui, certainement, Rose, dit Druscilla. Je vais me lever maintenant.

— J'ai pensé que Madame le marquise voudrait mettre son nouveau carrick. Le bleu est extrêmement seyant.

— Oui, apportez-moi cela et la robe bleue, répondit Druscilla. Je souhaite que les gens de Lynche me voient à mon avantage.

Elle se leva, prit un bain et s'habilla lentement. A tout instant elle croyait recevoir un message lui annonçant le retour du marquis, mais il n'en vint pas.

Finalement, quand elle fut prête, elle resta un moment à contempler son reflet dans le miroir, voyant non pas combien le bleu myosotis du manteau et de la capote lui allait mais seulement l'inquiétude qui lui assombrissait les yeux, pleins de questions auxquelles elle ne pouvait pas répondre.

— Finissez de tout emballer, Rose, ordonna-t-elle. Il ne faut pas que vous soyez en retard pour la voiture des bagages.

— Non certes, m'lady, et je crois que nous n'arriverons pas loin derrière Votre Seigneurie au cas où vous auriez besoin de moi.

— Je me débrouillerai jusqu'à ce que vous soyez là. Il n'y a pas plus de deux heures de voyage pour aller à Lynche, d'après ce que m'a dit Sa Seigneurie.

— Oui, m'lady.

Rose fit une révérence. Druscilla sortit de la chambre et descendit lentement l'escalier jusqu'au vestibule.

Elle avait l'impression que partout des yeux suivaient sa descente, des yeux de femmes de chambre curieuses, des yeux de valets obséquieux, les yeux des ancêtres des Lynche qui, suspendus dans des cadres dorés, couvraient les murs du vestibule et de l'escalier.

« Comment Valdo peut-il me faire cela? » se demandait-elle.

Elle eut le sentiment que c'était une vengeance subtile pour la blessure qu'elle lui avait infligée la nuit précédente, blessure pas tant pour son cœur que pour son orgueil.

Juste au moment où elle arrivait dans le vestibule, le marteau résonna. Elle tourna la tête vers la porte. Serait-ce le marquis qui revenait? A sa place, elle vit entrer Mr Hanbury.

— Bonjour, Mr Hanbury, dit-elle, heureuse d'avoir quelqu'un à qui parler. Je suis ravie de vous voir, parce que cela me donne l'occasion de vous remercier pour toutes les dispositions que vous avez prises hier à Carlton House. Tout a marché on ne peut mieux, et je sais que c'est grâce à votre excellente organisation.

Pour la première fois depuis qu'elle le connaissait, le visage plutôt triste de Mr Hanbury s'éclaira.

— Vous êtes très aimable, madame la marquise. J'ai moi-même été content qu'il n'y ait pas eu d'anicroche.

— Non, aucune, dit Druscilla.

Tout en parlant, ils avaient avancé dans le vestibule et Druscilla, en abaissant les yeux, s'aperçut qu'il tenait à la main une petite boîte carrée en cuir.

Elle la considéra fixement; elle se rappelait l'avoir déjà vue : c'était l'écrin que Mr Hanbury avait déballé en sa présence la veille et qui contenait la bague de la duchesse.

Mr Hanbury eut conscience de son regard et parut embarrassé.

— Il faut me pardonner, madame, mais je ne pensais pas vous trouver ici. J'apportais ce cadeau de noces pour le confier à l'intendant du marquis.

Druscilla ne dit rien. Au bout d'un instant, il continua sur un ton de grande confusion :

— Vous trouverez cela excessivement négligent de ma part, madame, surtout après vos compliments, mais ce cadeau pour le marquis m'était sorti de l'esprit. Quand je vous ai quittée hier matin, j'avais bien l'intention de l'emporter en allant à Carlton House et de le remettre au marquis à un moment favorable. Très fâcheusement, j'ai oublié. C'est extrêmement répréhensible de ma part, mais j'espère que Votre Seigneurie comprendra.

Druscilla le regardait, les yeux dilatés.

— Vous voulez dire, balbutia-t-elle, que vous n'avez pas donné à Sa Seigneurerie la bague qui... lui est venue de... la duchesse?

— Non, madame, avoua Mr Hanbury. J'ai mis la boîte dans ma poche et je ne l'ai trouvée qu'hier soir quand je suis allé me coucher.

Il parlait d'un ton légèrement évasif et Druscilla comprit alors qu'il avait agi de propos délibéré. Au courant, comme c'était inévitable, de la liaison entre la duchesse et le marquis, il avait retenu le cadeau jusqu'à ce que le mariage fût chose faite. C'était un acte de bonté conscient et pourtant, à présent, il s'excusait de son ingérence presque comme un écolier pris sur le fait d'un acte de méchanceté.

— Je ne... comprends pas, dit à voix basse Druscilla. Le marquis portait une bague d'émeraude hier. Je l'ai vue moi-même.

— Oui, c'est exact, madame. Le marquis portait la bague de fiançailles des Lynche. C'est la coutume que le chef de famille porte cet anneau à l'occasion de ses noces.

— Mais c'était une émeraude, insista Druscilla.

— Oui, c'était une émeraude, répéta Mr Hanbury

d'une voix ferme, mais un spécimen beaucoup plus beau que celui-ci. Elle fait partie de la collection que Votre Seigneurie portait le soir de la réception donnée par la marquise douairière à Curzon Street.

Druscilla ne le quittait pas des yeux. Content de pouvoir donner des renseignements, il poursuivit :

— Les émeraudes des Lynche qui, comme vous le savez, sont historiques et très célèbres, ont été acquises par le premier membre de la famille qui se soit distingué, sir Robert Sloan, qui fut l'un des grands aventuriers du règne de la reine Elisabeth Ire. Elles faisaient partie du butin pris à un navire espagnol qu'il captura aux Antilles. Lorsqu'il rapporta les émeraudes en Angleterre, elles furent montées en une magnifique parure pour sa femme et, pour lui, l'une des pierres les plus pures et les plus précieuses fut sertie dans une bague. Il portait l'anneau le jour de son mariage et depuis lors les chefs de famille successifs ont maintenu la tradition.

« Ainsi ce n'était pas la bague de la duchesse que portait Valdo! »

Druscilla ne savait pas si elle avait prononcé ces mots à haute voix ou seulement dans son cœur. Elle avait seulement conscience que le vestibule lui semblait tourner vertigineusement autour d'elle.

Elle ne se rendait pas compte si elle était soulagée ou humiliée de son erreur — ou seulement furieuse que la duchesse ait une fois de plus réussi à bouleverser la vie du marquis.

Mais comment aurait-elle pu savoir, comment aurait-elle pu imaginer un instant qu'il existait deux bagues avec des émeraudes — une au doigt du marquis, l'autre dans l'écrin que Mr Hanbury avait oublié, avec tant de tact, afin que le cadeau ne trouble pas le jour de son mariage?

Elle s'aperçut que Mr Hanbury attendait. Il était anxieux et un peu alarmé à l'idée d'avoir encouru son déplaisir à cause de ce qu'il avait fait.

Elle posa la main sur son bras.

— Merci, dit-elle doucement. Je vous suis reconnaissante.

Puis elle fit demi-tour et alla dans la bibliothèque à l'extrémité du vestibule.

C'était une longue pièce donnant sur un petit jardin dallé, derrière la maison, où jouait une fontaine. Le soleil pénétrait par la fenêtre, illuminait les tapis persans et éclairait les murs couverts du parquet jusqu'au plafond de rayons remplis de livres.

La pièce, très belle, s'ornait d'une grande glace aux sculptures dorées placée au-dessus de la cheminée et de meubles français rapportés en Angleterre par un Lynche qui avait été ambassadeur à Paris à l'époque de la Révolution.

Mais Druscilla n'en voyait que le vide.

Elle alla vers la fenêtre pour regarder au-dehors, mais en réalité son attention ne se concentrait que sur le tumulte qui régnait en elle.

Quelle folie avait-elle commise en éloignant d'elle le marquis par cet acte irréfléchi, en le frappant parce que les blessures dont elle avait souffert dans le passé l'amenaient à se conduire d'une manière qui semblait à présent folle, hystérique même?

Comment ne lui avait-elle pas demandé pourquoi il portait la bague de la duchesse? Elle aurait ainsi découvert par elle-même qu'il ignorait que cette bague lui avait été donnée.

Elle comprenait maintenant qu'elle avait au fond d'elle-même eu peur de se livrer à un homme; mais si elle devait le faire, alors elle préférait que ce soit à Valdo plutôt qu'à n'importe quel autre homme au monde.

Elle se rappela son adoration pour lui quand il était enfant. Avait-il tellement changé, en vérité? Etait-ce bien nécessaire qu'elle le menace d'un pistolet pour le tenir à distance?

Elle se dit avec désespoir qu'une fois de plus elle se trouvait dans une situation impossible, une fois de plus elle était prise dans un imbroglio d'où elle avait du mal à voir comment se sortir.

« Idiote! Idiote! » Elle avait l'impression que la pendule qui tictaquait sur la cheminée répétait ce mot sans fin.

« Idiote, idiote! » d'être si impétueuse, si impulsive qu'elle n'avait pas découvert la vérité avant d'agir avec une telle violence!

La porte derrière elle s'ouvrit. Druscilla se retourna avec espoir. Ce n'était que le majordome.

— Monsieur le marquis a envoyé un message, madame.

— Un message? s'exclama Druscilla. Alors il n'est pas là?

— Non, madame. Sa Seigneurie demande que vous partiez devant avec le carrosse qui attend dehors. Il suivra dans le phaéton et retrouvera Votre Seigneurie aux *Plumes couronnées*, qui est un relais de poste à cinq kilomètres environ de Lynche. Vous pourrez ainsi arriver ensemble pour recevoir l'accueil de ceux qui vous attendent.

Druscilla aspira l'air profondément. Un instant, elle eut envie de crier qu'elle ne partirait pas pour Lynche sans le marquis; elle ne voulait pas voyager seule, humiliée devant le personnel par une telle décision.

Puis elle comprit que cela ne ferait qu'envenimer les choses si elle refusait de partir ou même en discutait.

— Je ferai ce que désire le marquis, dit-elle avec calme.

— J'ai préparé un verre de vin et un sandwich à l'intention de Votre Seigneurie, reprit d'un ton affable le majordome. Il y aura certainement une légère collation prête pour vous aux *Plumes couronnées*, mais Votre Seigneurie désire peut-être manger quelque chose tout de suite.

Druscilla lui sut gré de cette prévenance; aussi, pour lui faire plaisir, elle but quelques gorgées de vin et grignota une bouchée de sandwich.

Il lui semblait que la nourriture allait l'étouffer, mais elle ne pensait qu'à se conduire avec dignité, s'efforçant de donner l'impression de n'être pas troublée par les instructions d'un nouveau marié qui n'avait pas couché à la maison le soir de ses noces.

Enfin, traversant le vestibule, elle vit que le tapis

rouge avait été déroulé sur le trottoir et qu'un carrosse l'attendait à l'extérieur.

C'était un nouveau carrosse que le marquis avait acheté tout récemment et qui avait été conçu pour la vitesse. Il était bien suspendu et tiré par quatre chevaux que le marquis aimait conduire lui-même.

Il y avait sur le siège deux cochers portant d'élégants carricks et des chapeaux hauts-de-forme; en outre deux piqueurs montaient chacun un cheval fougueux.

Druscilla savait que c'était le moyen de conduire les chevaux de selle du marquis à Lynche.

Les piqueurs avec leur perruque poudrée, leur uniforme bleu et jaune et leurs bottes vernies renforçaient l'élégance de la cavalcade.

C'est seulement quand elle fut adossée contre le confortable dossier rembourré, une couverture d'hermine sur les genoux, qu'elle se rendit compte combien triste allait être ce voyage solitaire, sans compagnon auprès d'elle.

Le majordome debout sur le trottoir s'inclina quand elle partit, de même que tous les valets de pied alignés derrière lui.

Druscilla était certaine qu'il y avait des yeux curieux à toutes les fenêtres et que les gens de la rue se retournaient pour les regarder quand ils contournèrent la place au trot et s'insinuèrent dans le flot de la circulation en direction des faubourgs de Londres.

L'itinéraire pour se rendre à Lynche empruntait la grande route de Douvres qu'ils suivirent longtemps, aussi le carrosse allait-il bon train. Druscilla commença à se demander combien de temps elle aurait à attendre avant que Valdo les rattrape avec son phaéton.

Il pouvait voyager plus vite, mais il ne devrait pas partir plus de trois quarts d'heure après eux s'il voulait atteindre les *Plumes couronnées* à peu près dans le même délai.

« Et s'il n'en avait pas l'intention? » questionna en elle une voix cynique et moqueuse.

Ce pouvait être une manière subtile de la punir

en la faisant attendre dans une petite auberge insignifiante que son mari soit disposé à quitter sa maîtresse avec qui il avait sans doute passé la nuit.

Druscilla porta la main à ses yeux. Elle était au delà des larmes, mais elle éprouvait une appréhension terrible en ce qui concernait l'avenir.

Il lui tardait de retrouver le marquis et cependant en même temps elle craignait de lui voir à nouveau l'expression qu'il avait eue la nuit précédente.

Le carrosse était en route depuis près d'une heure et roulait en pleine campagne avec de rares maisons dans le lointain quand soudain, sans aucun avertissement, un cri retentit et les chevaux s'immobilisèrent.

Druscilla se demanda un instant ce qui s'était passé. Puis, alors même qu'elle se penchait pour regarder au-dehors par la glace baissée, les portières du carrosse s'ouvrirent et elle se trouva en face de pistolets braqués sur elle par deux hommes masqués.

Elle voulut crier, mais sa voix s'étrangla dans sa gorge.

Le temps d'un éclair, les mots « bandits de grand chemin » apparurent devant ses yeux en lettres de feu.

Un des pistolets était dirigé vers sa poitrine, mais l'homme de l'autre côté du carrosse sembla déconcerté qu'il n'y eût personne sur le siège près d'elle.

Il regarda la place vide, puis tira la couverture d'hermine comme s'il s'attendait presque à découvrir quelqu'un blotti dessous.

— Il n'est pas là!

La voix de l'homme était basse, rauque, vulgaire.

Ils partirent aussi soudainement qu'ils étaient venus. Ils claquèrent les deux portières du carrosse et Druscilla se retrouva seule.

Incapable de comprendre ce qui se passait, elle aperçut par la vitre les piqueurs élevant chacun une main à hauteur de l'épaule tandis qu'ils maîtrisaient avec l'autre leurs chevaux impatients.

Il y avait un bandit devant chacun d'eux, masqué, le pistolet braqué de façon menaçante. Deux autres hommes tenaient leur arme pointée sur les cochers.

Tous semblaient attendre quelque chose et Druscilla vit que les deux hommes à pied qui avaient ouvert les portières du carrosse escaladaient maintenant en courant une petite pente au bord de la route où, après une ou deux secondes, ils furent complètement cachés par les branches feuillues des arbres.

Six bandits! Qui donc avait jamais entendu parler d'une aussi nombreuse troupe de hors-la-loi? Puis Druscilla comprit qu'Eustace était l'organisateur de cette attaque.

Seul Eustace pouvait savoir qu'il y aurait deux cochers sur le siège et deux piqueurs, quatre hommes à affronter en plus du marquis, s'il avait été là. Seul Eustace pouvait avoir préparé une embuscade aussi grandiose.

Les bandits de grand chemin opéraient généralement tout seuls sur les routes ou rien qu'avec un acolyte. Si une bande de six hommes avait sévi aussi près de Londres, des troupes auraient déjà été envoyées pour la disperser.

Non, ces hommes-ci n'étaient pas des brigands de grand chemin, Druscilla s'en rendait compte. C'étaient des criminels engagés par Eustace pour tuer Valdo et disparaître ensuite de façon que personne ne puisse retrouver leurs traces.

Elle ne voyait que trop clairement le plan d'Eustace. Les hommes ouvraient brusquement la portière du carrosse, le marquis cherchait son pistolet s'il en avait eu un et ils le tuaient à côté d'elle. Les cochers et les piqueurs n'auraient rien pu faire. Six hommes résolus à tuer contre cinq voyageurs cheminant paisiblement sur la grande route du Roi, c'était là quelque chose que personne n'aurait pu prévoir, pas même le marquis.

Druscilla gardait les yeux fixés sur le bois dans lequel les deux hommes à pied avaient disparu. Pendant quelques secondes, rien ne se produisit, puis l'un d'eux reparut.

Il cria quelque chose, gesticula, et ses quatre comparses à cheval firent tourner leurs montures et s'éloignèrent.

Le fait que c'était si surprenant et si calmement accompli était en soi sinistre.

Les cochers fouettèrent leurs chevaux, les piqueurs baissèrent les mains — et ils repartirent, Druscilla le sentit, à une allure inouïe, mus par le désir très compréhensible de prendre du champ avant que les bandits changent d'avis.

Après avoir attendu que le carrosse ait parcouru un kilomètre environ, elle cria aux cochers de s'arrêter. Ils obéirent mais à contrecœur, estimant qu'ils n'étaient pas assez loin des gredins qui pourraient aisément les rattraper.

Le cocher qui ne conduisait pas descendit.

— Nous devrions nous hâter, m'lady, dit-il à Druscilla. Nous risquons encore que ces hommes nous poursuivent. Ont-ils pris quelque chose appartenant à Votre Seigneurie?

— Ils n'ont rien pris, répondit Druscilla. Et vous n'avez pas besoin d'avoir peur, ils resteront où ils sont. Ce n'est pas à moi qu'ils en avaient.

— Oui, m'lady, dit le cocher visiblement mal à l'aise.

— Y a-t-il une auberge près d'ici? questionna Druscilla.

— Il en existe une petite à quelques centaines de mètres. Elle ne paie pas de mine, mais je l'aperçois d'ici.

— Vous vous y arrêterez, ordonna Druscilla.

Le carrosse s'immobilisa devant l'auberge. Entretemps, Druscilla avait pris sa décision. Elle descendit de voiture.

— J'ai l'impression que ces hommes avaient l'intention de dévaliser mon mari, dit-elle. Je vais retourner le mettre en garde.

— Madame, c'est impossible! s'exclama le cocher.

— Non point, répliqua Druscilla. Allez voir si l'aubergiste a une selle de dame. Dépêchez-vous.

Le domestique la regarda comme s'il pensait qu'elle n'avait plus sa raison, mais il avait été dressé à obéir aux ordres des gens de qualité, si bizarres soient-ils.

A peine quelques minutes plus tard on apporta la selle demandée.

— Mettez-la sur ce cheval, dit Druscilla en désignant un bai monté par un des piqueurs.

C'était un animal vif avec un peu de sang arabe. Elle se tourna vers l'aubergiste qui s'inclinait presque jusqu'à terre, honoré de recevoir une si noble cliente dans sa propre hôtellerie.

— Y a-t-il une dame chez vous? questionna Druscilla.

— Oui, m'lady, ma femme est à l'intérieur.

Druscilla entra dans la maison au plafond bas, modestement meublée et un peu malodorante. Une femme à la mine avenante qui portait une petite coiffe lui fit une révérence.

— Avez-vous une paire de ciseaux ou un couteau aiguisé? questionna Druscilla.

— Un couteau aiguisé, Ma'am, oui sûrement, répliqua la femme, émue et surprise en même temps.

Druscilla releva les pans de sa redingote de voyage.

— Je voudrais que vous coupiez ma jupe derrière depuis l'ourlet jusqu'au-dessus du genou, dit-elle.

La femme poussa un cri :

— Oh! ma'am, un si joli tissu!

— Je vous en prie, faites ce que je vous dis, dépêchez-vous, ordonna Druscilla.

La femme prit un long couteau aiguisé qui servait sûrement à découper la viande et les poulets pour la table.

Elle entailla la fine gaze de la jupe qui se déchira facilement.

— Merci, dit Druscilla.

Elle sortit, suivie des yeux par la femme qui la regarda partir d'un air ébahi, et trouva le cheval déjà sellé.

Elle ôta sa capote qu'elle lança sur le plancher du carrosse et, prenant une écharpe de voile qu'elle avait autour du cou, elle la noua sur ses cheveux.

— Aidez-moi à me mettre en selle, dit-elle.

Elle entendit sa jupe se fendre quand elle passa la jambe par-dessus le pommeau, mais tout manquement à la décence était dissimulé par l'ampleur de sa redingote qui la couvrait d'un côté et s'étalait sur le dos du cheval.

Elle se tourna vers le cocher.

— Allez aux *Plumes couronnées* et attendez là Sa Seigneurie et moi-même. Si nous ne sommes pas arrivés à la tombée de la nuit, continuez jusqu'à Lynche.

— Bien, madame, répondit le cocher d'une voix respectueuse sans pouvoir cependant déguiser l'expression critique de ses yeux.

Il la croyait folle et elle n'était pas du tout sûre qu'il n'avait pas raison. Elle s'adressa à l'autre piqueur qui était resté à cheval.

— Venez avec moi, commanda-t-elle — et ils repartirent pour Londres.

Druscilla quitta la route presque aussitôt. Ils avancèrent dans la campagne, à travers plusieurs champs, puis se remirent à suivre la route de loin, laissant sur leur droite le bois dans lequel les bandits s'étaient cachés.

Il y avait toujours le risque qu'ils l'aperçoivent, mais elle n'osait pas laisser trop de temps s'écouler avant de rejoindre la grande route.

Elle comptait que le marquis serait encore à quelque distance derrière elle même s'il était parti ponctuellement de façon à arriver aux *Plumes couronnées* en même temps qu'elle. Mais elle n'en était pas certaine.

Quand elle atteignit finalement la grande route, elle regarda anxieusement en arrière, craignant à demi de voir un phaéton rouler rapidement vers ce sinistre bois sombre où guettaient six hommes déterminés à tuer.

On ne voyait rien sauf deux malles-poste et elle se tourna le cœur presque léger, vers Londres, galopant si vite que le piqueur avait quelque difficulté à suivre le train.

Lorsqu'ils arrivèrent aux faubourgs, elle arrêta sa monture.

— Je veux que vous restiez ici, dit-elle. Le marquis pourrait sortir de la ville par un chemin différent. C'est peu probable, mais nous ne devons pas courir de risques. Attendez ici, où commence la route de Douvres, et si vous le voyez expliquez-lui ce qui s'est passé.

— Bien, madame, répondit l'homme. Mais madame la marquise sera-t-elle en sécurité, seule?

— Oui, je n'ai rien à craindre, déclara Druscilla. Mais faites le guet attentivement. Je vous assure que ces hommes en veulent au marquis et, si vous ne le prévenez pas, vous serez responsable de sa mort.

Elle parlait d'une voix légèrement tremblante. Puis elle s'éloigna rapidement vers les maisons qui devenaient plus fréquentes et la circulation qui s'amplifiait. Les gens regardaient Druscilla avec curiosité, mais elle ne pensait qu'à une chose et une seule — rejoindre le marquis pour l'avertir de la dernière machination conçue par le cerveau malade d'Eustace.

Elle allait, allait toujours mais, à sa consternation, elle n'aperçut le marquis nulle part. Une ou deux fois, elle vit un phaéton et son cœur bondit de soulagement, mais elle découvrit que le conducteur ne ressemblait nullement à celui qu'elle cherchait.

Finalement, elle arriva à Berkeley Square sans avoir rencontré le marquis.

La porte était ouverte parce qu'un valet de pied entrait avec un paquet. Il la regarda avec stupéfaction.

— Est-ce que Sa Seigneurie est venue ici?

Au son de sa voix, un domestique plus âgé et plus compétent émergea de l'intérieur de la maison. Il lui jeta un coup d'œil, puis rentra avec précipitation, manifestement pour aller chercher le majordome.

Il ne se passa que quelques secondes avant que le majordome — un vieil homme qui, Druscilla le savait, était au service des Lynche depuis plus de trente-cinq ans — s'avance en hâte sur le trottoir.

— Madame, qu'est-il arrivé? demanda-t-il d'un ton alarmé.

— Où est le marquis? s'enquit Druscilla.

— Sa Seigneurie n'est pas venue ici, répliqua-t-il. Le phaéton est allé prendre Monsieur le marquis ailleurs.

— Où cela? questionna Druscilla.

Comme le majordome hésitait, elle dit d'une voix sèche :

— Ne soyez pas stupide, mon ami. La vie de Sa Seigneurie est en danger et il faut que je l'avertisse. Quelle est l'adresse de miss de Silva?

Il était facile de voir au visage du majordome qu'il était surpris, mais le ton pressant de Druscilla fit qu'il ne tergiversa pas.

— Ce n'est pas loin, m'lady, 24, Half Moon Street.

— Je sais où c'est, répliqua Druscilla et elle partit au trot avant qu'il en ait dit davantage.

Elle trouva sans difficulté son chemin jusqu'à Half Moon Street. Cette voie qui était bordée de petites maisons construites en hauteur avait une réputation douteuse, Druscilla le savait, étant recherchée non seulement par des prostituées de luxe mais aussi par de nombreux célibataires libertins.

Lorsqu'elle s'engagea dans la rue, elle constata avec un serrement de cœur que le phaéton du marquis n'était pas là.

En fait, la rue était presque vide à l'exception d'un cabriolet arrêté tout au bout et d'un phaéton d'aspect assez minable qui, en aucun cas, ne pouvait être un des véhicules du marquis.

Elle descendit de selle avec un peu de mal devant le numéro 24 et aperçut un petit garçon en haillons qui jouait dans le ruisseau.

— Tiens mon cheval, lui commanda-t-elle — et il accourut ravi de faire ce qu'elle demandait.

Elle frappa à la porte. Quelques instants après, celle-ci fut ouverte par une domestique à l'élégance voyante qui la regarda d'un air insolent.

— Miss de Silva n'est pas chez elle, dit-elle avant que Druscilla ait pu parler.

— Est-ce que le marquis de Lynche est ici? questionna Druscilla.

— Je n'en ai aucune idée, rétorqua la servante. Cela ne me regarde pas et vous non plus.

Druscilla passa devant elle et pénétra dans le couloir étroit. Elle vit sur la table en bas de l'escalier un chapeau haut de forme.

Ce pouvait être celui du marquis, mais elle n'en était pas sûre. Tous les chapeaux hauts-de-forme se ressemblent. Sans rien dire à la domestique, elle se mit à monter l'escalier. La femme se récria.

— Hé là! Vous ne pouvez pas faire ça.

Elle aurait suivi Druscilla mais se rappela qu'elle devait fermer la porte et, quand elle l'eut fait, Druscilla avait déjà dépassé le premier étage et escaladait les marches du second.

Elle savait que la chambre à coucher principale serait en façade. La porte était close, mais elle frappa fort. Pendant un moment, il n'y eut pas de réponse, puis une voix de femme dit :

— Qui est-ce?

Avant que Druscilla ait répondu, la porte s'ouvrit et le marquis fut devant elle. Il devait être sur le point de partir, car il était complètement habillé. Il regarda fixement Druscilla d'un air incrédule et, comme une voix venant du lit répétait : « Qui est-ce? », le marquis retrouva sa langue.

— Druscilla, que diable fais-tu ici? s'exclama-t-il d'un ton furieux.

— Je suis venu t'avertir, répondit-elle.

Il la considéra un instant et parut noter les mèches qui émergeaient en désordre de dessous l'écharpe de voile serrant ses cheveux, son manteau bleu pâle froissé et fripé, l'agitation dont témoignait sa tenue et la gravité de son visage.

Il sortit dans le couloir en refermant la porte derrière lui.

— Tu n'aurais pas dû venir ici, dit-il d'un air réprobateur.

— Quelle importance? dit sèchement Druscilla. Eustace a six bandits de grand chemin ou plutôt six assassins qui t'attendent sur la route de Douvres. Tu n'as pas une chance d'en réchapper si tu passes par là. Je suis revenue à cheval pour t'avertir.

Il la regarda en silence.

— Il fallait que je trouve où tu étais exactement, continua Druscilla — et à ses propres oreilles sa voix parut faible et peu convaincante. Je suis allée à Berkeley Square et l'on m'a dit que ton phaéton était parti. On ne le voyait pas dehors.

Elle savait qu'elle n'avait pas besoin de lui donner d'explications et pourtant elle était incapable de s'en empêcher.

— Le palefrenier promène les chevaux, dit-il d'un ton cassant.

Il fit un geste pour lui indiquer de le précéder dans l'escalier.

Elle descendit, prenant alors seulement conscience qu'elle devait avoir l'air échevelée, conscience de la désapprobation de Valdo, conscience aussi d'avoir vu, lorsqu'il avait ouvert la porte, un visage ravissant encadré de cheveux blonds posé sur les oreillers d'un lit chargé d'ornements.

La domestique insolente leur ouvrit la porte. Un sourire flottait sur ses lèvres comme si elle savourait l'idée qu'il y avait eu une scène.

Le marquis ramassa son chapeau et ils sortirent dans le soleil. Le cheval de Druscilla se tenait bien tranquille caressé par le petit garçon en haillons. Druscilla l'avait mené à vive allure et il n'était pas aussi fougueux que lors du départ de Londres

Au moment même où Druscilla et le marquis posaient le pied sur le trottoir, le phaéton arrivait de Curzon Street, les bais conduits par le palefrenier du marquis.

— Que vas-tu faire? questionna Druscilla.

Elle s'efforçait de parler avec calme, mais sa voix tremblait.

— Je ne vois pas pourquoi Eustace nous empêcherait d'arriver à Lynche, dit le marquis avec colère. Au diable soient ses manigances! Nous ne pouvons pas remettre la célébration une seconde fois.

— Y a-t-il un autre itinéraire? demanda Druscilla.

— Il nous prendrait beaucoup plus de temps pour parvenir à Lynche, répondit le marquis.

Il baissa les yeux vers elle et, pour la première fois, Druscilla eut l'impression qu'il n'était plus aussi froid et désapprobateur.

— Es-tu trop fatiguée pour aller là-bas à cheval? demanda-t-il.

Elle sentit son moral remonter en flèche comme si quelqu'un lui avait donné un verre de champagne.

— Bien sûr que non! répliqua-t-elle. Le carrosse nous attend aux *Plumes couronnées*. Nous pouvons le rejoindre là et personne à Lynche ne saura ce qui s'est passé.

— Alors c'est ce que nous ferons, conclut le marquis. J'ai idée que tu aimerais te changer et mettre un costume de cheval.

— J'espère qu'il y en a un à Lynche House, mais je n'en suis pas sûre.

— Eh bien, il faut que nous y allions voir, dit le marquis en l'aidant à s'installer dans le phaéton et en donnant ordre au palefrenier de ramener le cheval de Druscilla.

Lorsqu'ils arrivèrent à Berkeley Square, Druscilla ne fut pas surprise de voir que le majordome les attendait sur le trottoir. Il avait dû deviner qu'ils reviendraient ensemble.

Le marquis ne lui laissa pas le temps de parler.

— Je veux à déjeuner et deux des meilleurs chevaux qu'il y a dans l'écurie. Sa Seigneurie en montera un, je prendrai l'autre.

— Bien, m'lord.

Druscilla commença à gravir l'escalier. Elle entendit le majordome dire à un des laquais de prévenir l'intendante que Madame la marquise avait besoin d'elle tout de suite. Elle se rendit dans la chambre où elle avait couché la nuit précédente.

Elle eut le sentiment que ce qui était dans le tiroir l'accusait silencieusement.

Puis elle s'avisa que, si elle n'avait pas chassé le marquis, s'ils étaient partis pour Lynche ce matin comme prévu, Valdo serait maintenant mort. Eustace l'aurait tué et serait le nouveau marquis de Lynche.

« Je l'ai sauvé, se dit-elle, sauvé une fois encore! »

Puis, comme par une sorte de magie fantastique, elle crut entendre Eustace rire.

C'était le rire déchaîné, insensé, d'un homme qui est convaincu qu'il triomphera en fin de compte — et elle eut l'impression de l'entendre dire, presque comme s'il lui parlait à l'oreille :

« La troisième fois sera la bonne! »

9

Druscilla se sentait à son avantage quand elle entra dans le salon.

Comme elle l'espérait, Rose avait laissé à Berkeley Square un costume d'amazone. Druscilla ne l'avait pas encore porté et il aurait été beaucoup trop dernier cri, beaucoup trop élégant pour la campagne.

Il était prévu en effet uniquement pour se promener à cheval dans Hyde Park, mais elle savait qu'il lui seyait presque mieux que n'importe quelle autre de ses toilettes.

De velours vert pâle, l'amazone très ajustée était ornée de brandebourgs d'un vert plus foncé et s'attachait par de minuscules boutons ronds en pierre verte scintillante.

Druscilla n'avait pas mis son chapeau, elle le tenait à la main. De forme haute conique, il était entouré d'un voile flottant de gaze verte assortie au velours de son habit.

Elle entra dans la pièce avec un petit sourire sur le visage et se demandant si elle verrait un regard d'admiration dans les yeux du marquis.

Mais en même temps s'imposait le souvenir de la figure qu'elle avait vue sur l'oreiller — une figure charmante, pétulante, encadrée de cheveux blonds —

et de l'épaule nue qui apparaissait au-dessus du drap.

Résolument, elle s'efforça de chasser ce souvenir et, un sourire sur les lèvres, s'approcha du marquis debout près de la cheminée. Il ne la regarda pas, il se contenta de tirer sa montre de son gousset et dit avec brusquerie :

— Il faut que nous partions aussitôt que possible. Je ne veux pas faire attendre le comité de bienvenue une seconde fois.

« Il est furieux », pensa tristement Druscilla. Elle ne connaissait que trop bien ce ton cassant et cette façon de pincer les lèvres quand il était irrité. Elle sentit son moral s'effondrer.

Pendant sa chevauchée vers Londres, alors qu'elle était folle d'inquiétude pour sa sécurité, elle avait presque oublié la colère que Valdo avait eue la veille.

« Il faut que je lui dise que je m'étais méprise au sujet de la bague. »

Mais elle savait que s'expliquer serait extrêmement embarrassant, car comment pourrait-elle avouer qu'elle ait lu le message personnel que la duchesse avait écrit pour ses seuls yeux à lui?

Elle se rappelait l'irritation du marquis cette fois où elle avait intercepté un billet qu'elle pensait venir de la duchesse mais qui, en réalité, avait été la première des tentatives de meurtre d'Eustace.

Ne l'avait-il pas priée de le laisser s'occuper lui-même de ses affaires? Elle estimait peu probable qu'il accueille favorablement à présent un autre exemple de ce qu'il considérait comme ses façons de se mêler de ce qui ne la regardait pas.

« Il faut pourtant que je lui fasse comprendre que je regrette », pensa-t-elle comme ils se rendaient dans la salle à manger.

— J'ai commandé une petite collation que nous devons manger rapidement, déclara le marquis d'une voix où elle reconnut l'accent de l'autorité.

C'était sans doute ainsi qu'il parlait à ses soldats quand il les menait au combat, pensa Druscilla.

— Oui, bien sûr, acquiesça-t-elle docilement.

Elle prit place à table et se servit du premier plat qui lui fut présenté.

Elle s'aperçut soudain qu'elle avait faim.

La longue chevauchée jusqu'à Londres lui avait donné de l'appétit pour apprécier ce qu'elle mangeait, mais elle s'aperçut que le marquis refusait la plupart des plats qui lui étaient offerts et qu'il s'efforçait d'avaler quelques bouchées de hure comme si la seule vue de la nourriture l'écœurait.

Elle vit les cernes sombres sous ses yeux et songea qu'il avait dit vrai en déclarant qu'il s'amuserait pendant sa nuit de noces.

Elle avait grande envie de lui demander ce qu'il avait fait et où il était allé, mais à l'instant même où la question se formulait dans son esprit elle se dit qu'elle était stupide. Elle savait très bien avec qui il avait passé la nuit.

Elle fut stupéfiée de la douleur lancinante, presque comme un coup de poignard, que cette pensée lui causa.

Ils mangèrent en silence; puis, alors que Druscilla aurait encore aimé goûter une des énormes pêches de serre qu'elle savait avoir été envoyées de Lynche à Londres, le marquis se leva.

— Je regrette de te déranger en quoi que ce soit, dit-il cérémonieusement, mais je pense qu'il nous faut prendre la route sans plus tarder.

— Oui, certainement, approuva Druscilla.

Elle ne remonta pas à l'étage pour ne pas le faire attendre.

Elle fixa son chapeau devant un des miroirs du vestibule et remarqua ce faisant que la domestique qui s'était occupée d'elle en l'absence de Rose l'avait coiffée d'une manière très séduisante et si habilement qu'il y avait peu de risques que ses cheveux se défassent quelque rude que soit le voyage à cheval.

Dehors, au soleil, deux chevaux vifs les attendaient.
Le palefrenier aida Druscilla à se mettre en selle.

Sa jupe de velours, passée par-dessus le pommeau, retombait gracieusement sur l'étrier. On aurait pu croire qu'elle se rendait au parc pour une tranquille promenade, mais elle savait qu'il y avait devant eux une rude chevauchée et elle fut contente de se sentir en aussi bonne forme.

La nourriture et un verre de vin l'avaient ragaillardie et elle pensa qu'elle trouverait bien moyen de tirer le marquis de son accès de maussaderie et de le faire rire à nouveau avec elle.

Elle se rappelait le regard qu'il lui avait adressé au dîner de Carlton House quand il avait levé son verre pour un toast silencieux.

Il y avait dans ses yeux quelque chose qui lui avait soudain fait perdre le souffle et cependant en même temps battre le cœur si fort qu'elle le sentait palpiter tumultueusement dans sa poitrine.

Ensuite, elle avait vu la bague à son doigt! Comment aurait-elle pu savoir, se demandait-elle avec désespoir, qu'il existait deux bagues d'émeraude et que le marquis n'avait pas reçu celle que la duchesse lui avait envoyée?

« Cela s'arrangera... je sais que cela s'arrangera », se répétait Druscilla.

En même temps, elle revoyait la colère dans les yeux du marquis quand il s'était trouvé en face du pistolet qu'elle tenait à la main et elle entendait encore l'amertume cynique dans sa voix.

— Nous ne devons pas oublier de prendre le palefrenier en route, dit-elle à haute voix quand ils firent tourner leurs chevaux vers la route de Douvres.

— Je n'oublierai pas, répondit le marquis, mais nous ferons bien d'aller aussi vite que possible dès que nous serons sortis de ces maudits encombrements.

Il parlait d'un ton irrité et elle devina qu'il avait mal à la tête. Le moment n'était pas propice à la réconciliation.

D'ailleurs, il n'y avait plus maintenant aucune possibilité de conversation. Le marquis forçait l'allure et, en dehors d'un arrêt de quelques secondes pour prendre au passage le palefrenier, ils chevauchèrent à bride abattue sans s'arrêter jusqu'aux *Plumes couronnées*.

Le premier cocher était planté devant l'auberge,

scrutant la route avec anxiété, quand ils arrivèrent.

— Je suis vraiment content de voir Votre Seigneurie! s'exclama-t-il comme ils immobilisaient leurs montures couvertes de sueur.

— Mettez ces chevaux à l'écurie, Jarvis, ordonna le marquis. Nous partirons immédiatement. Est-ce que le carrosse est prêt?

— Depuis une demi-heure, m'lord, répliqua fièrement Jarvis. J'avais calculé que Votre Seigneurie arriverait à peu près maintenant, c'est-à-dire si Madame la marquise devait galoper jusqu'à Londres.

— Je m'apprêtais à m'en aller, dit brièvement le marquis — et il se dirigea vers la voiture.

Les palefreniers maintenaient les chevaux qui, reposés et nourris, piaffaient d'impatience.

Le marquis s'effaça pour laisser Druscilla entrer la première dans la voiture, mais elle remarqua qu'il ne fit pas un geste pour l'aider. Quand elle fut assise, il monta à côté d'elle et s'adossa avec ce qui ressemblait à un soupir de soulagement.

— Je me demande combien de temps Eustace et ses hommes t'attendront, dit Druscilla.

— Je ne suis pas disposé à spéculer sur aucune des manœuvres d'Eustace, rétorqua le marquis d'un ton cassant. S'il persiste à se montrer aussi horripilant, il faudra que je prenne des mesures à son égard, c'est évident.

— Que feras-tu?

La voiture sortait maintenant de la cour de l'auberge. Le marquis se carra sur la banquette, étendit les jambes et posa les pieds sur le siège en face.

Puis il rabattit son chapeau sur ses yeux et dit en bâillant :

— Je trouverai bien un moyen. En ce moment, je suis trop fatigué pour songer à autre chose qu'à l'ennui de la cérémonie qui nous attend.

Il bâilla de nouveau et Druscilla le vit fermer les yeux. Visiblement, il ne voulait pas lui parler et elle crut que son envie de dormir était sincère. Elle tourna la tête pour regarder par la portière, mais ses pensées allaient vers l'homme assis près d'elle.

Hier soir, il l'avait tenue dans ses bras. Elle se rappelait la dure fermeté de sa bouche, la façon dont il la pressait contre lui, ses baisers qui semblaient l'atteindre jusqu'à l'âme et elle sentait encore ses lèvres insistantes sur son cou.

Elle fut secouée d'un frisson, mais ce n'était pas de peur.

Elle revivait ce moment où elle s'était arrachée de ses bras et, chaque fois, elle entendait finalement la colère et le cynisme dans la voix du marquis.

A cet instant, il l'avait détestée, détestée et méprisée, et elle se rendit compte qu'elle languissait, comme jamais encore elle n'avait langui pour quoi que ce soit, de le voir lui sourire de nouveau comme il lui avait souri quand ils étaient allés de l'église à Carlton House.

Pourquoi, pourquoi avait-elle été si stupide? Pourquoi avait-elle laissé gâcher par sa jalousie envers la duchesse ce qui aurait dû être une merveilleuse journée de noces?

Le marquis l'avait épousée parce que c'était le seul moyen pour lui d'échapper aux conséquences de ses mensonges. Mais n'en était-il pas venu à l'aimer un peu pour elle-même?

Elle l'amusait, il était fier d'elle, elle en était sûre. N'était-ce pas une base sur laquelle édifier leur union si elle n'avait pas tout gâché?

Idiote! Idiote!

Cependant, lorsqu'ils s'engagèrent dans la longue avenue bordée de chênes, seule compta sa joie de revoir la demeure qui avait tenu tant de place dans son enfance.

Elle paraissait plus belle que jamais. Le soleil brillait dans ses fenêtres à meneaux; la pierre grise luisait comme une perle sur le fond des jardins pleins de fleurs, le lac reflétait sa magnificence, les pigeons et les colombes blanches qui volaient dans les jardins étaient aussi ravissants que dans son souvenir.

Ils avaient déjà dépassé un des arcs de triomphe quand elle eut de nouveau conscience du marquis auprès d'elle.

— Valdo, dit-elle d'une voix pressante, réveille-toi, nous y sommes! Nous sommes à Lynche!

Il ouvrit les yeux si vite qu'elle se demanda s'il dormait vraiment ou s'il faisait seulement semblant. En même temps, elle eut l'impression que son visage était un peu moins tiré et les cernes sous ses yeux moins prononcés.

— Oui, nous y sommes, dit-il. On sera peut-être étonné de te voir en costume de cheval, mais cela n'a aucune importance.

— Ai-je l'air comme il faut? demanda Druscilla.

Elle avait posé la question pour obliger le marquis à la regarder, mais il était tourné vers la portière et semblait absorbé par la contemplation de l'extérieur et ne pas l'avoir entendue.

Comme la voiture s'arrêtait en grand style devant le portique de l'entrée principale, il dit :

— Ils nous attendent sur le perron. C'est bien ce que je pensais.

Druscilla vit effectivement ce qui lui parut une foule massée sur les degrés conduisant à la maison et autour de la porte.

Lorsqu'ils descendirent du carrosse, le régisseur du marquis entama un long discours cérémonieux qu'ils durent écouter sous les regards des assistants dont ils étaient le point de mire.

Bien que formulé en termes grandiloquents, ce discours exprimait, Druscilla le comprit, la joie sincère que leur donnait le mariage du marquis.

Quand il fut terminé, le marquis la présenta à son régisseur, puis ils serrèrent la main des domestiques de la maison, du personnel jardinier, des forestiers, des maçons, des charpentiers, des palefreniers et des selliers.

Druscilla se demandait si elle verrait jamais s'achever le défilé de ceux qu'elle devait saluer.

Enfin, alors qu'elle sentait sa main presque engourdie à force d'avoir été serrée avec tant d'enthousiasme, elle se retrouva avançant dans le grand vestibule de Lynche qu'elle n'avait plus vu depuis sa dixième année.

Elle le jugea tout aussi beau, tout aussi impressionnant.

Comme elle se rappelait bien la magnificence des statues dans les niches, du sol de marbre si poli qu'il reflétait presque ceux qui marchaient dessus, de l'arabesque gracieuse du grand escalier avec ses pilastres sculptés!

Elle n'avait jamais oublié à quel point Lynche était merveilleux pour un enfant et maintenant elle allait y vivre, elle la petite Druscilla Morley qui n'avait été accueillie dans la grande demeure que par tolérance parce qu'elle était une obscure cousine et la fille du pasteur du pays!

Elle se tourna pour dire au marquis combien elle était émue d'être revenue là mais, avant qu'elle ait parlé, il déclara de son ton le plus cérémonieux :

— J'apprends par Mr Anstey que nous présidons un dîner pour les tenanciers à 6 heures. J'espère que Votre Seigneurie peut être prête d'ici là. Les bagages sont déjà arrivés.

— Oui, certes. Y aura-t-il beaucoup de monde? demanda Druscilla.

Le marquis jeta un coup d'œil à son régisseur.

— Près de deux cents invités, m'lady.

Druscilla sourit :

— J'appelle cela une très grande réception! Il faut donc que je me montre à mon avantage.

— Je suis sûr que vous le serez, m'lady.

L'admiration dans les yeux de Mr Anstey et dans sa voix était évidente. C'était assez réconfortant alors que le marquis faisait demi-tour et se dirigeait vers la bibliothèque. Mr Anstey le suivit et, se sentant un peu perdue, Druscilla monta seule le grand escalier.

Elle se demandait si les ancêtres des Lynche la regardaient avec approbation ou désapprobation. Ils étaient si nombreux dans leurs cadres dorés sculptés!

Etait-elle l'épouse qu'ils auraient prise pour l'héritier de leur lignée si le choix avait dépendu d'eux?

Puis elle se rappela que, sans elle, le marquis n'aurait pas été là du tout.

D'une part, il s'était voué au célibat; d'autre part, il aurait bien pu être mort, transpercé par une balle due au tir expert du duc de Windleham.

« Je suis ici et il faut vous accommoder de moi », avait envie de dire Druscilla aux yeux sombres qui la regardaient monter l'escalier.

A sa joie, elle vit alors Rose qui l'attendait sur le palier.

— Oh! m'lady, je m'inquiétais de ce qui vous était arrivé! s'exclama Rose. Il y a des heures que nous vous attendons.

— Oui, nous sommes en retard, répondit Druscilla.

— Vous n'avez pas eu d'accident, n'est-ce pas, m'lady? demanda Rose.

Druscilla secoua la tête.

— Non, rien de fâcheux, répondit-elle. Où est ma chambre?

— Ici, m'lady, dit Rose en ouvrant une porte sur le palier. C'est la chambre nuptiale de toutes les marquises.

Druscilla pénétra dans la pièce, puis s'immobilisa. Etant enfant, elle avait dû voir cette chambre, car elle avait souvent joué avec Valdo dans la maison, mais si elle y était entrée elle l'avait oubliée.

C'était une pièce immense avec des fenêtres en rotonde garnies de petits carreaux en losange qui donnaient sur la roseraie.

Contre le mur, il y avait le plus grand lit à colonnes que Druscilla ait jamais vu. Entièrement blanc et argent, il avait été sculpté sous le règne de Charles II avec des douzaines d'angelots volant pêle-mêle sur le haut baldaquin en tenant des cœurs entrelacés. Les rideaux et le dessus de lit étaient en satin blanc, avec des roses et des myosotis, des amours et des guirlandes brodés à la main.

Sur le sol, il y avait des tapis de fourrure blanche. Le mobilier était chargé d'argenterie, l'argent légèrement bruni de la Restauration, chaque pièce décorée d'amours soutenant la couronne des Lynche.

Et comme c'était la chambre nuptiale, les fleurs aussi étaient blanches.

Des lis, des roses et des œillets embaumaient l'air d'un parfum qui semblait parler d'amour aussi clairement que les cupidons aux ailes d'argent qui volaient au-dessus du lit.

— C'est ravissant! dit Druscilla dans un murmure à peine audible.

Elle traversa la chambre pour aller regarder par la fenêtre. Comme elle connaissait bien son chemin dans ces bois sombres derrière la maison et les cachettes dans les bosquets où elle et Valdo avaient joué ensemble!

Elle voyait des arbres sur lesquels ils avaient grimpé et le bassin aux poissons rouges où ils attrapaient les petits poissons qu'ils remettaient ensuite dans l'eau. Elle apercevait le verger aux noyers où ils rivalisaient avec les écureuils pour ramasser les noix.

Et au loin, elle crut distinguer le miroitement de la rivière qui alimentait le lac où ils avaient nagé et fait du bateau, construit des barrages ou édifié des ponts à chaque congé jusqu'à ce qu'elle quitte Lynche pour n'y revenir qu'aujourd'hui.

— Oh! Rose, je suis contente d'être de retour!

Il fallait qu'elle dise à quelqu'un sa joie mais Rose, qui enlevait le dessus du grand lit et tapotait les oreillers, répliqua :

— Vous avez une demi-heure pour vous reposer, m'lady, puis je vous préparerai votre bain et vous habillerai. Je veux qu'ils vous voient aussi belle que vous l'étiez hier.

— Je vais me reposer, acquiesça Druscilla. Je suis en effet un peu lasse.

C'est seulement lorsque Druscilla commença à enlever son costume de cheval que Rose demanda :

— Pourquoi vous êtes-vous changée, m'lady? Je croyais que vous porteriez le costume de voyage bleu.

— Je ne peux pas en parler maintenant. Je vous expliquerai plus tard, répondit Druscilla.

Inutile de mentir, pensa-t-elle, ou de prétendre qu'elle avait renversé quelque chose sur le vêtement.

Les domestiques de Londres commenteraient sûrement le fait qu'elle était retournée seule à cheval chercher le marquis.

Ils sauraient, du premier au dernier, où elle l'avait trouvé et Druscilla, comme auparavant, se sentit humiliée que les domestiques clabaudent sur son compte, tout en étant convaincue que c'était une chose qui ne troublerait jamais le marquis.

Elle enfila sa chemise de nuit et se glissa dans le lit, mais elle fut incapable de dormir.

Elle ne put que rester étendue à regarder la magnifique chambre, le baldaquin au-dessus de sa tête, le soleil qui filtrait par la fenêtre ouverte.

Au-dehors, elle entendait le roucoulement des colombes, le bourdonnement des abeilles et parfois le cri strident de l'un des paons qui se promenaient dans les jardins.

Mais à l'arrière-plan de ses pensées il y avait toujours le marquis — elle avait l'impression qu'elle ne pourrait jamais oublier la colère dans ses yeux, l'expression de son visage quand il était sorti de la chambre de Bianca de Silva et l'avait trouvée dans le couloir.

Elle entendait encore la fureur et la stupéfaction dans sa voix :

— Druscilla, que diable fais-tu ici?

Peut-être aurait-elle dû envoyer un message par la domestique insolente pour l'avertir qu'elle était en bas. Comme d'habitude, elle avait été impétueuse et avait agi sans réfléchir. Elle aurait voulu maintenant n'avoir pas vu ce joli visage sur les oreillers!

— Votre bain est prêt, m'lady.

— Il faut que je me lève, murmura Druscilla.

Brusquement, elle éprouva de la répugnance à se lever. Elle redoutait de descendre, d'affronter le marquis et de voir du mépris dans son regard. Elle n'avait qu'une envie : rester là et oublier — mais pourrait-elle jamais oublier, ne serait-ce qu'un instant?

Avec lassitude, elle se tira du lit, se baigna dans

l'eau doucement parfumée et mit avec des gestes quasi automatiques les vêtements de soie que lui tendait Rose.

Elle coiffa ses cheveux devant le miroir d'argent, puis Rose apporta une robe prise dans l'armoire qui était pleine de toilettes ravissantes.

C'est seulement quand sa robe fut agrafée que Druscilla se regarda dans le long miroir clair et vit que Rose avait choisi pour ce soir-là une toilette blanche en dentelle légère que n'avivait aucune couleur.

Le corsage ajusté soulignait les courbes de sa poitrine menue, ses épaules étaient décolletées et la robe la faisait paraître très jeune et candide.

Comme elle examinait son image, Druscilla se rendit compte que Rose avait choisi sagement. C'est ainsi que les tenanciers et ceux qu'elle devait rencontrer au dîner s'attendraient à voir une jeune mariée.

Non pas la créature froide, brillante, sophistiquée qui avait stupéfié et ébloui les mondains de Londres. Une jeune fille — jeune, intacte et innocente, commençant une vie nouvelle avec l'homme qu'elle aimait.

« L'homme qu'elle aimait ! »

En répétant les mots à voix basse, Druscilla comprit que c'était la vérité. Elle aimait le marquis!

Elle ne s'en était pas rendu compte jusqu'à présent, mais elle comprit subitement. La vérité la transperça comme si un des cupidons avait lancé une flèche dans son cœur. Elle l'aimait!

Voilà pourquoi elle avait été obsédée et torturée par la jalousie, d'abord envers la duchesse, puis envers Bianca de Silva.

Voilà pourquoi elle s'était arrachée de ses bras la veille — non parce qu'elle avait peur de ses baisers mais parce qu'elle était effrayée par les sentiments qu'il éveillait en elle, sentiments qu'elle n'avait jamais éprouvés jusque-là.

« Je l'aime... je l'aime. »

Elle ne s'en était pas rendu compte plus tôt.

Qu'elle avait été folle de penser à lui comme s'il

était pareil aux autres hommes qui avaient essayé de la caresser.

Ils l'avaient écœurée, alors que maintenant elle aspirait à sentir de nouveau la chaleur et la force de la bouche du marquis, elle désirait ses baisers, elle souhaitait avoir ses bras autour d'elle.

« Je l'aime! »

Au lieu de crier ces mots comme elle en avait envie, elle se tourna vers Rose, saisie soudain d'une vive anxiété.

— Ai-je l'air qui convient? Etes-vous certaine que cette robe est assez imposante?

— Vous avez l'air d'une jeune mariée, m'lady, répliqua simplement Rose.

Dans l'écrin de velours posé sur la coiffeuse, elle prit le collier de la douairière et l'agrafa autour du cou de Druscilla.

— Préféreriez-vous un des bijoux de famille, madame? demanda-t-elle.

— Non, non, pas trop de parures, répondit Druscilla. Seulement le collier et ma bague de fiançailles.

On frappa à la porte et Rose alla ouvrir. Elle revint un instant après avec un petit bouquet à la main.

— Il vous est envoyé avec les compliments des jardiniers, m'lady. Ils ont pensé que cela vous ferait plaisir d'avoir des fleurs ce soir.

Druscilla prit le bouquet. C'était un arrangement de boutons de rose et de camélias qui rehaussait sa robe de façon charmante.

— C'est parfait! s'exclama Rose du ton d'un artiste qui parachève son œuvre. Rien ne saurait être plus ravissant! Et vous avez l'air très jeune, m'lady.

— Je me sens... très jeune aussi... ce soir, répliqua Druscilla.

Elle se détourna du miroir, consciente des sentiments tumultueux qui étaient en elle, des sentiments d'excitation et d'attente.

Dans quelques minutes, elle reverrait le marquis. Il fallait qu'elle lui dise qu'elle l'aimait, elle devait s'arranger pour lui apprendre la merveilleuse découverte qu'elle venait de faire. Peut-être, pensa-t-elle, comprendrait-il instinctivement qu'elle avait changé.

Puis, comme elle descendait l'escalier, elle fut envahie par la timidité — plus qu'elle ne l'avait encore jamais été, car somme toute elle n'était qu'une jeune fille allant à la rencontre de l'homme qu'elle aimait.

Le marquis l'attendait dans le grand salon. C'était une vaste salle remplie des trésors que chaque génération de Lynche avait amassés et transmis à ses héritiers.

A son entrée dans la pièce, Druscilla fit une pause et, pour ceux qui se tenaient près du marquis, elle apparut comme une incarnation du printemps.

Son éclatante chevelure rousse, la gracieuse sveltesse de son corps et l'animation de ses grands yeux semblèrent attirer l'attention de tous à l'exception de son mari.

Comme s'il avait deviné instinctivement l'instant de son arrivée, il s'était détourné pour déployer une carte et était plongé dans une discussion avec l'un des invités à propos d'un droit de passage au nord de la propriété.

Mr Anstey s'avança pour saluer Druscilla et lui présenta certains des tenanciers les plus importants qui prenaient un verre de xérès avec le marquis avant de se rendre dans la salle du banquet.

— Le dîner est servi, m'lord.

La voix de stentor du maître d'hôtel sembla se répercuter dans toute la pièce, et le marquis leva enfin la tête du plan du domaine, puis se dirigea vers Druscilla.

— Puis-je accompagner Votre Seigneurie à table? proposa-t-il cérémonieusement.

Elle mit ses doigts sur le bras du marquis et se sentit trembler parce qu'elle le touchait, parce qu'il était si proche. Mais quand elle leva les yeux vers son visage, il avait l'air maussade.

Les invités allaient en tête, Druscilla et le marquis venaient les derniers; lorsqu'ils entrèrent dans la grande salle du banquet, tous étaient debout pour les accueillir.

Le marquis conduisit Druscilla au haut bout de la table. Elle se trouvait à sa droite et quand le *Benedicite* eut été dit par le pasteur qui avait succédé à son père, ils s'assirent.

Druscilla était contente d'avoir de l'autre côté Mr Anstey car il était en mesure de lui indiquer les plus importants des tenanciers et des fermiers ainsi que leurs femmes, et de lui parler un peu de ceux qu'elle ne connaissait pas ou lui remémorer ceux qui étaient là à l'époque où elle vivait au village.

De temps à autre, elle jetait un coup d'œil vers le marquis, mais il était en grande conversation avec la dame à sa gauche — l'épouse du plus ancien des tenanciers — et pas une fois il ne tourna la tête dans sa direction.

Le vin délia bientôt la langue des invités et ils bavardèrent, quelquefois avec le rire sonore de la bonne humeur, son que Druscilla jugea beaucoup plus sincère que les papotages et les rires maniérés qu'elle avait entendus la veille au soir.

Le repas était en vérité très différent.

Alors que le prince avait commandé des mets exotiques aux noms français, c'était ici de la bonne chère anglaise — de grands rôtis de bœuf, des gigots de mouton, des pigeons à la broche, de la hure, de gras chapons et des douzaines de poudings délectables nageant dans la crème ou recouverts de confiture faite à la maison — le tout très apprécié par les convives de cette soirée.

Enfin, alors qu'il semblait à Druscilla qu'ils mangeaient depuis des heures, le marquis se leva.

Il fit un discours, bref mais spirituel. Druscilla ne l'avait pas encore entendu parler en public et elle aima la façon dont il se tenait droit et calme ainsi que la manière amicale dont il semblait mettre l'auditoire dans sa confidence.

Ce qu'elle aima le plus, c'est la façon chaleureuse dont il parla de son retour à son foyer, de son désir d'améliorer Lynche, d'en refaire ce qu'il avait été du temps de son père — un des plus beaux domaines agricoles de toute l'Angleterre.

Lorsqu'il se rassit, une tempête d'applaudissements éclata.

— Bravo! Bravo! crièrent quelques-uns des propriétaires terriens, « squires » au visage rubicond, grands chasseurs à courre, qui martelèrent du poing la table et trépignèrent.

Puis, à sa propre surprise, Druscilla se retrouva debout.

Le silence se fit instantanément et elle sentit que le marquis levait les yeux vers elle avec appréhension. D'une voix que chacun entendit très clairement, elle déclara :

— Ce n'est pas à l'épouse de parler en pareille occasion, mais il y a une chose que je tiens à vous dire. Beaucoup d'entre vous m'ont connue enfant, quand je vivais ici; beaucoup ont connu mon père et ma mère bien-aimée qui reposent dans votre cimetière.

» C'est vraiment merveilleux pour moi d'être revenue à Lynche. Pour moi, Lynche a toujours été l'endroit le plus beau du monde, le lieu où j'ai commencé à être heureuse.

» Je n'ai jamais oublié mon enfance dans le village. Revoir maintenant de nombreux visages familiers et savoir que je suis ici dans cette merveilleuse demeure me fait sentir vraiment que j'ai retrouvé mon foyer.

Elle s'assit avec des larmes dans les yeux. On applaudit à tout rompre, mais elle l'entendit à peine. En s'asseyant, elle se tourna vers le marquis et le regarda avec l'espoir qu'il comprendrait, avec l'espoir qu'il saurait ce qu'elle tentait d'exprimer.

Un instant seulement, son espoir parut réalisé. Leurs yeux se rencontrèrent et il la regarda pour la première fois de la journée.

Druscilla eut la sensation que quelque chose de magique et d'émouvant passait entre eux, puis brusquement, comme s'il s'y contraignait, le marquis détourna les yeux et dit tout bas afin qu'elle seule entende :

— Bien joué, je te félicite.

— Mais c'est sincère, répliqua Druscilla. Valdo, c'est sincère.

Mais à l'instant même où elle parlait il se levait et elle comprit qu'il ne l'avait pas entendue.

— Il y aura un feu d'artifice dans le jardin, annonça-t-il, et vous trouverez des rafraîchissements dans l'orangerie.

Ce qui provoqua une nouvelle salve d'applaudissements joyeux, puis la main de Druscilla s'appuya encore une fois sur le bras du marquis qui lui fit traverser la salle et passer sur la terrasse par la porte-fenêtre ouverte à l'autre bout.

Au moment où ils sortaient de la salle du banquet, suivis par leurs invités, une explosion d'étoiles dorées troubla le silence de la nuit et descendit en cascades au-dessus des grands arbres jusqu'au lac.

Elle fut suivie par une fusée, une nouvelle pluie d'or, et bientôt toute la foule rassemblée eut les yeux fixés sur le ciel.

C'est alors que Druscilla s'aperçut que le marquis n'était plus à son côté; il allait et venait sur la terrasse, parlant tantôt à l'un tantôt à l'autre. Elle était seule.

Elle resta quelques instants à regarder le ciel, puis se rendit compte qu'elle était très fatiguée.

Son insomnie de la nuit précédente, la longue chevauchée, les émotions qu'elle avait ressenties — la peur de ce qu'Eustace projetait, puis la découverte qu'elle était amoureuse — étaient venues à bout de sa résistance.

Elle longea la terrasse et trouva ouverte une porte-fenêtre donnant dans un des petits salons.

« Je vais attendre ici la fin du feu d'artifice, pensa Druscilla. Personne ne voudra me parler ni ne s'apercevra de mon absence alors qu'il y a un si beau spectacle à voir. »

Elle s'assit sur le canapé et cala des coussins de soie dans son dos. Elle eut conscience une fois encore d'être exténuée et pourtant elle sentait que si le marquis entrait dans la pièce elle serait capable de se lever d'un bond pour courir à lui.

« Quand tous seront partis, je lui raconterai, se

dit-elle. Je lui expliquerai que je me suis méprise la nuit dernière quand je lui ai défendu de me toucher, que c'est parce que je croyais qu'il portait la bague d'une autre femme et non... parce que... parce que je ne voulais pas qu'il m'embrasse. »

Ses paupières s'abaissèrent et elle songea à la force des bras de Valdo. Un petit frisson la parcourut. C'est ce qu'elle avait éprouvé la nuit précédente.

Qu'elle avait été sotte, qu'elle avait été stupide de le chasser, de l'insulter, de l'humilier d'une façon qu'aucun homme ne peut facilement pardonner!

Elle comprenait maintenant qu'elle aimait le marquis depuis toujours. Elle l'aimait quand ils jouaient ensemble à Lynche et quand elle rêvait de lui après qu'il était reparti pour le collège.

Pas étonnant que les autres hommes l'aient révoltée, pas étonnant qu'elle ait repoussé leurs avances! Elle avait attendu tout le temps que le jeune Valdo lui revienne!

Elle ne s'était pas rendu compte que c'est l'amour qui l'entraînait à lui obéir en tout, qui lui faisait compter les jours jusqu'aux vacances, qui la rendait follement heureuse d'être en sa compagnie, même quand il la taquinait et l'appelait « Carotte ».

« Je l'aimais déjà », songea-t-elle.

Elle l'aimait quand il était entré dans la salle d'étude du château pour se cacher de la bande tapageuse qui lui donnait la chasse.

Elle l'aimait aussi — bien qu'elle ne l'eût pas compris — lorsqu'elle avait soutenu ses mensonges et l'avait épousé pour le sauver d'un duel.

« Je l'aime! Je l'aime! se dit-elle. Je l'ai toujours aimé, toute ma vie. »

Elle savait à présent qu'elle avait été stupide au delà de toute expression en l'écartant d'elle. Peut-être ne l'aimait-il pas d'amour mais du moins l'avait-il trouvée assez à son goût pour la prendre dans ses bras, pour chercher sa bouche, pour l'embrasser comme elle ne l'avait jamais encore été.

Peut-être avait-il simplement obéi aux conventions, peut-être n'avait-il agi que sous l'impulsion des circonstances, mais au moins n'avait-elle pas été révoltée par lui comme par d'autres.

Pourquoi, pourquoi n'avait-elle pas accepté ce qu'il offrait? Si elle lui avait seulement rendu ses baisers, si elle lui avait laissé faire ce qu'il voulait, il en serait peut-être venu à l'aimer d'amour.

En tout cas, maintenant ils ne seraient pas brouillés, il ne la regarderait pas avec ce mépris qui lui donnait l'impression d'une insurmontable barrière élevée entre eux, une barrière que chaque heure qui passait rendait de plus en plus difficile à franchir.

— Il faut que j'essaie de lui faire comprendre, murmura-t-elle. Quand tout le monde sera parti, peut-être pourrai-je lui dire, lui avouer à quel point j'ai été stupide.

Et cependant elle savait que ce serait la chose la plus difficile qu'elle ait jamais faite.

Comment dire « je t'aime » à un homme qui vous regarde avec dédain alors que par sa propre faute on a étouffé les premiers signes d'affection dont il témoignait?

Il la méprisait!

Elle l'avait perçu dans sa voix quand il avait dit : « Bien joué! », elle l'avait senti quand il l'avait conduite sur la terrasse et s'était éloigné, la laissant seule.

Druscilla eut un petit sanglot.

Elle se sentait solitaire et négligée, jeune mariée qui n'intéressait personne, pas même son mari!

10

Druscilla fut réveillée par Rose qui tirait les rideaux pour laisser entrer le chaud soleil.

Pendant un instant, elle ne comprit pas où elle se trouvait, puis elle vit le baldaquin doré au-dessus de sa tête et les rideaux blancs brodés de chaque côté des oreillers.

— C'est le matin? demanda-t-elle tout étonnée.

— Mais oui, madame, répondit Rose, et je suis sûre et certaine que vous avez eu une bonne nuit de sommeil dont Madame la marquise avait grand besoin.

— Comment suis-je venue dans mon lit? questionna Druscilla. Je me rappelle m'être assise en bas sur le canapé. J'ai dû m'endormir.

— Perdue de sommeil vous étiez, m'lady. Monsieur le marquis vous a portée en haut, je vous ai mise au lit et vous n'avez même pas remué.

— Monsieur m'a portée... jusqu'ici?

— Mais oui, répondit Rose. Même s'il avait essayé, je doute que Sa Seigneurie aurait réussi à vous réveiller.

Druscilla referma les yeux. Elle se demandait ce qu'avait pensé Valdo en la trouvant endormie sur le canapé.

Elle avait eu l'intention de l'attendre et de lui parler après le départ des invités; au lieu de cela, elle ne se souvenait de rien sinon qu'elle avait découvert qu'elle l'aimait et qu'elle devait s'excuser pour sa conduite de la nuit précédente.

Elle avait cru facile d'arranger les choses à ce moment-là mais à présent, dans le clair soleil, cela semblait beaucoup plus malaisé.

D'autre part, même s'il n'avait pas porté la bague de la duchesse, ce n'était pas la preuve qu'il n'était pas toujours entiché de Sa Grâce ou que, si elle avait accepté ses baisers, il n'éprouverait pas infiniment plus de satisfaction avec sa maîtresse qu'avec sa femme.

Comme si ces pensées lui étaient un aiguillon, Druscilla sauta à bas du lit en disant à Rose :

— Je veux m'habiller. Préparez un bain tout de suite.

— Il est prêt, m'lady. J'attendais depuis deux heures que vous me sonniez mais, comme vous ne vous réveilliez toujours pas, j'ai pris sur moi d'ouvrir les rideaux. Je crois savoir qu'il y aura des invités au déjeuner.

— Des invités au déjeuner? Quelle heure est-il donc?

— 11 heures et demie, répliqua Rose — et Druscilla

poussa une exclamation de surprise et de consternation.

— Il est très tard. Vous auriez dû me réveiller depuis des heures. Que va penser Sa Seigneurie si je suis aussi paresseuse quand nous sommes à la campagne?

— Monsieur le marquis ne le saura pas, déclara Rose. Il est sorti à cheval peu après 9 heures et n'est pas encore de retour.

Druscilla resta silencieuse, se demandant si Valdo avait une raison de partir à cheval si tôt ou s'il avait estimé devoir fuir la maison et peut-être la fuir, elle. Elle s'habilla rapidement et, parée d'une fraîche robe de mousseline blanche, qui était infiniment plus seyante que ses robes sophistiquées de Londres, elle descendit rapidement.

— Vous avez l'air du printemps personnifié, dit une voix grave comme elle ouvrait vivement la porte du salon, où elle trouva sir Anthony Headley debout devant la fenêtre ouverte, un verre de madère à la main.

— Anthony! s'exclama-t-elle. J'ai appris qu'il y aurait des invités au déjeuner, mais je ne m'attendais pas à vous voir.

— Valdo ne vous l'a pas dit? demanda sir Anthony.

— Dit quoi?

— Qu'il m'avait invité pour aujourd'hui. Non, invité n'est pas le terme exact. Il a insisté pour que je vienne. Je peux vous assurer, Druscilla, que c'est diablement gênant de se trouver en tiers chez son meilleur ami pendant sa lune de miel.

— Ainsi Valdo a insisté, dit Druscilla à voix basse. Elle traversa la pièce et alla regarder pensivement l'âtre vide. Sir Anthony posa son verre et vint près d'elle :

— Qu'est-ce qui a mal tourné, Druscilla?

Elle leva vers lui des yeux interrogateurs et, en voyant l'expression accusatrice de ceux d'Anthony, elle détourna la tête.

— Pourquoi allez-vous imaginer que quelque chose a mal tourné?

Après un moment de silence, sir Anthony déclara avec calme :

— Valdo est venu chez moi le soir de ses noces.

— Venu... chez vous? (Druscilla avait peine à prononcer les mots.)

— Oui, effectivement.

— Pourquoi? Qu'a-t-il dit? Que vous a-t-il raconté?

Les questions jaillirent de ses lèvres, impulsivement. Sir Anthony prit ses mains dans les siennes :

— Ecoutez, Druscilla. Vous aviez peut-être raison l'autre soir quand vous m'avez dit que je ne vous aimais pas comme vous deviez être aimée. Mais j'ai aussi bien pour vous que pour Valdo une profonde affection et je souhaiterais que vous soyez heureux ensemble si c'est possible. Druscilla, ce que vous avez dû faire à Valdo l'autre soir était cruel et, j'en suis convaincu, inutile.

— Il ne vous a pas raconté... ce qui s'est passé? questionna Druscilla à voix basse.

Sir Anthony secoua la tête :

— Il ne m'a rien dit, mais j'ai compris que vous aviez porté un coup à sa fierté, que vous aviez je ne sais comment détruit l'espoir de bonheur que j'ai vu si clairement monter en lui la semaine dernière. Je crois, Druscilla, que pour la première fois de sa vie Valdo a pensé qu'il avait une chance d'être heureux, mais vous l'avez anéantie pour une raison inconnue.

Druscilla libéra violemment ses mains de celles de sir Anthony.

— Comment savez-vous? Vous faites des suppositions.

— Je devine ce qui est, affirma sir Anthony — et elle eut l'impression qu'il se posait en juge.

Elle ne dit rien et, au bout d'un instant, il reprit :

— Comment avez-vous pu faire cela à Valdo? Il a si intensément souffert dans le passé; on l'avait rendu malheureux comme les pierres. Je ne croyais pas possible que vous, entre tous, puissiez détruire cette confiance nouvelle, la première chance qu'il a eue depuis la mort de cette femme d'être à nouveau lui-même.

— Je ne vois pas ce que vous voulez dire, déclara Druscilla. Je vous jure, Anthony, que je ne comprends pas de quoi vous parlez.

— Personne ne vous a-t-il raconté ce que Valdo a enduré pendant sa jeunesse? demanda sir Anthony. Vous en avez sûrement entendu des échos.

— Personne ne m'a rien dit. Je savais qu'il ne s'entendait pas avec la marquise, si c'est à elle que vous vous référez.

— Evidemment, c'est de sa belle-mère qu'il est question, précisa sèchement sir Anthony. Ne saviez-vous pas qu'elle a fait un enfer de la vie de Valdo après qu'elle eut épousé son père et que, en dehors de ce que lui-même a souffert, il a vu son père, le vieux marquis pour qui il avait une profonde affection, dépérir sous ses yeux à cause de la cruauté d'une femme qui s'était mariée uniquement pour l'argent qu'elle extorquerait à un homme malade?

— J'ignorais... cela, murmura Druscilla d'une voix qui n'était guère plus qu'un chuchotement. Je savais que la marquise se querellait avec énormément de gens, y compris mon père. C'est pourquoi nous avons quitté le village.

— C'était un démon incarné, reprit sir Anthony. J'avais coutume d'accompagner Valdo quand il revenait d'Oxford aux vacances parce qu'il m'en suppliait. Il ne pouvait pas l'affronter seul. J'ai vu la manière dont elle se gaussait de lui, la façon dont elle rudoyait, trompait et insultait son mari. J'ai vu les domestiques courber le dos devant elle.

» Je pense, à vrai dire, qu'elle était un peu folle mais ce n'est pas une consolation pour ceux qui étaient en butte à ses rages tyranniques, ses mensonges, ses fourberies, à son talent pour trouver votre point faible, vous narguer, se moquer au point qu'on avait l'impression qu'elle vous retournait un couteau dans une plaie.

— Pourquoi Valdo l'a-t-il supportée? s'étonna Druscilla.

— Il aimait son père, dit simplement sir Anthony. Il se résignait à n'importe quoi pour aider le marquis.

Il savait combien sa présence comptait pour cet homme qui se mourait lentement. Mais cela l'a marqué, ne le comprenez-vous pas?

— Voilà pourquoi il avait juré qu'il ne se marierait jamais, dit Druscilla à voix basse.

— Exactement. Il se méfiait de toutes les femmes. Après la mort de sa mère, il n'a jamais trouvé de tendresse, de douceur ou de compréhension dans son foyer, mais seulement de la haine et de la cruauté. C'est pourquoi il a fait serment devant moi et devant tous ses amis qu'il ne s'exposerait jamais aux souffrances qu'avait endurées son père.

Druscilla porta ses mains à son visage. Elle ne comprenait tout que trop clairement : le jeune Valdo rieur et gai qu'elle avait connu enfant était devenu un homme désabusé, cynique.

— Mais, dit-elle tout haut, il a été souvent... amoureux.

— Pourquoi pas? questionna presque rudement sir Anthony, Valdo a été recherché par les femmes pour sa belle mine, sa fortune et pour lui-même du plus loin que je me souvienne. A aucune il n'a proposé le mariage jusqu'à ce qu'il vous rencontre.

Druscilla se détourna et alla vers la fenêtre. Comment expliquer que Valdo n'en avait eu aucunement l'intention, qu'il avait seulement cédé à la pression des circonstances?

— Quand je vous ai vue, continua sir Anthony, j'ai compris pourquoi.

Druscilla mourait d'envie de lui crier qu'il ne comprenait absolument rien, que tout était très différent de ce qu'il imaginait.

Valdo n'était pas un amoureux éperdu déposant son cœur aux pieds d'une jeune fille qui a éveillé l'amour qu'il croyait ne jamais connaître.

Ce n'était pas que les remparts qu'il avait érigés autour de lui s'étaient écroulés à l'apparition de Druscilla, mais bien plutôt qu'il avait été forcé de l'accepter parce qu'il n'avait pas d'autre choix.

— Vous ne comprenez pas, murmura-t-elle faiblement.

Il vint la rejoindre.

— Qu'est-ce que je ne comprends pas? Lorsque Valdo est arrivé chez moi le soir de son mariage, mortifié et fou furieux à cause de quelque chose que vous lui aviez fait, j'aurais eu le plus grand plaisir à vous donner des coups de cravache.

Elle leva les yeux avec surprise, étonnée par la colère que dénotait sa voix.

— Je parle sérieusement, dit-il d'une voix sévère. Personne ne sait mieux que moi ce que vaut réellement Valdo. Sous son côté mondain, sous tout l'apparat de son marquisat et de sa fortune, il y a un homme, Druscilla, un homme que les autres hommes respectent.

» J'ai combattu au côté de Valdo pendant la guerre, j'ai partagé avec lui la faim et même à une occasion la défaite et tout ce que je puis vous dire c'est que je l'admire plus que n'importe quel autre homme que j'ai connu pendant ma vie entière.

Sir Anthony se tut un instant, puis reprit :

— Et pourtant une jeune fille, une femme que je croyais différente des têtes folles de la haute société, me l'envoie livide avec dans les yeux un regard que je ne lui avais pas vu depuis ce jour où nous avons relevé nos morts après un combat et découvert qu'ils avaient été mutilés par l'ennemi.

Druscilla poussa un petit cri et se boucha les oreilles.

— Arrêtez, arrêtez! supplia-t-elle. Vous ne savez pas ce que vous dites. Ce n'est pas ma faute... ce n'est pas ce que vous pensez.

— Peu importe ce que je pense, rétorqua sir Anthony. Valdo seul m'intéresse et au cours de cette nuit que nous avons passée ensemble à boire j'ai senti qu'il fallait que je vous dise la vérité, que vous vous rendiez compte que, par quelque stupide folie, vous détruisez quelque chose de beau et de précieux et que vous le regretterez jusqu'à la fin de vos jours.

— Valdo était avec vous toute la nuit? demanda très bas Druscilla.

— Toute la nuit. Vers l'aube, il s'est endormi sur mon lit et je l'ai laissé se reposer.

Druscilla le regardait avec incrédulité, incapable de parler.

— A ce moment, il était complètement ivre, expliqua sir Anthony avec un sourire sardonique, c'est pourquoi je vous ai fait dire de partir en avant. J'ai jugé qu'il valait mieux pour vous ne pas voir l'effet qu'avait eu votre nuit de noces sur votre mari.

Druscilla respira profondément.

— Mais de chez vous il est allé... chez Bianca de Silva.

Sir Anthony sursauta.

— Comment le savez-vous? Valdo doit avoir perdu l'esprit s'il vous dit des choses de ce genre.

— Il ne me l'a pas dit, répliqua Druscilla avec hésitation. Je... l'ai découvert.

— Il y a des choses qu'une femme délicate ne devrait pas connaître, déclara sévèrement sir Anthony. Mais si vous voulez la vérité, Valdo m'a annoncé en quittant mon appartement qu'il allait liquider sa liaison avec miss de Silva.

» Il l'avait oubliée dans l'effervescence causée par le mariage et elle lui avait envoyé un mot où elle se plaignait de la manière dont elle était traitée. Il a donc déclaré qu'en repartant à Lynche il s'arrêterait chez elle, dans Half Moon Street, pour lui signifier leur rupture.

Valdo avait rompu avec sa maîtresse! Le soleil sembla soudain plus doré. Druscilla joignit les mains et une bouffée de joie irrépressible envahit sa poitrine.

Ainsi elle s'était trompée — trompée à propos de la duchesse, trompée à propos de Bianca de Silva. Comment pouvait-elle avoir été aussi sotte? Et cependant tout avait conspiré pour l'induire en erreur — les bagues qui se ressemblaient, le fait qu'elle avait trouvé son mari dans la chambre à coucher de sa maîtresse.

Pour la première fois, cette vision d'un ravissant visage boudeur et de la blonde chevelure déployée sur l'oreiller pâlit — et pour la première fois aussi depuis son mariage la duchesse ne sembla plus une menace.

Impulsivement, elle se tourna vers sir Anthony.

— Merci de me dire tout cela, murmura-t-elle doucement.

— Ce n'est pas possible que vous vous soyez querellés au sujet de cette fille insignifiante! s'exclama-t-il.

— Non, ce n'était pas au sujet de Bianca de Silva.

— Une autre? questionna sir Anthony. Depuis que vos fiançailles avec Valdo ont été annoncées, il n'y a eu personne d'autre, Druscilla. Je sais, pour avoir été avec lui presque tout le temps, qu'il n'a pensé à personne d'autre que vous.

» Il n'y a eu ni billets, ni rendez-vous galants, ni rencontres clandestines, ni le moindre intérêt pour les perruches avec qui il a passé naguère une si grande partie de son temps.

» Je commençais à penser qu'il avait enfin découvert ce qu'il cherchait depuis toujours, quelqu'un à aimer et quelqu'un qui l'aimerait.

Sir Anthony marqua une pause avant de poursuivre lentement, comme s'il choisissait chaque mot avec soin :

— Puis Valdo est venu chez moi le soir de ses noces, le regard sombre, le visage de nouveau marqué par les rides du cynisme, la souffrance et le désespoir qui l'avaient enveloppé pendant sa jeunesse, formant autour de lui comme un brouillard impénétrable. Comment avez-vous pu, Druscilla, comment avez-vous pu agir aussi cruellement?

— Je ne peux rien expliquer, répondit Druscilla d'une voix entrecoupée, mais j'essaierai d'arranger les choses, j'essaierai.

Sir Anthony sourit et lui tendit les mains :

— Promettez-le-moi. Oh! Druscilla, vous êtes si adorable, je suis sûr que vous pourriez rendre Valdo ou n'importe qui d'autre heureux si vous le vouliez. Il n'est certainement pas difficile de trouver le bonheur pour deux êtres qui sont si séduisants chacun à sa manière, si absurdement bien de leur personne et qui ont la chance de posséder tout ce qui compte.

— Je crois qu'en premier lieu, dit Druscilla très bas, ils doivent trouver... l'amour.

— Alors, trouvez-le, trouvez-le vite avant de perdre Valdo, insista sir Anthony. Vous risquez de le pousser à bout, Druscilla, et si vous gâchez son bonheur comme il l'a été naguère par sa belle-mère, alors Dieu sait ce qui arrivera.

— Je ne le gâcherai pas... Non, dit Druscilla prise soudain de panique. Oh! Anthony, aidez-moi... aidez-moi.

— Vous savez que je le ferai, Druscilla. Mon affection vous est acquise à tous les deux, répliqua sir Anthony.

Son regard était très tendre lorsqu'il le posa sur le petit visage de la jeune femme et vit l'anxiété dans ses yeux. Un bruit de pas résonna à ce moment dans le vestibule, la porte s'ouvrit et ils s'éloignèrent l'un de l'autre.

Le marquis entra, toujours en costume de cheval, accompagné de deux squires qu'il avait invités à déjeuner. Druscilla comprit qu'il avait voulu leur présence pour ne pas avoir à lui parler. Il s'inclina cérémonieusement devant elle.

— Bonjour, Druscilla, dit-il du ton neutre dont il se serait adressé à un étranger. J'espère que Votre Seigneurie a bien dormi.

— J'étais très fatiguée, je l'avoue, répondit-elle. Quel ennui cela a dû être de me porter jusqu'à ma chambre!

Brusquement, elle fut prise de timidité. Il y avait quelque chose de gênant dans l'idée qu'il l'avait tenue dans ses bras, montée par le grand escalier et déposée sur son lit.

Elle se demanda ce qu'il avait pensé en regardant son visage endormi, avec ses cils se détachant en noir sur ses joues.

Avait-il désiré poser ses lèvres sur les siennes qui étaient encore un peu meurtries de son baiser de la nuit précédente — ou bien n'avait-il éprouvé que de la répulsion à cause de la façon dont elle l'avait traité?

Bien difficile de deviner ce qu'il avait pensé au fond de lui-même. Le marquis conversait très naturellement avec ses amis, ironisant à propos des affaires du domaine, saluant sir Anthony avec une chaleur qui provoqua chez Druscilla une pointe de jalousie en raison de la différence avec la voix froide qu'il avait eue pour lui parler.

Ils allèrent déjeuner. Druscilla et le marquis prirent place aux deux extrémités opposées de la table. Comme ils se trouvaient ainsi séparés par les surtouts dorés, les fleurs de serre et les grandes coupes de raisins et de pêches, il n'était pas obligé de la mêler à sa conversation.

Il parlait à ceux qui étaient à sa droite et à sa gauche, et elle en fut réduite à bavarder avec sir Anthony qui, elle le savait, l'observait d'un œil critique.

Elle s'aperçut qu'elle n'avait pas faim et renvoya plat après plat sans y toucher.

Bien qu'elle essayât de se concentrer sur ce que disait sir Anthony, elle se rendit compte qu'en réalité elle écoutait le marquis, notant chaque intonation de sa voix, se demandant s'il était aussi sensible à sa présence qu'elle à la sienne.

Druscilla avait l'impression que le repas ne s'achèverait jamais. Quand ils se levèrent enfin de table, le marquis proposa aussitôt que les messieurs se rendent aux écuries où il avait de nouveaux chevaux à l'entraînement.

Il n'inclut pas Druscilla dans l'invitation et, ne voulant pas s'imposer, elle ne put que les regarder avec un peu d'envie franchir la porte d'entrée et descendre le vaste perron.

Elle entendit leurs rires longtemps après qu'ils eurent disparu.

Dès qu'elle fut seule, toutes les révélations et les reproches de sir Anthony lui revinrent à l'esprit.

Comment aurait-elle pu savoir, se disait-elle — mais elle ne se trouvait aucune excuse valable pour n'avoir pas essayé de découvrir la raison qui avait poussé le marquis à jurer de rester célibataire.

Il fallait être stupide et insensible pour s'être conduite comme elle, en ne questionnant pas plus à fond la douairière et en n'essayant pas de comprendre les mobiles de Valdo.

Elle avait été égoïste, elle le voyait bien, en ne pensant qu'à elle et à ses propres peines.

Elle avait oublié que d'autres aussi pouvaient être malheureux, d'autres pouvaient être torturés, tout comme elle l'avait été dans des circonstances différentes.

Si Lynche représentait tellement pour elle, pensa-t-elle, il devait représenter bien davantage pour le marquis. C'était son foyer depuis qu'il était au monde.

Il en était partie intégrante puisque c'était un héritage transmis jusqu'à lui à travers maintes générations de sa lignée.

« J'ai été insensible et extrêmement stupide », conclut Druscilla — et elle sut soudain ce qu'elle devait faire.

Se glissant jusqu'à sa chambre à l'étage, elle prit un chapeau dans l'armoire sans déranger Rose et s'en coiffa.

Puis, négligeant même de se regarder dans la glace, elle descendit en courant et se mit en devoir de traverser le parc jusqu'à la petite église de pierre grise.

C'était une longue marche, mais elle pressait le pas et elle avait les joues brûlantes quand elle passa enfin le porche d'entrée et vit le cimetière envahi par les herbes avec ses pierres tombales de guingois, tout pareil à ce qu'il était quand elle avait quitté le village neuf ans auparavant.

Elle ouvrit la porte de l'église et eut l'impression qu'elle aurait reconnu n'importe où cette odeur d'humidité, de moisissure et de fleurs fanées.

Il y avait une ambiance d'éternité et d'immuabilité, une atmosphère de foi — la foi simple, sans complication, de ceux qui vivent à la campagne et pour qui la nature est très proche de Dieu.

Druscilla s'avança dans la nef et s'agenouilla au banc où elle s'était assise, dimanche après dimanche, avec sa mère.

Elle s'attendait presque, en levant les yeux vers la chaire, à voir son père prononcer une longue homélie qui dépassait de beaucoup l'entendement de ses simples fidèles.

Puis elle sentit que ce n'est pas là qu'elle voulait prier mais dehors au soleil, près de la tombe de sa mère — une simple tombe surmontée seulement d'une croix en granit qui se dressait dans le coin ombragé, sous un vieil if.

Elle s'y rendit, se jetant à genoux dans les hautes herbes qui n'avaient pas été fauchées, et regarda avec des yeux soudain voilés de larmes le nom de sa mère : Harriet Mary Morley.

Ce n'étaient que des mots sur une pierre, mais Druscilla eut l'impression que, quelque part, sa mère l'attendait, l'écoutait, luttait pour l'aider, lui tendait les bras comme elle l'avait fait si souvent quand elle était enfant.

— Oh! maman, maman, supplia Druscilla, viens à mon aide maintenant. J'ai tout gâché et je l'aime. Je ne m'en rendais pas compte avant, mais je l'ai toujours aimé. Fais-lui comprendre, fais-le m'aimer, ne serait-ce qu'un peu, afin que nous puissions être heureux ensemble.

C'était une prière qui venait du plus profond de son être et, en inclinant la tête, Druscilla eut le sentiment que sa mère était près d'elle. Elle eut aussi conscience que toute la méfiance ainsi que la terreur dans lesquelles elle avait si longtemps vécu étaient balayées.

Elle n'était plus en lutte contre le monde et en particulier contre les hommes; elle redevenait l'enfant au cœur simple, confiante, qu'elle était du vivant de sa mère.

Chacun en ce temps-là était bon, compréhensif, et parce qu'elle recevait de la bonté elle s'en montrait capable à son tour. C'est seulement depuis qu'elle vivait seule que la terreur et la haine avaient dénaturé entièrement sa conception de la vie, rendant tout laid et effrayant.

— Apprends-moi à penser aux autres plutôt qu'à

moi, maman, supplia-t-elle, et surtout à Valdo... Je l'aime... je l'aime de tout mon cœur.

Elle resta probablement agenouillée longtemps, s'efforçant d'atteindre sa mère, s'efforçant de prier.

Puis elle prit conscience avec intensité du chant des oiseaux dans les arbres, du parfum du foin frais coupé, du soleil chaud sur ses bras nus. Elle se leva et s'aperçut qu'elle était réconfortée, qu'elle était en paix.

C'est une paix qu'elle n'avait pas connue depuis de nombreuses années; depuis la mort de sa mère, jamais elle ne s'était à ce point sentie à l'unisson avec le monde, en harmonie avec toute la création.

Elle revint lentement à travers le parc — maintenant rien ne pressait.

Elle savait ce qu'elle devait faire. Ce serait dur, mais elle avait la conviction que sa mère l'aiderait à trouver la bonne voie, la juste démarche.

« J'aime Valdo... je le rendrai heureux. »

C'était un engagement qu'elle formulait ainsi. Elle aimerait Valdo, l'aiderait, le réconforterait et lui ferait comprendre que toutes les femmes n'étaient pas pareilles à celle qui avait détruit son bonheur pendant son adolescence.

Presque comme si elle avait entendu parler sa mère, elle sut que la seule façon de se faire aimer de Valdo était de lui donner tout son amour, tout son cœur, toute son âme.

Elle ne s'en était pas rendu compte plus tôt : elle avait été réticente, soupçonneuse, méfiante à cause de ce qu'elle avait souffert.

Mais à présent elle savait qu'elle devait bannir toute pensée égoïste — il n'y a que l'amour qui pourrait lui apporter l'amour, il n'y a que par l'amour qu'elle convaincrait Valdo.

Pendant le reste de l'après-midi, bien que seule, elle ne se sentit pas solitaire. Valdo et sir Anthony revinrent peu avant le dîner, mais elle ne les vit que lorsqu'elle descendit au salon.

Elle s'était donné beaucoup de peine pour s'apprêter et elle espérait que le marquis le remarquerait.

Sa peau paraissait d'une blancheur éblouissante

dans sa robe de tulle bleu foncé parsemé de minuscules étoiles. Ses cheveux, coiffés d'une nouvelle manière, étaient comme des langues de flamme ondulant sur sa tête.

Elle avait compté qu'ils seraient seuls, rien qu'eux trois, mais à sa déception elle constata que le marquis avait invité à dîner le régisseur et sa femme ainsi qu'un homme d'âge mûr qui séjournait chez eux.

C'étaient des gens charmants et Druscilla les jugea sympathiques, mais elle eut du mal à se concentrer sur ce qu'ils disaient, trouva difficile d'écouter autre chose que la voix du marquis et presque impossible de regarder qui que ce soit d'autre que son mari.

Une fois encore, il lui sembla que le marquis ne jetait même pas un coup d'œil dans sa direction et que sa voix quand il s'adressait à elle était glaciale. Elle sentit son moral sombrer de plus en plus bas à mesure que s'écoulait la soirée.

Après dîner, les hommes jouèrent au whist et Druscilla conversa courtoisement avec la femme du régisseur.

Celle-ci ne se préoccupait que de ses enfants et des travaux du domaine et si Druscilla fit de grands efforts pour paraître intéressée, elle fut contente quand les invités annoncèrent qu'ils devaient rentrer chez eux et qu'elle put leur dire au revoir.

Elle espérait avoir une chance de parler à Valdo et elle savait qu'il lui suffirait d'indiquer d'un signe à sir Anthony qu'elle désirait rester seule avec son mari pour qu'il les quitte.

Mais le marquis déjoua ses plans.

— Il est temps que nous ayons une séance de piquet, Anthony, déclara-t-il. J'ai envie de jouer ce soir et, comme tu m'as plumé d'un joli paquet, je demande ma revanche. Viens, je mise cinq cents livres pour chaque partie.

— Il faudrait que je sois dans les vignes du Seigneur pour accepter de tels enjeux, tu le sais bien, répliqua sir Anthony. En outre, je ne peux pas dire que j'ai envie de jouer au piquet aussi tard.

— Aussi tard! s'exclama le marquis. Comment, il

n'est pas encore 11 heures. Tu ne m'auras pas avec ce genre d'excuse!

Le marquis s'assit avec décision à la table de jeu qui avait été installée à une extrémité du salon et Druscilla comprit qu'il n'y avait aucun espoir de lui parler à ce moment.

— Si vous êtes décidés à passer la nuit à jouer, dit-elle, je ferai aussi bien d'aller me coucher. Bonne nuit, Anthony, bonne nuit... Valdo.

Sa voix s'attarda sur son nom. Il se leva et s'inclina :

— Bonne nuit, Druscilla.

Il ne la regarda pas et, avec un sentiment de désespoir, elle sortit de la pièce et monta. Elle ne se coucha pas.

Quand Rose l'eut déshabillée, elle s'assit à la fenêtre et contempla la nuit.

C'est deux heures plus tard qu'elle entendit le marquis et sir Anthony monter l'escalier. Un bref instant, elle envisagea d'aller trouver son mari dans sa chambre, qui était juste de l'autre côté du couloir. Mais elle sentit alors qu'elle ne pourrait pas affronter son dur regard interrogateur. Ce n'était pas ainsi qu'il fallait l'aborder, elle en était sûre. Il ne comprendrait pas.

Mais comment, comment arriver à lui parler s'il était décidé à ne pas rester seul avec elle?

Une occasion se présenterait tôt ou tard, mais elle savait que ce serait difficile. Elle se rendit à peine compte que des larmes se mettaient à jaillir de ses yeux et coulaient sur ses joues.

C'est longtemps après qu'elle remarqua une étrange odeur. D'abord, elle ne put l'identifier, puis elle s'aperçut que cette odeur venait non pas du jardin mais de la maison.

Elle quitta la banquette dans l'embrasure de la fenêtre et constata qu'elle était tout ankylosée pour être restée assise si longtemps là et aussi que, malgré la tiédeur de la nuit, elle était transie. Elle frissonnait légèrement en traversant la pièce.

A présent, elle sentait encore davantage l'odeur.

Impossible de s'y tromper : c'était de la fumée.

Elle ouvrit sa porte et scruta le couloir. Bien que les bougies aient été éteintes dans les appliques, la lune qui brillait à travers les hautes fenêtres aux vitres en losange qui se succédaient sur toute la longueur d'un côté du vestibule donnait assez de clarté pour voir que le couloir était vide.

A ce moment, l'odeur de la fumée était presque suffocante. Puis quelque chose de rouge comme du feu pétilla.

Elle courut sur le palier et, en regardant en bas, par-dessus la balustrade de l'escalier, elle eut un coup au cœur en apercevant une silhouette qui appliquait une torche allumée contre les rideaux de soie encadrant les fenêtres.

Il y en avait un qui flambait déjà. Pendant qu'elle regardait, l'autre s'enflamma et le feu se propagea avec violence le long de la soie.

Druscilla voulut crier, mais sa voix s'étrangla dans sa gorge quand elle reconnut l'homme qui tenait la torche — le reconnut à la forme de sa tête et au rire insensé qu'il eut quand il se tourna avec la torche vers une nouvelle draperie.

Pendant un instant, Druscilla resta paralysée, puis elle pivota sur elle-même, aiguillonnée par la terreur, et ouvrit violemment la porte de la chambre du marquis.

Deux chandelles brûlaient. Elle regarda d'abord le lit qui était vide, puis elle l'aperçut assis, à demi vêtu, dans la grande bergère près de la cheminée.

Il avait enlevé sa veste et sa cravate, mais il portait encore sa chemise blanche à jabot dont le col était maintenant ouvert et le pantalon collant jaune qu'il avait au dîner.

Ses pieds étaient allongés devant lui, sa tête appuyée au dossier, et il dormait.

Druscilla se précipita vers lui.

— Valdo! Valdo! appela-t-elle. (Et comme il ne se réveillait pas, elle l'agrippa aux épaules et le secoua :) Valdo, réveille-toi!

Il se réveilla avec un sursaut et la fixa d'un air

presque incrédule. Le visage de Druscilla était proche du sien et ses cheveux brillaient à la lumière des chandelles.

— C'est Eustace! Eustace! Il est ici, en bas, il met le feu à la maison!

— Eustace!

Le nom partit comme un coup de pistolet et le marquis se leva d'un bond. Il se dirigea vers la porte, mais Druscilla tendit instinctivement la main.

— Prends garde, pour l'amour du ciel, Valdo, prends garde. Il est dangereux.

— C'est moi qui vais être dangereux, malédiction! s'il croit qu'il peut incendier ma maison! s'exclama le marquis d'un ton furieux. Réveille les domestiques!

Et il partit. Druscilla resta un instant immobile, puis du passé surgit le souvenir des cloches d'incendie placées à chaque étage de la demeure et qu'on lui avait montrées quand elle était petite.

Elle se rappela qu'elle avait eu follement envie de tirer sur les épaisses et longues cordes, mais Valdo l'avait avertie que, si elle sonnait sans bonne raison, on ne lui permettrait plus jamais de venir à la maison.

— Cela ferait accourir tout le monde, dit-il, les domestiques, les jardiniers, les ouvriers du domaine. Ils arrivent tous quand ils entendent la cloche.

Dans une sorte de panique, elle crut d'abord avoir oublié où était la cloche, puis elle se souvint. La cloche se trouvait dans le couloir juste après le premier palier.

En face de la chambre du marquis, lui avait-on dit, et Druscilla se rappelait où dormait le père de Valdo.

Elle y courut. Il fallait traverser le vestibule et, ce faisant, elle vit que le feu avait pris avec violence dans les rideaux et que les flammes montaient haut.

Elle chercha Eustace du regard, mais il n'était plus là; il n'y avait pas signe non plus du marquis.

Elle entendit alors soudain quelqu'un rire et, en levant les yeux, elle les vit tous les deux qui montaient en courant vers le second étage. Eustace brandissait sa torche enflammée dont les étincelles s'éparpillaient dans toutes les directions.

Derrière lui, à un demi-étage de distance, venait le marquis.

— Arrête, Eustace, arrête, sacrebleu! cria-t-il.

Mais seul lui répondit le rire insensé d'Eustace.

« Il est fou, complètement fou », pensa Druscilla qui poursuivit sa course et découvrit la cloche d'incendie à l'endroit dont elle se souvenait.

Elle tira sur la corde et, un instant, crut qu'elle serait trop faible pour l'ébranler ou encore que le système avait rouillé faute d'utilisation. Mais finalement la cloche se mit en branle avec un tintement qui paraissait assourdissant dans la sombre nuit silencieuse.

Elle continua à tirer, tirer encore presque comme une folle, tout en se rendant compte que la fumée devenait plus dense dans le vestibule et qu'elle avait de plus en plus de mal à respirer.

Enfin des voix résonnèrent et des gens accoururent de partout.

Au bout d'un long moment, quelqu'un la prit à bras-le-corps et elle s'aperçut que c'était sir Anthony.

— La cloche... la cloche! parvint-elle à dire.

— Ne vous inquiétez pas, tout le monde est prévenu, répondit-il. Plaquez votre visage contre mon épaule. Il faut que je vous sorte de là.

Il la porta le long du couloir, puis le long d'un autre escalier. Celui-ci était également plein de fumée mais moins dense que celle provenant du vestibule.

— Le salon brûle! entendit-elle quelqu'un hurler.

Un cri perçant retentit, poussé par une jeune servante, puis un craquement soudain comme si quelque chose s'était renversé.

Druscilla sentit l'air frais sur sa figure et, levant la tête qu'elle avait appuyée contre l'épaule de sir Anthony, elle constata qu'ils étaient dehors.

Il semblait y avoir déjà une foule de gens rassemblés dans la cour devant la porte de la façade et, au moment où Druscilla jetait un coup d'œil à la ronde, des roues grincèrent et la pompe à incendie du domaine tirée par huit hommes arriva de la direction des écuries.

A présent, quelqu'un — elle pensa que c'était le majordome — organisait une chaîne de seaux jusqu'au lac, et les pompiers du domaine déroulaient les tuyaux.

Elle se demanda si l'on pourrait quelque chose contre les flammes qui bondissaient le long des fenêtres aux vitres en losange.

De ce côté de la maison, elle ne pouvait voir que l'incendie dans le vestibule, mais elle entendit des gens crier qu'il fallait de l'eau de l'autre côté pour sauver le salon.

Tableaux et meubles étaient sortis par des hommes qui toussaient en émergeant de la fumée.

Druscilla n'avait qu'une seule pensée : Valdo. Où était-il et où l'avait mené la poursuite d'Eustace? Elle examina les fenêtres au dernier étage de la maison, mais toutes étaient sombres.

— Valdo... il est... en danger! réussit-elle à s'écrier.

Sir Anthony la regarda avec surprise.

— En danger? A cause de l'incendie?

— Non, non, à cause d'Eustace. C'est lui qui a mis le feu à la maison.

— Eustace! J'aurais pu m'en douter, dit sir Anthony avec dégoût.

— Ils montaient tous les deux en courant avant que j'aie sonné la cloche, expliqua Druscilla.

Sir Anthony leva la tête et, à cet instant même, un cri monta de la foule. Deux hommes étaient apparus sur le toit. On les apercevait aisément dans le clair de lune.

Valdo, très visible avec sa chemise blanche, poursuivait la silhouette plus sombre d'Eustace qui bondissait frénétiquement sur les tuiles — et Druscilla s'imaginait entendre son rire insensé.

Puis, tout à coup, ils s'approchèrent du parapet et, sous les yeux de Druscilla frappée de mutisme, Eustace grimpa sur l'étroit fronton de pierre couronnant la maison et se cramponna à l'une des urnes monumentales qui l'ornaient.

Quelque chose brilla au clair de lune, et elle distingua un long couteau semblable à un stylet qu'il avait dû prendre — elle le devina — sur le mur de la salle d'armes lorsqu'il l'avait traversée en courant.

Cette salle renfermait toute une collection d'armes de guerre réunies au fil des années, et parmi lesquelles se trouvait naturellement cette dague d'acier effilée, dont la pointe était capable de pénétrer jusqu'au cœur d'un homme et de le tuer.

Druscilla, soudain terrifiée, agrippa le bras de sir Anthony. Elle le savait tendu lui aussi, mais ils ne pouvaient rien faire.

Ils ne pouvaient que rester à regarder tout là-haut les deux hommes s'affronter.

Le marquis, sans arme et cible facile dans sa chemise blanche, s'avançait maintenant vers son cousin.

Entendre ce qu'il disait était impossible, mais Druscilla se doutait qu'il ordonnait à Eustace, ou peut-être essayait de le persuader, de lâcher l'arme qu'il tenait à la main.

Mais, comme le marquis se rapprochait encore, ils virent Eustace rejeter le bras en arrière et le poignard étinceler.

Puis il le lança — le lança violemment avec une force quasi diabolique droit sur celui qui marchait vers lui.

Le marquis chancela et Druscilla poussa un léger cri.

Mais, en frappant son cousin, Eustace avait abandonné son point d'appui sur l'urne et, ce faisant, perdu l'équilibre.

Un bref instant, il sembla flotter, désarmé, entre ciel et terre avant de tomber, avec un cri strident qui domina le vacarme de l'incendie et les clameurs de ceux qui le combattaient.

Au même moment, Druscilla vit tomber aussi le marquis et entendit sa propre voix, étrangement irréelle, crier :

— Il l'a tué... oh, mon Dieu! Il a tué... Valdo!

11

Le marquis eut soudain conscience de voix qui parlaient intentionnellement très bas, les voix des deux personnes toutes proches de lui.

Incapable d'abord de comprendre où il se trouvait et ce qui était arrivé, il entendit son valet déclarer :

— Je vous en prie, m'lady, laissez-moi veiller Sa Seigneurie ce soir. Voilà quatre nuits que vous passez à son chevet et quatre jours aussi. C'est trop pour Madame la marquise. Prenez une heure ou deux de repos. Je vous jure que je vous réveillerai s'il y a un changement quelconque.

Le marquis entendit alors Druscilla répondre d'une voix douce, assez lasse :

— Non, Jenkins, vous en avez fait autant que moi. Le marquis n'a pas été aussi agité la nuit dernière que celle d'avant. Je suis sûre qu'il est en train de se rétablir.

— C'est ce que dit le médecin, m'lady, et il a dit aussi que c'est vraiment un plaisir de voir comme la blessure à l'épaule de Sa Seigneurie s'est vite refermée.

— Ce n'est pas la blessure qui nous inquiétait le plus, répondit Druscilla avec un petit soupir, mais ce terrible choc à la tête. Le médecin dit que c'est un miracle qu'il n'ait pas eu le crâne fracturé.

— Allons, m'lady, ne vous tourmentez pas. Sa Seigneurie est très solide. Monsieur le marquis ne tardera pas à conduire de nouveau ses chevaux.

— J'en suis persuadée, Jenkins, mais je n'ai pas encore surmonté ma première émotion quand j'ai cru que Mr Eustace l'avait tué.

— Tout cela faisait trop d'émotions si vous voulez mon avis, m'lady, avec la maison qui brûlait, Mr Eustace qui gisait mort sur le gravier et Monsieur le marquis plus mort que vivant. Il y a de quoi s'étonner que tous nos cheveux ne soient pas devenus blancs comme neige à Noël.

Druscilla eut un petit rire perlé :

— Oh! Jenkins, vous dites cela si drôlement, mais

c'est bien vrai. Il est surprenant que l'incendie ait causé, somme toute, si peu de dégâts. Il faudra de nouveaux rideaux dans le vestibule, plusieurs tapis devront être réparés et le salon est à redécorer. A dire vrai, je n'en suis pas tellement fâchée. Je n'aimais pas cette affreuse couleur moutarde que feu la marquise avait choisie. Je suis enchantée qu'elle soit à remplacer.

— Eh bien, m'lady, vous discuterez cela avec Sa Seigneurie dans quelques jours, rappelez-vous ce que je vous dis.

— Vraiment? demanda Druscilla presque dans un murmure.

Bien qu'il n'eût pas ouvert les yeux, le marquis comprit qu'elle s'était un peu rapprochée et qu'elle le regardait, debout à son chevet.

— Il a l'air si faible, si désarmé, dit-elle comme pour elle-même.

— Voyons, m'lady, ne vous mettez pas encore sens dessus dessous, reprocha Jenkins. Vous en avez assez passé. J'ai déjà dit que c'est trop pour vous de veiller toutes les nuits, quoique c'est vrai que Madame la marquise était la seule qui arrivait à apaiser Monsieur le marquis quand il était si agité, qu'il se démenait et criait. Je me suis souvent demandé qui c'était qu'il appelait?

— Moi aussi, convint Druscilla. C'est quelqu'un qu'il souhaitait vivement voir... quelqu'un qui comptait beaucoup pour lui.

Il y eut un silence, puis Jenkins dit hâtivement :

— Est-ce que vous désirez quelque chose d'autre, m'lady? De la limonade fraîche? Il y a une bouilloire chaude dans l'âtre. Madame la marquise sait que si elle a besoin de moi, elle n'a qu'à tirer sur la sonnette, elle est reliée à ma chambre et je serai descendu en quelques secondes.

— Oui, je sais. Merci, Jenkins, vous m'avez été d'un immense secours pendant ces derniers jours. Je me demande comment je me serais débrouillée sans vous.

— Si vous vouliez seulement m'écouter et prendre une bonne nuit de repos, m'lady... déclara Jenkins.

Mais il fut interrompu par Druscilla :

— Non, nous n'allons pas recommencer. Je continuerai à veiller jusqu'à ce qu'il ait repris connaissance. Ensuite, ce sera votre tour, Jenkins. Et n'oubliez pas votre promesse : vous ne lui direz pas que je l'ai soigné.

— Je vous ai donné ma parole, m'lady, quoique ce soit à contrecœur que je mentirai à Monsieur le marquis, surtout que, comme qui dirait, qu'il doit la vie à vos bons soins.

— Vous avez promis, Jenkins.

— Bien, m'lady. N'hésitez pas à sonner si vous avez besoin de moi.

— Je n'y manquerai pas. Bonne nuit, Jenkins, et merci.

Le marquis entendit la porte se refermer. Il garda une immobilité absolue.

Il se rappelait maintenant avoir vu Eustace debout sur le parapet, brandissant le poignard. Puis il avait vu l'arme venir sur lui. Il avait voulu esquisser un mouvement de côté, mais il avait senti une douleur aiguë à l'épaule et parce qu'il avait bougé il avait perdu l'équilibre.

Il se souvenait de s'être efforcé de se rattraper, puis il y avait eu les ténèbres... rien que les ténèbres.

Il croyait se souvenir d'avoir appelé, cherché quelqu'un.

Maintenant, il comprenait que ce n'était qu'un effet de son imagination, un rêve étrange, inexplicable, au cours duquel il avait cherché, fouillé, tâché de découvrir quelqu'un qui l'éludait. Il se sentit très faible.

Dans le même temps, son cerveau était clair et il sut, sans relever les paupières, que Druscilla n'était pas assise sur la chaise mais se tenait debout près du lit.

Elle s'approcha soudain. Il eut le sentiment qu'elle s'agenouillait à côté de lui; quelque chose de soyeux effleura sa figure.

Il respira un doux parfum qui lui rappela les fleurs printanières. Et il l'entendit murmurer très bas :

— Oh! mon amour, si je pouvais te donner un peu de mes forces!

Puis il sentit sur sa joue le contact de ses lèvres chaudes et pourtant légères comme une aile de papillon.

Le soleil se reflétait avec des chatoiements dorés dans le miroir que Druscilla regardait sans rien voir.

Rose était en train de la coiffer, relevant ses cheveux avec soin et les fixant avec des épingles car elle devait monter à cheval.

— Vous apporterai-je votre amazone maintenant, m'lady? demanda-t-elle quand elle eut fini.

Druscilla sursauta, tirée de sa rêverie.

— Non, pas encore, Rose, répondit-elle après un instant de silence. Il fait très chaud et j'ai des lettres à écrire. Je ne m'habillerai pas tout de suite. Donnez-moi une robe de chambre que j'enfilerai par-dessus ma chemise de nuit et je sonnerai dans une heure environ.

— Bien, m'lady, dit Rose.

Elle alla prendre un saut-de-lit en voile garni de dentelle dans l'armoire et le présenta à Druscilla.

Druscilla passa les bras dans les vastes manches. Le vêtement flottait autour d'elle, pareil à la brume au-dessus du lac. Il ne masquait guère les lignes ravissantes de son corps svelte.

Se déplaçant sans bruit dans ses mules de satin blanc, elle se dirigea vers le boudoir contigu à la chambre.

La pièce était embaumée par le parfum des fleurs, le soleil qui entrait par les losanges des fenêtres projetait sur le tapis d'étranges dessins.

Ce tapis était tissé d'amours ailés qui portaient des rubans bleus vers de grands bouquets de roses et, comme dans la chambre à coucher, il y avait des amours sculptés sur les miroirs et le mobilier.

On trouvait des amours même sur l'encrier doré dans lequel Druscilla trempa une grande plume blanche en attirant à elle du papier à lettres.

Elle écrivait encore des lettres de remerciements pour les cadeaux qu'elle et le marquis avaient reçus le jour de leur mariage.

Mais elle s'était mise très en retard la semaine précédente, ayant veillé le marquis heure après heure. Elle avait délaissé son chevet seulement quand l'excès de fatigue l'avait obligée à prendre quelques heures de repos avant de recommencer ses veilles.

Il allait mieux maintenant. Elle avait quitté sa chambre de bonne heure un matin pour se baigner et changer de vêtements quand Jenkins était accouru très agité et lui avait annoncé que le marquis était réveillé, parlait de façon sensée et réclamait à manger.

— Donnez, Jenkins, donnez à Sa Seigneurie tout ce qu'elle désire, dit Druscilla.

— Ne voulez-vous pas venir le voir vous-même, m'lady? avait questionné Jenkins.

Druscilla avait secoué la tête :

— Pas avant qu'il me demande, Jenkins. Alors, bien entendu, je viendrai tout de suite.

Elle avait attendu tout ce jour-là et tout le lendemain, mais le marquis ne l'avait pas demandée. Elle avait compris alors qu'il n'avait pas l'intention de le faire.

Jenkins la tenait au courant presque heure par heure des progrès du marquis.

Le médecin était content de lui. Le jeune homme éprouvait de la fatigue, il était toujours sujet aux maux de tête, mais il mangeait bien et il était décidé à récupérer ses forces aussi vite que possible.

Druscilla avait l'impression qu'une barrière invisible se dressait entre eux.

Il n'y avait que quelques pas à faire de sa chambre à celle occupée par le marquis, pourtant en ce qui la concernait c'était comme s'ils avaient été séparés par des kilomètres.

Elle espérait presque contre tout espoir que se présente un prétexte valable pour qu'elle demande à le voir — ou bien qu'il veuille la consulter au sujet des dégâts dans la maison.

Mais les jours passaient et elle comprenait que le

valet était déconcerté par le fait que le marquis ne mentionnait jamais son nom.

Le valet ne se doutait pas à quel point elle languissait de son mari et que, parfois, lorsque tout le monde était endormi, elle restait debout à guetter dans le couloir devant sa chambre.

Elle souhaitait, bien qu'elle sût que c'était idiot de sa part, l'entendre de nouveau divaguer.

Alors elle aurait eu une excuse pour aller vers lui, pour lui mettre sa main sur le front afin de l'apaiser ou même de tenir sa tête contre sa poitrine comme elle l'avait fait pendant les premières nuits après l'accident, quand personne d'autre ne pouvait le calmer, quand il ne réagissait qu'à elle seule.

Lynche était très silencieux à présent.

Sir Anthony était retourné à Londres. Le corps d'Eustace avait été transporté chez lui dans le Hertfordshire où il devait être inhumé, les domestiques — comme de juste en cas de maladie — se déplaçaient sans bruit dans la maison.

Druscilla se sentait isolée, à peu près comme si elle se trouvait sur une autre planète. Elle ne saurait rien, n'entendrait parler de rien et ne serait rien jusqu'à ce que le marquis soit rétabli.

Elle restait éveillée nuit après nuit dans le grand lit nuptial à chercher comment lui expliquer pourquoi elle s'était si sottement conduite le soir de leurs noces.

Elle voulait lui parler de l'erreur qu'elle avait commise à propos des bagues; elle voulait lui dire aussi à quel point elle avait souffert, bien qu'elle en eût été à peine consciente sur le moment, lorsqu'elle avait appris qu'il avait une maîtresse.

Quelle idiote elle avait été de se laisser troubler par ce détail, mais c'était la conséquence d'une jalousie toute naturelle puisqu'elle l'aimait sans bien s'en rendre compte. Il avait toujours eu sa place dans son cœur, il était l'homme dont elle avait rêvé toute sa vie, métamorphosé du garçon qu'elle avait aimé en un homme qu'elle aimait sans l'avoir compris — avant que ce soit trop tard.

Elle s'avisait à présent qu'elle était devenue dure et méfiante au cours de ces dernières années simplement à cause de ce que d'autres hommes lui avaient fait endurer.

Elle était sur la défensive, sa répulsion et sa terreur l'incitant à redouter des attaques de tous les côtés.

Elle n'avait pas eu peur seulement des hommes, elle avait eu peur de l'amour et, comme un animal qui a été traité cruellement, elle était prête à mordre même la main de quelqu'un qui voulait lui témoigner de la bonté.

Maintenant, elle avait perdu non seulement sa méfiance mais aussi ses défenses. Elle se sentait terriblement faible, féminine et déprimée, pleurant toutes les nuits dans son oreiller sur cette situation sans espoir.

Elle n'était que femme, une femme qui aimait un homme de tout son cœur et de tout son être, et ne pouvait penser à rien d'autre.

Parce qu'elle voulait être aimée, elle commença à tenir à sa beauté autant qu'elle l'avait détestée auparavant.

Elle fit essayer par Rose d'autres façons de la coiffer. Elle chercha s'il y avait des défauts dans la carnation parfaite de sa peau afin de pouvoir les éliminer avant que le marquis les voie.

Elle remarqua qu'un grand nombre des robes de son trousseau étaient extrêmement élégantes mais en même temps audacieuses et voyantes et elle décida de ne jamais plus les porter.

Incapable de se concentrer sur la lettre qu'elle était censée écrire, Druscilla se retrouva regardant par la fenêtre. Ses yeux étaient tristes et songeurs, et les coins de sa bouche étaient légèrement affaisés.

— Je l'aime, se murmurait-elle.

Elle était perdue dans ses pensées quand un coup fut frappé à la porte.

— Entrez! cria-t-elle machinalement.

Se sentant un peu comme un enfant pris à négliger ses leçons, elle ramassa sa plume et baissa les yeux sur la lettre dont elle n'avait encore écrit qu'une courte phrase.

— Je suis venu te dire bonjour, dit une voix grave derrière elle.

De surprise, elle poussa un cri et quitta d'un bond son siège devant le bureau : le marquis était sur le seuil. Il entra dans la pièce et referma la porte derrière lui.

Il était habillé à la dernière mode et avait l'air extrêmement élégant et très beau, mais Druscilla constata qu'il avait le visage moins hâlé et qu'il était plus mince qu'avant sa maladie.

— Je ne... t'attendais pas, dit-elle, consciente que son cœur battait fébrilement sous le voile diaphane de sa chemise de nuit et sa transparente robe de chambre garnie de dentelle.

Le marquis se taisant, elle dit vivement en bégayant dans son embarras :

— Est-ce que tu... te sens mieux? Tu n'en fais pas... trop... trop vite? Il faut être prudent avec ton épaule.

— Je vais bien, répliqua le marquis d'un ton ferme. Le médecin est venu ce matin et a déclaré qu'il n'y a pas de raison qu'il continue ses visites à moins que je ne l'envoie chercher.

— Oh! j'en suis... contente... si... si contente! murmura Druscilla.

Le marquis s'avança dans la pièce et vint se poster devant la cheminée. Elle eut l'impression d'avoir oublié comme il était grand, large d'épaules et comme il semblait immense à côté d'elle.

— Ne veux-tu pas te... t'asseoir? demanda-t-elle d'une voix mal assurée à cause du tumulte dans sa poitrine.

— Merci, répondit-il.

Il s'installa dans un fauteuil recouvert de brocart à l'autre bout de la pièce et la regarda.

— J'espère sincèrement que tu es contente de me voir en bonne santé.

— Bien sûr que oui! Mais c'est... une telle surprise! J'avais pensé que Jenkins me préviendrait quand tu serais en état de quitter ta chambre.

— Il voulait le faire, mais je le lui ai défendu, dit le marquis. Je tenais à te montrer moi-même que je suis complètement rétabli.

— Je suis contente, répéta Druscilla à voix basse.

— Je désire te parler, Druscilla.

Elle trouva le ton de sa voix quelque peu sévère et son cœur, soudain, se contracta d'angoisse.

— Je voulais t'annoncer, commença lentement le marquis comme s'il choisissait ses mots avec soin, que je suis tombé amoureux.

Druscilla se sentit comme changée en pierre. Pendant un instant, elle ne put que le dévisager tandis que son sang refluait, la laissant très pâle.

Puis, avec un son étranglé qui était presque un cri, elle fit demi-tour et alla vers la fenêtre.

Elle s'agrippait à l'embrasure et regardait dans le jardin ensoleillé avec l'impression que le monde entier s'était écroulé autour d'elle.

Voilà donc pourquoi il ne l'avait pas envoyé chercher, pourquoi il ne lui avait même pas adressé un message.

Il était amoureux et il voudrait maintenant être délié de son mariage, ce simulacre de mariage qui lui avait été imposé par des circonstances où cela semblait pour lui le seul moyen de se sortir d'un mauvais pas.

Il était amoureux et il n'y avait plus de place pour elle dans sa vie. Elle faillit crier sous le coup de la douleur intolérable qu'elle éprouvait.

Mais sa fierté vint à la rescousse. Il ne devait jamais savoir qu'elle l'aimait.

Avec un effort presque surhumain pour se maîtriser, elle dit sans tourner la tête :

— Je... je te sais gré d'être... franc avec moi. Que... désires-tu que je fasse?

— Je veux ton aide, répliqua le marquis d'une voix grave.

Druscilla ferma les yeux pour ne plus voir le soleil. Elle savait ce qu'il allait demander. Il lui demanderait de partir, il lui offrirait de l'argent, sans doute une grosse somme, si elle acceptait de lui rendre sa liberté.

Elle pourrait aller n'importe où, n'importe où sauf vivre à Lynche qu'elle aimait et qui était devenu partie intégrante d'elle-même.

Mais rien — pas même d'être exilée de Lynche — n'avait d'importance en regard du fait qu'elle ne serait plus jamais avec Valdo, qu'elle ne le verrait ni ne l'entendrait plus jamais et ne serait jamais à lui.

Elle souhaita ardemment de ne pas vivre longtemps, d'être tuée par l'atroce souffrance qu'elle endurait maintenant.

Elle luttait encore pour retrouver son souffle, mais parvint à dire — quoique sa voix lui parût à elle-même étrange :

— Comment... puis-je... t'aider?

— J'ai perdu la femme que j'aimais, répliqua le marquis.

— Tu l'as perdue?

Druscilla n'avait pas pu s'empêcher de s'exprimer sur un ton surpris, et si grand était son étonnement qu'elle fit demi-tour pour le regarder.

Il était carré confortablement dans le fauteuil. Elle crut discerner sur son visage une expression qu'elle ne lui avait jamais vue.

— Oui, je l'ai perdue, répéta-t-il, et je te prie, Druscilla, de m'aider à la trouver parce que je sais que je ne serais jamais heureux à moins d'y parvenir.

— Tu l'aimes donc... tellement? demanda Druscilla — et chaque mot lui était une si vive torture qu'elle avait l'impression d'être blessée à mort en les prononçant.

— Je l'aime de tout mon cœur et de toute mon âme. Je ne m'en étais pas rendu compte plus tôt. Je l'aime depuis longtemps, mais je ne savais pas ce qu'est vraiment l'amour. Je pensais que c'étaient bien des choses : l'attraction physique, la satisfaction du désir, le plaisir d'avoir une femme dans ses bras, de savoir qu'elle réagit au besoin qu'on a d'elle. Je sais maintenant que ce n'est pas cela l'amour.

— Alors... aimer... c'est quoi? parvint à demander Druscilla.

— Je crois que c'est sentir qu'on appartient à une

femme et qu'elle vous appartient, dit lentement le marquis, c'est avoir la conviction que les deux sont comme une seule personne de sorte que, sans elle, lui est incomplet.

Druscilla se souvint d'avoir dit à peu près la même chose à sir Anthony.

Les larmes lui montaient aux yeux et elle se retourna vers la fenêtre pour que le marquis ne les voie pas. Elle resta silencieuse.

Après un instant, il reprit :

— N'as-tu jamais éprouvé cela, Druscilla? As-tu jamais connu ce que c'est que d'avoir besoin de quelqu'un à tel point que le monde est vide quand il n'est pas là? N'as-tu jamais désiré de toute ton âme entendre le son de sa voix, observer son visage et ne sais-tu pas que s'il n'est pas heureux on ne peut pas être heureux non plus? N'est-ce pas cela l'amour?

Elle ne répondit pas et il continua :

— L'amour qui fait qu'un autre est beaucoup plus important que soi-même, l'amour qui fait qu'on est prêt à se mettre à genoux devant l'autre ou à courir au bout du monde jusqu'à ce qu'on le trouve.

Druscilla joignit ses mains qui se crispèrent. Comment pouvait-elle l'écouter parler ainsi, comment pouvait-elle le supporter?

Oui, oui, c'est exactement ce qu'elle ressentait, c'était vraiment l'amour! Quand le bonheur de quelqu'un compte tellement plus que vos propres petites préoccupations ou désirs!

Il était comme un enfant, pensa-t-elle, un enfant qui s'était cramponné à elle dans son délire, qui avait crié dans le déchaînement de sa fièvre, qu'elle avait apaisé, réconforté et amené à dormir.

Et parce qu'elle l'aimait elle devait l'aider, quoi qu'il lui demande.

Elle devait tout sacrifier, si grand que soit le sacrifice, parce que c'est de cette façon seulement qu'elle se prouverait que son amour pour lui était le plus noble, le plus pur et le plus magnifique sentiment qu'elle ait jamais éprouvé

Elle avait fui les hommes, les avait exécrés à cause

de leur conduite à son égard, mais le marquis était différent.

C'était un homme, pourtant elle l'aimait à l'exclusion de toutes pensées égoïstes. Elle ne devait pas être jalouse; elle devait vouloir seulement son bonheur et, s'il était heureux, qu'importait tout le reste?

Tordant ses mains, crispées si fort qu'elle en avait mal aux doigts, elle dit avec calme :

— Je t'aiderai... à trouver cette... personne si cela doit te rendre heureux. Il faut que tu me dises... quoi faire et je... je le ferai. L'amour que tu as pour elle est évidemment... très précieux et je te promets de ne pas... me mettre en travers de ton chemin.

— Tu veux vraiment m'aider? demanda le marquis.

Druscilla acquiesça d'un signe et, refoulant ses larmes, se détourna de nouveau.

— Oui, je... t'aiderai, dit-elle bravement en redressant la tête, mais que puis-je... faire?

— Trouve-moi la femme qui m'a soigné pendant que j'étais malade, car c'est elle que j'aime.

Un instant, Druscilla ne put que le regarder fixement, retenant son souffle.

Puis, parce que l'importance de ce qu'il avait dit la submergeait, parce qu'elle sentait soudain une joie radieuse quoique presque effrayante l'envahir, elle se tourna encore une fois vers la fenêtre.

— Mais... elle est... partie, murmura-t-elle illogiquement.

— Si elle est partie, alors il faut que je la retrouve. Car je sais maintenant, Druscilla, que je ne serai jamais heureux que si elle est avec moi, si je peux partager ma vie avec elle.

— Que... sais-tu d'elle? Tu n'avais... pas... ta connaissance.

— Je l'avais assez pour savoir qu'elle seule pouvait m'apaiser, qu'elle seule pouvait me ramener à la santé. J'étais assez conscient pour comprendre qu'elle était douce, chaleureuse et féminine. Je savais qu'elle me donnait tout ce qu'un homme attend d'une femme — qu'elle combinait en elle toute la tendresse et la douceur qu'une femme doit avoir pour un homme et sans quoi il est à demi animal, brutal et cruel. Car c'est la femme qui l'aime et qui est aimée de lui qui leur apporte à tous deux la beauté de la vie.

Le marquis se tut un instant, puis dit avec douceur :

— Est-ce que tu ne me l'amèneras pas, Druscilla?

Druscilla tremblait sous le coup d'une étrange sensation d'insécurité et de peur.

Pourtant elle avait l'impression que le chant des oiseaux au-dehors se faisait en quelque sorte plus fort, que le soleil devenait d'une splendeur presque intolérable.

— Viens ici, Druscilla, ordonna le marquis.

Elle ne pouvait pas bouger, elle était dans l'impossibilité de se retourner et d'aller à lui comme il le demandait. Le sang affluait à son visage en une chaude marée, un frisson la secoua soudain jusqu'au tréfonds comme quelque chose qui s'éveille, quelque chose de spirituel et de trop beau même pour qu'on l'explique.

— Viens ici, Druscilla, répéta le marquis avec autorité, ou dois-je venir te chercher?

Elle eut tout à coup peur qu'il n'abuse de ses forces.

Elle se détourna en hâte de la fenêtre, traversa la pièce et arriva près de lui avant de s'apercevoir qu'il n'était plus assis dans le fauteuil mais l'attendait debout. Elle crut qu'elle allait suffoquer tant son cœur battait violemment.

Puis elle leva les yeux vers lui, des yeux aux pupilles dilatées, et fut pétrifiée par l'expression de son visage.

— Comment... as-tu su? questionna-t-elle impulsivement.

— Comment je sais que cette femme dont je parle m'aime? répliqua-t-il. Je sais qu'elle m'aime, Druscilla. Je l'ai entendue dire quand j'ai repris connaissance : « Oh! mon amour, si je pouvais te donner un peu de mes forces! » N'est-ce pas aimer que de vouloir donner sa propre vie à une autre personne? Réponds-moi, Druscilla, est-ce ou non aimer?

Elle baissa les yeux devant les siens et ne put que trembler. Au bout d'un instant, il déclara :

— Tu sais que je ne peux pas te toucher avant que tu me le permettes. Mais il y a une chose que je veux te demander d'abord, Druscilla, une chose que je ne t'ai encore jamais demandée. Veux-tu me faire le très grand honneur de devenir ma femme?

Elle le comprit non seulement à ses paroles mais aussi à la passion profonde qui vibrait dans sa voix; et pendant un moment, le souffle coupé, elle fut incapable de prononcer un mot.

Puis elle leva les yeux vers les siens et vit sur son visage tout ce qu'elle avait tant désiré voir.

— Oh, Valdo! murmura-t-elle — et sa voix se brisa dans un sanglot.

D'un mouvement vif, elle se jeta contre lui et cacha sa figure contre son épaule.

— Prends-moi dans tes bras... je t'en prie... prends-moi, dit-elle d'une voix entrecoupée. Je... ne comprenais pas, je... ne savais pas ce que je faisais... mais je t'aime. Oh! Valdo... je t'aime tant!

Elle sentit la forte pression des bras du marquis. Le visage toujours caché sur son épaule, elle sentit sa main aller vers ses cheveux, retirer les épingles et les jeter sur le tapis jusqu'à ce que vague sur vague de soie rutilante dévalent sur ses épaules presque jusqu'à sa taille.

Alors, très, très doucement, le marquis posa les doigts sous le menton de Druscilla et releva son petit visage.

— Est-ce bien vrai, mon amour? dit-il d'une voix basse et voilée. Crois-tu réellement que tu m'aimes? J'ai eu peur, terriblement peur, de l'avoir imaginé dans mon délire. Je te cherchais, je t'appelais sans cesse pendant tout ce temps où j'étais inconscient. Je croyais être dans les bois et t'avoir perdue, comme parfois tu te cachais quand nous étions enfants. Puis, quand j'ai senti ta bouche sur ma joue et entendu ce que tu disais, j'ai compris ce que j'avais cherché toute ma vie.

— Je t'aimais aussi, dit Druscilla en phrase hachées. Je n'ai jamais oublié... j'ai toujours langui de... toi, mais quand... tu m'as embrassée... j'ai eu peur...

— Oublions cela, coupa le marquis. Oublie tout, Druscilla, sauf que nous nous sommes enfin trouvés. J'étais si écervelé que je ne me suis pas rendu compte que je t'aimais avant cette soirée à Devonshire House, lorsque Walden t'a insultée et que tu m'as demandé de te sauver. J'ai compris alors que nous étions faits l'un pour l'autre, mais j'ai agi avec trop de brusquerie et je t'ai effrayée... Cela ne m'arrivera plus jamais.

— Je n'aurai plus jamais... peur, promit Druscilla. Oh! Valdo... est-ce bien vrai?

— C'est vrai, mon amour, ma petite chérie, dit-il en la serrant plus fort — et tout doucement sa bouche chercha la sienne.

Elle savait qu'il voulait que ce soit un baiser de tendresse mais, quand leurs lèvres se touchèrent, une flamme s'alluma subitement en eux et la bouche du marquis retint la sienne captive. Il l'embrassa soudain avec frénésie.

— Oh! Druscilla, arrête-moi, pria-t-il, je vais encore t'effrayer. Je veux t'aimer seulement comme tu désires l'être.

Elle noua ses bras autour du cou du marquis et l'attira contre elle.

— Embrasse-moi, murmura-t-elle. Aime-moi... oh! Valdo... ce n'est pas pareil... c'est comme cela que cela doit être! Je... t'aime!

— Et moi je t'adore! s'écria-t-il. Dieu, tu es si belle, Druscilla, continue à m'aimer, ne me quitte pas... j'ai follement besoin de toi.

Il la serra contre lui, ses baisers prenaient possession de sa bouche avec une passion à laquelle résister était impossible. Il baisa ses lèvres, ses yeux, ses joues, son cou, ses cheveux.

Puis, comme il sentait son corps s'abandonner contre le sien, comme il percevait le désir dans ses lèvres entrouvertes, comme il voyait que, pour la première fois, les yeux de Druscilla étaient chargés de passion, il dit :

— Je te rendrai heureuse, je te le jure! Mais, Druscilla, te rends-tu compte que nous sommes mariés? Tu es ma femme, tu es mienne... et c'est notre lune de miel.

Tendu, immobile, il attendait sa réponse. Timidement, elle cacha son visage contre son épaule, mais il entendit qu'elle chuchotait, très bas :

— Oui... oui, Valdo... et... je... veux être ta... femme.

Avec un cri de triomphe, il la souleva dans ses bras et la tint contre son cœur.

— Ton épaule! Oh! mon chéri, attention à ton épaule! supplia-t-elle.

Mais il ne l'entendait pas.

Il franchissait le seuil du boudoir et l'emportait dans la chambre, dans l'ombre du grand lit blanc nuptial.

Achevé d'imprimer sur les presses de l'imprimerie Brodard et Taupin
7, Bd Romain-Rolland, Montrouge. Usine de La Flèche,
le 5 mars 1984
6225-5 Dépôt Légal mars 1984. ISBN : 2 - 277 - 11751 - X
Imprimé en France

751
★★

Editions J'ai Lu
27, rue Cassette, 75006 Paris
diffusion France et étranger : Flammarion